Zu Land zu Wasser und in der Luft

Eberhard Friedt geb. 1941 in Oberschlesien muss mit der Familie 1945 fliehen- endet im Ruhrgebiet, nachdem er 7 Mal die Schule gewechselt hatte. Wird ungern Konditor – meldet sich nach erfolgreicher Gesellenprüfung zum Militär, will Pilot werden. Er überwindet alle Hürden, wird 1969 zum besten Piloten der Luftwaffe ernannt – Als Fluglehrer beendet er seine fliegerische Laufbahn in Sardinien. Die letzten Jahre verbringt Hauptmann Friedt im Flugunfallteam in Köln. Nach 25 Jahren Militärzeit kehrt er schnell nach Sardinien zurück baut Boote und betreibt eine Segelschule.

Jahre später setzt er nach Spanien über, kehrt zurück zu seiner Passion der Fliegerei- baut Sportflugzeuge wird Testpilot der Gruppe Konstruktion für Amateur-Flugzeugbauer.

Nebenbei verkauft er als Flugzeughändler Sportflugzeuge und gerät in die Drogenmafia. – Leute, welche mit ihm im spanischen Gefängnis enden.

Aus seiner Haft entflohen begibt sich der unbeugsame Eberhard Friedt mit seiner 4 Ehefrau auf eine geheime Mission- meldet sich nach Rückkehr freiwillig im Gefängnis zurück.

Dort schreibt er sein erstes Buch – Hinter spanischen Gardinen – eben die Erlebnisse, wie man sehr schnell in einen Knast geraten kann.

Sein zweites Buch – Zu Land zu Wasser und in der Luft – erscheint 2016 und berichtet von seinen Flieger- und Seeabenteuern. Jetzt, weiter in Spanien lebend, mit 75 Jahren versucht er sein aufregendes Leben in ruhigere Bahnen zu lenken. Am privaten Fischteich pflegt er seine Schildkröten, die Fische und spielt gelegentlich auf der Orgel heimatliche Lieder.

eberhardfriedt@gmail.com

Eberhard-Michael Friedt

Zu Land zu Wasser und in der Luft

Bibliografische Information der Deutschen Nationalbibliothek
Die Deutsche Nationalbibliothek verzeichnet diese Publikation in der Deutschen Nationalbibliografie; detaillierte bibliografische Daten sind im Internet über http://dnb.de abrufbar.

© 2017 Eberhard-Michael Friedt
Satz, Umschlaggestaltung, Herstellung und Verlag: BoD – Books on Demand
ISBN 978-3-7431-3247-4

Kapitel 1

Sportlich zwei Stufen auf einmal nehmend, hetzte der junge Mann die Treppe hinauf. Sein blondes Haar wirbelte um seinen Kopf, doch darauf konnte er keine Rücksicht nehmen, denn um lange auf den Lift zu warten, fehlte ihm im Moment der Nerv. Keuchend kam er im dritten Stock des schmucklosen Bürogebäudes an, verharrte einen Augenblick und suchte und fand ein Hinweisschild »Kreiswehrersatzamt«, darunter stand etwas kleingedruckter: »Bundeswehrannahmestelle«. Zufrieden marschierte er den halbdunklen Gang entlang und sinnierte darüber, wer sich diesen komischen Namen mal wieder ausgedacht haben könnte? Unglaublich so was, aber egal, entscheidend war nur, dass er sich aufgrund seiner Anfrage hier melden sollte. Die Bundeswehr schien tatsächlich junge Nachwuchstalente zu suchen - und so war es auch!

Die Tragödie des 2. Weltkrieges war noch lange nicht vergessen und würde es vermutlich auch auf lange Zeit nicht sein. Mit geballter Kraft erwachte Deutschlands Wirtschaft, nicht zuletzt unter tatkräftiger Unterstützung der »neuen Freunde«, den Amerikanern. Und schon wieder dachte man daran, neues Militär aufzubauen. Was stellte schon eine Nation ohne Panzer, Schiffe und Flugzeuge dar?

Bei der Bevölkerung stieß dieser Aufmarsch allerdings auf heftigen Widerstand. Wagte sich ein junger Soldat in Uniform auf die Straße, so konnte es schon passieren, dass ihn gewisse Kreise mit nicht unbedingt freundlichen Attributen bedachten. Besonders die Stadt Essen mit ihren Krupp-Werken, der Waffenschmiede der Wehrmacht, hatte die Zerstörung besonders heftig getroffen. Viele zerstörte Stadtteile waren die Folge.

Doch inzwischen hieß es bereits wieder: Essen - die Einkaufsstadt. Auch Attraktionen wie die Gartenbauausstellung, die GRUGA, oder das Freilufttheater zeugten von einer neuen Zeit. Hinzu kamen der

Baldeneysee und zahllose weitere grüne Oasen, die der Stadt ein neues Gesicht verpassten. Nicht zu vergessen die Fußballhelden von Rot-Weiß Essen - die Jungs brachten Ansehen und Achtung. Landesweit hatte sich die Stadt einen hervorragenden Namen verschafft. Da war es wohl verständlich, dass sich eine Bundeswehrannahmestelle bescheiden im dritten Stockwerk eines unscheinbaren Amtsgebäudes versteckte.

Als der Neuankömmling vor einer Wartebank ankam, blickten ihm drei schüchtern aussehende Burschen entgegen. »Wollt ihr auch zu der Freiwilligenannahmestelle?«, fragte er locker in die Runde.

»Sieht so aus. Setz dich und harre der Dinge«, erwiderte einer, während ihn die anderen abschätzend musterten.

Wenig später vertiefte auch er sich in eine der herumliegenden Broschüren der Bundeswehr.

Nach einer Weile wurde das Schweigen dadurch unterbrochen, dass einer der Wartenden, seine Nase leicht rümpfend und zum Neuen gewandt, feststellte: »Das riecht hier plötzlich nach frischen Brötchen! He Kumpel, bist du etwa Bäcker und hast welche mitgebracht? Sag!«

»Wenn du mich mit ›he Kumpel‹ meinst, ich bin Konditor, kein Bäcker, das ist ein gewaltiger Unterschied. Bäcker ist so etwas Ähnliches wie ein Anstreicher. Konditor hingegen hat was Kreatives an sich, vergleichbar mit einem Bildhauer oder Maler. Verstehst du den Unterschied? ... Tut mir leid, dass ich dir Appetit mache, aber zum Duschen fehlte die Zeit. Aber wenn ich störe, dann warte ich am Ende des Ganges!«

»Nein, nein, du störst nicht, ich wollte dir keinesfalls zu nahe treten – nur es duftet so ... so ... irgendwie angenehm eben.«

Plötzlich stand ein freundlicher älterer Herr in der Tür und bat:

»Der Nächste bitte!«

Nach einer Stunde ungeduldigen Wartens konnte der Konditorgeselle das Amtszimmer betreten und zog dort verschämt seine Papiere aus der Jackentasche hervor. Dann folgte er der Armbewegung des Beamten und nahm auf dem Stuhl vor dem Schreibtisch Platz.

»Na dann wollen wir mal begutachten, junger Mann, was Sie so anzubieten haben«, begann der Beamte das Gespräch. »Sie sehen noch sehr jung aus ... wie alt sind Sie eigentlich?«

»Übermorgen werde ich 18 Jahre alt«, antwortete er und fügte schnell hinzu, »ich habe auch die Unterschrift meines Vaters in den Bewerbungspapieren. Hier ist mein Lebenslauf, zwei Passfotos und mein Gesellenbrief ... genau wie gefordert!«, fügte Michael, nun schon etwas forscher zur Erklärung hinzu.

Schweigend studierte der Beamte die vorgelegten Papiere, betrachtete etwas länger den Gesellenbrief und mit einem Schmunzeln auf den breiten Lippen lehnte er sich würdevoll in den quietschenden Sessel zurück. Dann begann er plötzlich lauthals zu lachen!

»Pilot wollen Sie werden als Konditor? Ja Junge«, plötzlich ins vertraute Du wechselnd, »willst du denn im Sturzflug ein Ei in die Pfanne schlagen?« Kopfschüttelnd fügte er hinzu: »Junger Mann«, das Du war wieder aus dem Sprachschatz des Bürokraten verschwunden, »das schlagen Sie sich mal schnell aus dem Kopf. Das geht überhaupt nicht. Ihren Beruf können Sie bei uns gut und gerne anderswo verwenden.« Mit väterlichen Worten, dabei auf die Werbetafel zeigend, meinte der Amtmann: »Schauen Sie hier ›Komm zur Marine - Sie fahren zur See, sehen Sie ganze Welt‹ ... und in der Küche, der Kombüse, erwartet Sie ein großes Wirkungsfeld. Na, wäre das eine Alternative?« Dem jungen Bewerber rutschte das Herz in die Hose. Trotzig, mit Enttäuschung in den Augen, sprang er auf, stützte seine großen Hände in die Hüften und aufbrausend rief er: »Sie ... das will ich aber nicht! Genau da komme ich gerade her, aus der Backstube in einem Kellerloch. Das Vorhaben schlage ich mir nicht aus dem Kopf!« Wütend fügte er hinzu: »Haben Sie überhaupt einen Hammer hier, wenn Sie schon solche Ratschläge verteilen? Sie sagten gerade, den Piloten soll ich mir aus dem Kopf schlagen? ... und ich sage Ihnen, bitte zerstören Sie nicht meinen Jugendtraum! Jahrelang habe ich mich darauf vorbereitet und in den wenigen Stunden meiner Freizeit habe ich vieles über die Luftfahrt gelernt. Bitte! Ich will … nein! Ich muss diesen Weg versuchen! Klar, ich weiß, Konditor zu sein, passt nicht so recht zum Pilotenberuf. Aber sehen Sie, ich habe das Burggymnasium hier in Essen besucht, einen Handwerksberuf erlernt und einen Gesellenbrief, der mit »sehr gut« bewertet wurde, bekommen. Das sollte reichen … jedenfalls habe ich das so von anderen gehört. Mit den Unterlagen muss man nach Hannover zu einer Fliegertauglichkeitsprüfung … und dort bewerten und entscheiden Fachleute, ob ich geeignet bin zum Piloten … oder nicht? Warum wollen Sie bereits hier im Büro bestimmen, welche Eignung und Fähigkeiten in mir stecken!«

Der Beamte reagierte mit besänftigenden Worten und bat den offensichtlich empörten Burschen, der erregt aufgesprungen war, wieder Platz zu nehmen.

»Entschuldigen Sie meine Einwände, Herr …«, er schaute suchend auf die vor ihm ausgebreiteten Unterlagen, Faber … Beruhigen Sie sich! Wenn Sie meinen, dass Sie zu diesem anspruchsvollen Beruf berufen sind, dann will ich Ihnen nicht im Wege stehen. Bitte sehr, fahren wir also fort und füllen Sie den Antrag aus. Hier bitte, unterschreiben Sie.« Doch ein etwas erhabenes Lächeln konnte der alte Herr sich nicht verkneifen. Ebenso wenig den Kommentar: »Na schön, ein fliegender Konditor, aber seien Sie nicht enttäuscht, wenn Ihr Traum nicht in Erfüllung geht. Denn viele wurden gerufen, aber nur wenige auserwählt.«

»Wann darf ich mit einer Antwort rechnen?«, fragte Michael zufrieden.

»Erfahrungsgemäß werden sie in zwei bis drei Monaten eine Nachricht erhalten. Viel Glück, junger Mann.«

Den Arbeitskollegen und auch dem strengen Meister im Betrieb gegenüber hatte Michael mit keinem Wort seine Absicht erwähnt, beim Militär anzuheuern. »Ich muss dringend zum Zahnarzt«, behauptete er, um für die Stunden bei der Meldestelle frei zu bekommen.

***

Monate später erhielt er die Aufforderung, sich in Hannover zur Eignungsprüfung einzufinden. Dafür opferte er gern eine Woche der kostbaren Tage seines diesjährigen Jahresurlaubes.

Entschlossen beantwortete er dort täglich zügig selbst delikate Fragen der Prüfungskommission für Anwärter auf den Pilotenberuf. Mit Staunen stellte Michael fest, dass sich die Gruppe der Anwärter täglich reduzierte. Noch einmal verringerte sich die Auswahl, als der medizinische Teil mit der Unterdruckkammer und der Zentrifuge an die Reihe kam. Dabei wurden die übrig gebliebenen Aspiranten tatsächlich bis zur Bewusstlosigkeit geschleudert. Diese Prüfungen, im wahrsten Sinne des Wortes auf Herz und Nieren, brachten so manchen Traum vom Fliegen endgültig zum Scheitern. Bereits nach fünf Tagen waren von 30 Interessenten nur noch fünf flugtaugliche übrig geblieben.

***

Mit stolzgeschwellter Brust, den Einberufungsschein in der Tasche, kehrte Michael gut gelaunt in die ungeliebte Backstube zurück.

Jetzt verkündete er seinem erstaunten und vor allem überraschten Meister: »Am 1. September melde ich mich beim Fluganwärterregiment der Luftwaffe in Uetersen.« Bei diesem Ort handelt es sich um ein 1.500 Seelen Dörfchen in der Nähe von Pinneberg bei Hamburg. Gut gelaunt rief er an seinem letzten Tag zum Abschied in die Runde:

»Lebt wohl, Ihr Teiggenossen! Tschüss!«

Kapitel 2

Eine graue dunkle Dunstglocke schwebte wie üblich über dem Ruhrpott - auch an diesem strahlenden Sonntagmorgen Ende August 1959. Nur schemenhaft zeigte sich die Sonne über der erwachenden Stadt Essen. Auf dem Hauptbahnhof herrschte bereits reges Treiben wie auf einem Ameisenhaufen. Michael stand neben seinen Eltern auf dem Bahnsteig. Etwas traurig musterte die Mutter ihren Sprössling und sparte nicht mit mahnenden Worten: »Junge versprich mir, fliege nie zu hoch und nie zu schnell!«

»Unnachahmlich Mutter«, dachte Michael und lachend umarmte er sie. »Aber Mama, was glaubst du denn. Zunächst werde ich richtig laufen oder besser marschieren lernen müssen. Bis ich in ein Flugzeug steigen darf, liegt mit Sicherheit noch ein langer Weg vor mir.«

»Und schreib uns, so oft du kannst, damit auch deine Geschwister Anteil nehmen können an deinem aufregenden Werdegang!«, forderte der Vater und schaute etwas mitleidig auf den geschnürten Pappkarton, das bescheidene Reisegepäck des flügge werdenden Sohnes.

Endlich saß er, Michael Faber, mit allen möglichen Ratschlägen und Anweisungen der Eltern versehen im Zug. Entspannt drückte Michael sich in das Polster der Sitzbank der Deutschen Bahn. Als der Zug schließlich nach Norden dampfte, war er nur schwach besetzt, während ihnen überfüllte Züge aus den Feriengebieten der Nord- oder Ostsee entgegen kamen.

»Ihr müsst morgen wieder in die Schule oder zur Arbeit«, dachte der angehende Soldat, »aber ich werde nie wieder eine stickige Backstube betreten, das schwöre ich mir! Und sollte ich kein Pilot werden – na schön, als Techniker oder Schrauber werde ich bei den Flugzeugen bestimmt einen Job finden.«

Etwas gedankenverloren starrte er zum Fenster hinaus, war das, was er fühlte, Abschiedsschmerz? »Werde ich Heimweh bekommen?«, fragte er sich plötzlich. »Nein, das glaube ich nicht, vielleicht werden mir zu Weihnachten die Familienfeiern fehlen. Das vor dem Weihnachtsbaum Singen, das Musizieren oder so, aber was war denn in den letzten Jahren? Wann war ich überhaupt Zuhause? Nur zum Schlafen! ... Wie sagte der Vater einmal so beiläufig, als ich wieder einmal müde und zerknirscht spät nach Hause kam? ›Nun ja, mein Sohn, du wolltest nicht studieren, da muss man eben arbeiten. Und Lehrjahre sind keine Herrenjahre.‹ Ja, Vater, aber fair kann es trotzdem zugehen! An diesem Tag hatte ich mir vier Ohrfeigen eingefangen ... eigentlich wegen nichts! Zehn Stunden hatte ich gearbeitet, nur 15 Minuten davon waren eine kleine Mittagspause, und zwar auf einem Mehlsack sitzend, das aufgewärmte Essen hinunterwürgend – sind das Zustände? Wir hatten keinen ordentlichen Umkleideraum, keine Duschen, die Toiletten mussten wir uns oben mit den Gästen im Café teilen. ›Sonntags dürft ihr auch kommen‹, sagte der Chef, ›dann lernt ihr freundlich bedienen.‹ Ja, aber vor allem dürft ihr für mich Sahne und Eis verkaufen!«

Später, im dritten Lehrjahr, wagte der Meister nicht mehr die Hand gegen Michael zu erheben, jetzt überragte der seinen Chef um einige Zentimeter – nun traf es die jüngeren Lehrlinge.

Anfangs glaubte Vater, dass in seiner Heimat in Schlesien die Konditorei der Großeltern auf uns warten würde. ›Bald werden wir zurückkehren in unser geliebtes Breslauerland, denn wenn die Polen wieder fortgehen, ist es wieder unser Zuhause.‹ Ach, welche Traumvorstellungen hattest du, Väterchen! Nur weil ich einmal beinahe wegen altgriechisch sitzen geblieben wäre, einer Sprache, die kein Mensch wirklich mehr braucht ... und na ja, in Mathe war ich auch nicht besonders stark, hättest du mich nicht gleich von der Schule nehmen und in die Backstube schicken müssen. Eine zweite Chance gab es nicht für mich. Ertragen habe ich es – aber glücklich wäre ich in diesem Beruf nie geworden. Viel lieber hätte ich Automechaniker gelernt. Technik, schrauben, bauen, konstruieren, ja, darin liegen meine Veranlagungen. Aber jetzt, mit meinen 18 Jahren, werde ich mein Leben selbst in die Hand nehmen und allen zeigen, was wirklich in mir steckt.

Ein quietschendes Bremsen und das Rütteln des anhaltenden Zuges lenkten die Aufmerksamkeit des nachdenklichen Fahrgastes zurück in die Wirklichkeit.

»Hannover Hauptbahnhof«, schallte es aus der Lautsprecheranlage. Stolz erfüllte ihn. Ja, hier war er schon einmal vor ein paar Monaten eine Woche lang für die Prüfungen für die Pilotenauswahl gewesen. »Das haben wir doch schon mal geschafft, Junge«, stellte er befreit aufatmend fest. Nun hieß es mutig hinein in den Traumberuf. »Dein Weg steht dir offen!«, bestätigte er sich nicht zum ersten Mal in der letzten Zeit.

Inzwischen hatte ein reifer Herr das Abteil betreten und fragte freundlich: »Junger Mann, darf ich Gesellschaft leisten?«

»Aber natürlich«, entgegnete Michael, »soll ich Ihren Koffer ins Gepäcknetz heben?«

Nein danke, das schaffe ich noch selbst – so alt bin ich zum Glück noch nicht. Wem haben Sie denn so fröhlich auf dem Bahnsteig zugewunken? Kennen Sie hier jemanden? Oder meinten Sie mich?«, fragte der neue Fahrgast schmunzelnd.

Nein, mein Herr, woher sollte ich Sie kennen. Ich habe nur so zum Spaß den Leuten zugewunken. Aus Übermut und Lebensfreude. Ein Herzenswunsch geht in Erfüllung und ich fühle mich unbeschreiblich frei und glücklich heute.«

»Darf ich fragen, welcher Wunsch sich Ihnen erfüllt? … Oder soll ich raten?« Und auf die Fliegerzeitschrift weisend, die sein junger Mitfahrer in der Hand hielt, fügte er hinzu: »Dein Glück scheint auf den Wolken zu schweben. Willst du nach Bremen zur Pilotenschule oder planst du etwas Ähnliches? Liege ich damit richtig?«

Freimütig gestand Michael: »Sie haben es fast getroffen – nur Lufthansa, also die zivile Flugausbildung, kann ich mir nicht erlauben, das ist viel zu teuer. So etwas können meine Eltern mir nicht finanzieren.

Pilot möchte ich dennoch werden, aber bei der neuen Bundeswehr. Hier in Hannover habe ich vor Monaten alle Einstellungsprüfungen bestanden und heute geht es nach Hamburg. Dort in der Nähe befindet sich die militärische Fliegerschule. Dahin führt mich heute mein Weg und deshalb bin ich so gut drauf.«

Der ältere Reisegast gab keine Antwort auf die Erklärung des begeisterten Jungen, sondern setzte vielmehr eine ernste, nachdenkliche Miene auf und fragte stattdessen: »Darf ich hier rauchen? Das ist doch ein Raucherabteil oder nicht?«

»Natürlich, ich lasse das Fenster etwas herunter; wenn es zieht, sagen Sie es mir.«

Schweigend steckte der Mann sich eine Zigarette an. »Rauchst du auch? Willst du eine?«

»Nein danke, dafür gebe ich kein Geld aus«, erklärte Michael abweisend.

Nachdem ein paar runde Rauchwolken im Abteil hingen, durchbrach der neue Fahrgast die Stille. »Junger Mann, bist du dir im Klaren darüber, welchen Weg du bewusst einschlagen willst?«

Weißt du überhaupt was Krieg … Schießen … Töten bedeuten? Ich habe all das bitter erlebt und durchgestanden. Eine lange Gefangenschaft, Hunger, Kälte und all die physischen und psychischen Belastungen … niemand, der es nicht am eigenen Leib verspürt hat, kann sich das auch nur ansatzweise vorstellen. Ich musste das ertragen … Ja … ich habe überlebt, aber verfolgen wird mich dieser Albtraum bis zu meinem Tod. Und jetzt sollen die Fundamente geschaffen werden, diese Apokalypse zu wiederholen? Warum willst du zum Militär?«, der Vorwurf, der in dieser Frage mitschwang, war nicht zu überhören.

»Ich kann Ihnen das gerne erklären«, unterbrach Michael seinen Gegenüber.

»An Krieg oder ans Töten denke ich nicht … in keiner Weise, mein Herr!«

»Sie können natürlich nicht wissen, wer ich bin. Mein Name ist Heinz Konsalik … ich bin Schriftsteller. Vielleicht haben Sie eines meiner Bücher gelesen. ›Der Arzt von Stalingrad‹ dürfte wohl das bekannteste sein. Das sollten Sie vielleicht einmal lesen.«

»Mein Name ist Michael Faber. Ich muss gestehen, dass ich kaum Romane lese, meist nur Fachliteratur über die Fliegerei. Aber das ›Fliegerleben‹ von Udet, das kenne ich. Der Mann ist mein Idol. Ein großartiger Pilot sage ich Ihnen! Ein Kunstflieger, wie er im Buche steht. Er hat auch tolle Filme gedreht. Dann aber musste er im Krieg mit den Wölfen heulen und hat sich schließlich das Leben genommen. Während der Zeit des Nationalsozialismus war Udet im Reichsluftfahrtministerium verantwortlich für die technische Ausrüstung der Luftwaffe und bekleidete ab 1939 das Amt des Generalluftzeugmeisters der Wehrmacht. Bei seinem Tod war er im Rang eines Generaloberten.«

»Genau … das war 1941.«

»Ja, und damals wurde ich geboren, aber mein Wunsch besteht nur darin, Pilot zu werden. Vom Krieg habe ich nur an das Ende 1945 dunkle Erinnerungen. Allerdings ist mir die Vertreibung aus der Heimat, wir waren oder besser sind noch immer Schlesier, also die Vertreibung ist mir noch ziemlich deutlich im Gedächtnis, war furchtbar. Hunger und Kälte, die ständige Sorge der Mutter, ob und wo wir die nächste Nacht unterkommen können, das verstand ich damals leider schon. Trotzdem sehe ich heute meine Chance mir meinen Wunsch, Pilot zu werden, zu erfüllen, nur beim Militär. Ist das etwa eine Schande? Vielleicht gehe ich ja später zu einer privaten Fluggesellschaft. Seien Sie beruhigt, an irgendwelche Kriegsspiele denkt die Jugend von heute kaum. Es ist ja alles so schön geworden und manches so leicht wie »Komm zur Bundeswehr, wir bieten dir einen Traumjob«. Ich sehe meinen Schritt ausschließlich als günstige Möglichkeit, mir meinen Berufswunsch zu erfüllen. Kann ich Sie damit beruhigen, Herr Konsalik?«

Doch der schüttelte nur leicht den Kopf.

»Was haben Sie nur für Vorstellungen?! Glauben Sie, man wird Sie oder irgendeinen Soldaten fragen, ob Sie in den Krieg ziehen wollen? Oh mein Gott, wie naiv seid ihr eigentlich … vermutlich genauso wie wir seinerzeit! Ich frage mich wirklich, woher Sie den Mut und die Überzeugung nehmen, so selbstsicher daherzureden.«

Etwas abwesend wirkend, holte er eine neue Zigarette hervor und setzte sie bedächtig in Brand. »Abgesehen von deiner Blauäugigkeit bezüglich der Militärs, die ich übrigens nicht nachvollziehen kann, für die Pilotenlaufbahn sind einige Voraussetzungen erforderlich … Hast du überhaupt Abitur?«

»Leider nicht«, Michael lehnte sich ein bisschen zurück.

»Ich musste abbrechen, der blaue Brief kam dazwischen. Griechisch hat mir das Genick gebrochen, um genau zu sein altgriechisch. Allerdings konnte ich später in Abendkursen die Volkshochschule besuchen. Dabei gelang es mir, das Wichtigste nachzuholen – neben der Arbeit.«

Michael vermied es tunlichst, das Wort Konditor oder Backstube in den Mund zu nehmen.

Nach einigen kurzweiligen Stunden verabschiedete sich der bekannte Schriftsteller und Kriegsteilnehmer von Michael Faber. Zum Abschied wünschte er seinem jungen Reisebegleiter »Hals und Beinbruch«, diesen Fliegergruß kannte er. Im Weggehen ermahnte er noch: »Fangt mir ja keinen Krieg mehr an!«

Kapitel 3

»Hamburg Altona!«, schallte es aus den Lautsprechern am Bahnsteig. Hier war für den angehenden Piloten Zwischenstation. Mit einem Bummelzug ging die Fahrt weiter nach Pinneberg. Anno dazumal noch ein kleines unbedeutendes Städtchen vor den Toren der Hansestadt Hamburg.

Vor dem Bahnhofsgebäude in Pinneberg stand bereits ein alter, im bekannten olivgrünen Militarylook lackierter Bus – er wurde also offensichtlich erwartet. Michael ging auf einen uniformierten Soldaten zu und stellte sich vor.

»Willkommen in Schleswig-Holstein, Herr Faber. Steigen Sie bitte ein. Wir müssen allerdings noch etwas warten. Ist das alles, was Sie dabeihaben?«, erstaunt wies der Soldat auf das kümmerliche Reisegepäck des Neuankömmlings.

»Reicht das nicht? Ich bekomme doch eine Uniform oder?« Michael schämte sich plötzlich wegen seines armseligen Gepäcks.

»Natürlich, so ist es.«

Warten. Das war das Erste, was man dem frisch gebackenen beinahe Soldaten beibrachte – und zwar gründlich. Der »Abholer« wartete noch zwei weitere Züge ab, mit denen Aspiranten eintrafen – und die Züge hatten auch noch reichlich Verspätung.

Nachdem der letzte Zug eingetroffen war, kam ein Unteroffizier aus der Bahnhofsgaststätte und las von einer Liste alle Namen der Neuankömmlinge vor. Nachdem keiner fehlte, setzte sich der klapprige Bus endlich in Bewegung. Das Kopfsteinpflaster der Dorfstraße konnte die Federung des altersschwachen Fahrzeuges nicht egalisieren.

»Über dieses Kopfsteinpflaster werdet ihr in der nächsten Zeit noch oft marschieren und schmerzhafte Erfahrungen sammeln! Wir haben das alle durchgemacht und überlebt. ›Gelobt sei, was hart macht‹, sagen die alten Haudegen dazu«, drohte der Unteroffizier halb im

Scherz, zynisch grinsend. Michael empfand diesen keineswegs besonders freundlichen Satz wie eine kalte Dusche, war aber keinesfalls entmutigt. Dass die Grundausbildung beim Militär keine zart besaitete Sache sein konnte, war ihm klar.

Vor der Hauptwache der altehrwürdigen Kaserne von Uetersen thronte ein imponierender grauer Granitfindling, in dem mit massiver Runenschrift die Losung »Willkommen im Horst der jungen Adler!« eingraviert war.

»Das sieht mir doch sehr nach einem Überbleibsel aus den Zeiten des seligen Herrn Führers aus!«, scherzte einer der vorlauten Neuankömmlinge.

Endlich hielt der Bus vor einem etwas antiquierten roten Backsteingebäude über dessen Eingangstüre ein Schild mit der Inschrift »FLUGANWÄRTERREGIMENT I« prangte. Kein Zweifel, das einfache Schild verfehlte seine Wirkung auf Michael nicht.

Die Piloten, die amtlich Flugzeugführer genannt werden, betraten das Gebäude und verteilten sich nach Anweisung eines Unteroffiziers auf die verschiedenen Stuben – sprich Zimmer.

»Flieger Faber«, der Kerl hatte tatsächlich Flieger Faber gesagt, »Sie gehen auf Stube 103, dort warten bereits einige Kameraden auf Sie! Um sieben gibt es Abendbrot – dort drüben«, er zeigte auf ein langes flaches Gebäude, »ist der Speisesaal. Verstanden?«

»Ja, mache ich, Herr Vorgesetzter!«, antwortete Michael, wie er dachte, ganz artig.

»Das heißt »JAWOHL, Herr Unteroffizier, merken Sie sich das. Schließlich sind wir hier bei der Armee, verstanden?«

Gehorsam entgegnete Michael laut und vernehmlich: »Jawohl, Herr Unteroffizier!«, und verabschiedete sich ansonsten wortlos in Richtung Stube 103. Davor stellte er seinen Pappkarton ab und atmete erst einmal tief durch. »Mal sehen, was für Typen mich hier erwarten«, sinnierte er. Obwohl er sich keine Reaktion erwartete, klopfte er an die Tür. Die Antwort kam fast zeitgleich.

»Weitergehen, wir geben nichts!«, ließ irgendein Scherzbold hören.

Überrascht öffnete Michael die Zimmertür und sah in ein grinsendes Jungengesicht.

»Komm rein, jetzt sind wir vollzählig. Du bist die Nummer Acht und mehr Betten gibt's hier nicht. Ich heiße Klaus Bertram, mir hat man auch dieses Zimmer >verschrieben<. Es scheint, als wäre ich der Stubenälteste. Also dann wollen wir uns mal bekannt machen ...«

Etwas gehemmt nannte Michael seinen Namen und nahm dann das ihm zugewiesene untere Bett eines Stockbettes nebst Spind in Beschlag, wo er erst einmal seinen Pappkarton unterbrachte. Nebenbei versuchte er, sich die Namen seiner Mitbewohner einzuprägen. Darunter ein Klaus Heidelberg, nicht aus Heidelberg, sondern aus Bremen stammend. Die Jungs kamen aus allen Teilen Deutschlands.

Kapitel 4

Was in den folgenden Wochen über die Rekruten hereinbrach, zerstörte so manch einen Traum vom fidelen Fliegerleben bei der Luftwaffe. Manchmal lachend, aber auch zynisch wurde ihnen beschieden: »Bevor ihr fliegen lernt, bemüht euch erst einmal, richtig zu laufen!«

So manch anfänglich begeisterter Anwärter war von dieser körperlichen Anstrengung und Disziplin nur bedingt angetan. Von Anfang an wurde den jungen Männern Mut und Willenskraft in einem hohen Ausmaß abverlangt. Der Ton war manchmal sehr rüde und die Sprache nicht immer druckreif. Einige erreichten ihre Leistungsgrenze schnell. Michaels Füße verursachten ihm schmerzhafte Probleme. Das jahrelange Herumlaufen in weichen Sandalen in der Backstube hatte seine Füße breit und weich werden lassen. Das Schuhwerk der Armee und die hohe Beanspruchung durch das lange marschieren führten nun zu Komplikationen. Die »Knobelbecher« drückten gewaltig. Aber Michael wollte deswegen den Sani nicht zu häufig aufsuchen, weil er befürchtete, man könne ihm letztlich die Qualifikation zum Piloten aus gesundheitlichen Gründen verweigern – das durfte keinesfalls passieren. Blasen an den Füßen hin oder her, da musste er durch.

Während einem Besuch bei den Eltern kam das Thema zur Sprache, und die Mutter erteilte den guten Rat: »Du musst auf diesen Märschen frische Socken oder Fußlappen mitnehmen und diese wechseln!«

»Oh Gott, Mutter, was hast du für Vorstellungen vom Heer. Wenn wir stundenlang marschieren, manchmal bis zum Bauch im Wasser, was denkst du, was da los wäre, wenn ich mich einfach irgendwo hinsetzen und beginnen würde, meine Schuhe auszuziehen und die Socken zu wechseln. Im besten Fall lachen sie mich aus, falls sie mich nicht gleich für verrückt erklären. Sehr hilfreich sind deine Ratschläge leider nicht.«

Die Befürchtungen Michaels bestätigten sich. Da es nicht nur ihm so mit seinen Füßen erging, konnte er bald miterleben, wie jene, die sich deswegen permanent ins Krankenrevier begaben und sich krank meldeten, vom Lehrgang ausgeschlossen wurden. Es schmerzte, aber das Zähne zusammenbeißen hatte sich gelohnt. Michael überstand diese »schmerzhafte Phase« und kam weiter. Wieder ein kleiner Schritt zum heiß ersehnten Pilotenschein war geschafft.

Jene, die ausschieden, beendeten ihre Wehrpflicht und landeten wieder im Alltagstrott, andere fanden in diversen Waffengattungen »Unterschlupf« und blieben so der jungen Bundeswehr erhalten. Mit Einbruch des Winters kam auch ein Manöver auf den Dienstplan und damit die Verlegung zum Heerestruppenübungsplatz Putlos nördlich von Lübeck. Dort gab Michael seine ersten scharfen Schüsse aus dem Gewehr und einer Pistole ab. Ziel war stets der legendäre Pappkamerad. Diese Übung bleibt keinem Soldat während seiner Ausbildung erspart. Der eisige Ostseewind, gepaart mit feinem Schneegestöber, blies den Soldaten gehörig um die Nase in der Schleswig-Holsteinischen Ebene. Die Rekruten mussten oft stundenlang zitternd und frierend am Schießstand aushalten, aber auch das wurde überstanden.

Nach dem Dienst wärmten sie sich an einem fauchenden Kanonenöfchen. Die wohltuende Wärme war ein bescheidenes Trostpflaster in diesen frostigen Zeiten.

»In diesen arschkalten Zelten sollen wir hausen?«, maulten die fast erfrorenen Soldaten aufgebracht, »das ist ja unmenschlich.« Die Begeisterung für die elitäre Luftwaffe sank rapide.

Michael dachte so manches mal: »Wenn die der Konsalik hören könnte, sein Spott wäre ihnen sicher.« Nur zu gut war ihm dessen Bericht über Stalingrad im Gedächtnis haften geblieben!‹

»Und wir haben uns für diese Tortur auch noch freiwillig gemeldet!«, ging die Litanei seiner Gefährten meist noch weiter. Allerdings musste er fairer Weise eingestehen, dass sein Los etwas leichter war.

Schon bei der Ankunft wurden Helfer für die »Gulaschkanone« gesucht – da kam ihm seine Berufsausbildung zupass.

»Kann einer von euch kochen?«, fragte ein Unteroffizier in die Runde und Michael meldete sich, nachdem die Kameraden Michael sofort als »Teigaffen« geoutet hatten. So wurde er dem »Küchenbullen« als Hilfskraft zugeteilt, ein Umstand, der ihm letztlich so manches eiskalte Unbill ersparte. Zwei weitere Kameraden traten den Weg zum Kartoffelschälen auch an. Wenig später erhielt Michael vom Koch ob seiner Vorkenntnisse die Ernennung zum stellvertretenden Leiter der »Menagefabrik«. Wenig begeistert überlegte er, als ihn sein Chef Richtung Kantine verließ, wie er an die Sache herangehen sollte, die sich ihm zeitgleich offenbarte. Scheinbar irrtümlich hatte der Zahlmeister der Kompanie die doppelte Menge an Hackfleisch zugeteilt, das ergaben Michaels überschlagsmäßige Berechnungen – er beschloss daher, seinen Kameraden eine Freude zu bereiten und ging mit der Fleischmenge großzügig um und verzichtete auf die Beigabe von Brot – damit nahm das Unheil seinen Lauf.

Die Frikadellen aus reinem Fleisch und in einer Senf-Sahne-Soße, Obst, Gemüse und Kartoffelpüree, mit reichlich brauner Butter begossen, fanden begeisterte Abnehmer. Man war anderes gewohnt. Die Anerkennung der ausgehungerten Rekruten war unverhohlen. Michael nahm Lob und Dank mit der ihm eigenen Gelassenheit zur Kenntnis.

Dann allerdings nahte das Ungemach im Gleichschritt. Der gerade eben erst geleerte Speisesaal füllte sich zum zweiten Mal: Die Nachzügler - deswegen die Fleischmenge. Der Wirtschaftler ging förmlich in die Luft. An sich bei der Luftwaffe nichts Ungewöhnliches, doch an dieser Stelle nicht erwünscht. Das Donnerwetter unüberhörbar: »Was führen Sie denn hier für einen Unsinn auf? Wo ist der Verantwortliche? Antworten Sie zum Teufel!« Der Offizier vom Dienst klang so gar nicht freundlich angesichts der murrenden Soldaten, die nach den anstrengenden Märschen der Hunger quälte. Ohne lange Debatten wurde Michael zum Sündenbock erkoren – und reagierte nicht sauer, sondern kreativ. Improvisation ist das halbe Leben, offensichtlich auch beim Bund. Die zusammengewürfelte Küchenmannschaft zauberte in Kürze ein Sparmenü, bestehend aus Bratkartoffeln mit Speck und Spiegelei. Die Vorratskammer beherbergte stets ausreichend Kartoffeln, Speck und Eier. So wurde dem geflügelten Wort »Ohne Mampf kein Kampf« Rechnung getragen. Einige murrten zwar und gaben einen Alpha-Foxtrott, also alles für den Arsch – dem NATO Alphabet entlehnt – von sich, und das »Feldküchensturmabzeichen« würde man Michael dafür wohl auch nicht verleihen, darüber war er sich im Klaren, doch erst einmal war der Dampf aus dem Kessel. Wenigstens vorerst.

»Die Rache ist mein; ich will vergelten, spricht der Herr« (Römer 12, 19)

Michael schlug die Augen auf, es herrschte stockdunkle Nacht. Außerdem war er total durchgefroren, als er wach wurde. Perplex stellte er fest, dass sein Bett mitten im Kasernenhof unter freiem Himmel stand. Diese Rabauken hatten ihn doch mitsamt seinem Feldbett ins Freie verfrachtet! Wie war das möglich gewesen?

Diese nachtragende Sippschaft hatte Michaels tiefen Schlaf ausgenutzt und sein Feldbett still und heimlich samt dem Schläfer ins Freie getragen – und dort blieb es, bis er erwachte.

Anfangs war er stinksauer, doch letztlich lachte er selbst mit – selbst dann noch, als er vom UvD angeschnauzt wurde, weil er sein Feldbett im Hof der Kaserne »geparkt« hatte.

Der Stubenälteste Klaus aus Bremen wurde beneidet wie ein Filmstar, denn er besaß den Privatpilotenschein und war damit mit dem Sitzen im Cockpit vertraut – und in dieser für ihn so tollen Zeit kam der Einberufungsbefehl. Aber Klaus war noch etwas, nämlich Besitzer eines Mercedes 170, BJ 1948. Das war in jenen Zeiten wirklich etwas ganz Besonderes. Klaus stammte aus wohlhabenden Verhältnissen. Genau wusste es niemand, doch angeblich war sein Vater ein waschechter General – und alle partizipierten von diesem Umstand, denn Klaus nahm stets einige seiner Zimmergenossen mit, wenn er ins Dorf fuhr. Allerdings ganz sicher nicht ohne Hintergedanken, denn Sprit kostete damals bereits 60 Pfennig und der alte Stern schluckte gewaltige Mengen.

»Das Spritproblem können wir zweifelsfrei günstiger lösen!«, schlug Manfred der Lange – und Sparsame – vor. Der Kerl war durch seinen Geiz und die ewige Nörgelei von wegen Sparsamkeit bereits eine Legende in der Truppe.

»Wir können«, schlug er vor, »wenn wir Wache schieben, problemlos Sprit beschaffen!«

»Aha, beschaffen nennt man das«, warf Michael hämisch ein. »Wir sagen klauen!«

»Im Dienste des Vaterlandes ist das organisieren. Verstanden, du Ignorant? Also wenn wir Wache schieben, können wir ohne aufzufallen von den Flugzeugen die erforderlichen Mengen«, er redete tatsächlich so geschwollen daher, als könne er damit den Anschein von Rechtmäßigkeit erwecken, »abzapfen. Ist das klar!«, schloss er seine Rede im Kasernenhofton.

Mit erhobenem Haupt, ganz so, als habe er jetzt das »Ei des Kolumbus« entdeckt, verließ er nach diesem fragwürdigen Vorschlag erst einmal würdevoll die Stube. Nach längeren Beratungen, allerdings waren diese ein reines Spiegelgefecht, denn der Ausgang stand bereits wie im Parlament vor der Debatte fest. Der Plan wurde angenommen – und, wie könnte es unter diesen Vorzeichen anders sein, generalstabsmäßig ausgeführt.

Noch nie war von Rekruten das Wacheschieben so sehnlich erwartet worden, wie von Klaus, Manfred und Michael. Der Tag der Premiere war gekommen, der Schlachtplan wurde exakt umgesetzt.

Bereits einen Tag zuvor hatte Klaus mit seinem Wagen möglichst unauffällig leere Benzinkanister in der Nähe abgestellter Flieger in Gebüschen platziert. Unter der Tragfläche des Flugzeuges befand sich der Entlüftungsstutzen, der zum »Ausfüllstutzen« umfunktioniert werden sollte. Kein Mensch bei der Luftwaffe kann – und selbst wenn, würde es tun – feststellen, ob aus einem betankten Fluggerät eine kleine Menge an Treibstoff fehlt.

Während des Wachganges in der Nacht schoben sie nun die mit

Sprit gefüllten Kanister unter dem Maschendrahtzaun durch. Klaus sammelte die Beute ein und befüllte den durstigen Mercedes.

Das hochwertige Flugbenzin musste allerdings eins zu eins mit billigem Fusel von der Tankstelle gemischt werden, damit die Maschine des alten Wagens nicht überfordert war. Dies wussten die Männer aus dem technischen Unterricht.

Rückblickend betrachtet, war die Aktion »Flugbenzin« eine hirnrissige Angelegenheit. Wegen der paar Mark riskierten sie ihre Chance, ein Flugzeug steuern zu dürfen, ein für alle Mal. Aber was reizt den Menschen mehr als das Verbotene! Dagegen war jede Art der Vernunft machtlos. Welchen Dusel sie hatten, dabei nie ertappt zu werden, darüber dachten sie damals keine Sekunde nach.

Die Monate verflogen und so kam der Tag, an dem die so heiß ersehnte Flugausbildung begann. Untrennbar verbunden damit war auch die Flugzulage – diese war es auch, die den Unfug mit dem Spritklau beendete, denn diese Zulage polierte den Wehrsold merkbar auf.

Kapitel 5

Stolz und mit unüberhörbarem Gesang marschierten die jungen Fluganwärter über das Flugfeld. Die verhassten »Knobelbecher« wurden gegen die begehrten Fliegerstiefel, die auch von den Fallschirmjägern getragen wurden, ausgetauscht. Nicht nur das angenehm zu tragende Rindsleder, sondern auch das Aussehen machte Eindruck. Dazu kam noch der knallgelbe Fliegerschal, der die feldgraue Fliegerkombination gehörig aufmöbelte.

»Hallo, da kommen die Fluganwärter!« ertönte das alte Panzerlied, während man im Gleichschritt marschierte.

»Ob es stürmt oder schneit, ob die Sonne lacht –
der Tag glühend heiß – oder kalt die Nacht. Werft an die Motoren, schiebt Vollgas hinein …

»Warum sollen wir bloß Panzerlieder singen?«, fragten sich die jungen Flieger, wir sind doch Piloten! Es gibt doch auch tolle Fliegerlieder … los … auf geht's!«

Durch die Lüfte fliegt dahin,
hell im Sonnenschein eine kleine Jägerin, ME 109, horido, horido, immer sollst du Sieger sein. Herrscher in der Luft allein, horido, kleine ME 109 horido.

Doch schnell wurde ihnen Einhalt geboten. »Mein Gott, Kameraden, denkt doch einmal nach. Hört auf mit der Singerei. Wir haben hier auch englische Fluglehrer am Fliegerhorst und zurzeit ist auch eine britische Ausbildungseinheit auf dem Platz stationiert. Auch wenn wir mit dem Dritten Reich an sich nichts zu tun haben … aber wir sind Deutsche und Deutschland hat den Krieg nun einmal verloren«, das leider sprach er nicht aus. »Wir wollen unsere jungen Verbündeten doch nicht vor den Kopf stoßen und niemanden kompromittieren. Die Sieger waren die anderen, daran müssen wir denken, meine Herren.«

Ja, so besorgt und höflich mit »meine Herren« wurden die Rekruten in ihre Schranken verwiesen. »Singt etwas anderes oder gar nichts!«, fügte der Ausbilder hinzu.

Fortan marschierten die angehenden Piloten schweigend über das Rollfeld.

***

Ein Jahr war inzwischen vergangen. Es war ein hartes, ein entbehrungsreiches Jahr gewesen. Sicher, es hatte auch eine Menge Spaß gegeben – noch jetzt musste Michael hell auflachen, wenn er an so manchen Streich dachte, den er teilweise auch am eigenen Leib zu spüren bekommen hatte. Nie jedoch verlor er sein Ziel aus den Augen: Er musste und wollte nur eines, nämlich Pilot werden!

Der große Tag war angebrochen! Heute würden die Jungs zum ersten Mal seit Beginn ihrer Ausbildung ein Cockpit besteigen. Fast ein wenig verloren, unscheinbar wie bemalte Mäuschen, standen sie da die knallgelb lackierten Schulmaschinen PIPER-L-18 amerikanischer Provenienz und jahrzehntelang bewährt und tausendfach erprobt. Unzählige angehende junge Piloten in der gesamten westlichen Hemisphäre hatten ihre ersten fliegerischen Schritte in so einem Schulflugzeug absolviert.

Erwartungsfroh umringten Klaus, Manfred und Michael den Fluglehrer, dem sie zugeteilt waren.

»Ich bin Hauptfeldwebel Wiedfeld!«, zweifelsfrei ein »Fischkopp«, der Hamburger Slang war nicht zu überhören.

»Bereits zu Kriegszeiten habe ich Leute wie euch in die Luft gebracht! Also Kameraden, nur Mut, ich beiße nicht … zumindest vorläufig.«

Hier wurde pflichtgemäß gelacht.

»Im Übrigen halte ich diesen Vortrag immer gleich zu Beginn eines Lehrgangs, denn es müssen sämtliche Unklarheiten beseitigt sein. In unserem Gewerbe kann der kleinste Fehler tödlich sein. Den Verlust von euch … hier darf wieder gelacht werden … kann das Vaterland verschmerzen, aber so eine Maschine kostet ein kleines Vermögen! Daher ist es unbedingt erforderlich, dass die sogenannte Chemie zwischen uns stimmig ist. Nur wenn das gegenseitige Vertrauen bedingungslos ist, kann unsere Mission von Erfolg gekrönt sein. Daher bitte keine falsche Scheu. Wer denkt, dass ich nicht der Richtige für ihn bin, der soll es sagen; oder, wie es anderswo so schön heißt, für immer schweigen! Es ist keine Schande den Fluglehrer zu wechseln. Mein Wunsch und mein Ziel ist es jedenfalls, euch zu Piloten auszubilden, die auch im Augenblick von Gefahr instinktiv die richtige Entscheidung treffen. Falls also einer einen anderen Lehrer möchte – keine falsche Scham. Ich hoffe, wir haben uns verstanden!«

»Jawohl, Herr Hauptfeldwebel!«, erklang es wie aus einem Guss aus aller Munde.

»So, nachdem das nun geklärt wäre erhebe ich die Frage, wer von euch hat schon einmal ein Flugzeug oder gar ein Cockpit in natura gesehen?«

Klaus trat vor. Aus seinen Erzählungen wussten die Kameraden, dass er bereits zehn Stunden am Steuerknüppel einer CESSNA 152 gesessen hatte. Das ermöglichte ihm eine Mitgliedschaft im Aero Club Bremen.

Manfred hingegen erklärte freimütig, dass er noch nie einem Flugzeug so nahe gekommen war wie jetzt. Wohlweislich verschwiegen die Burschen jene Operation »Sprit für den Stern« an dieser Stelle aus gutem Grund.. Michael erzählte, dass ihm sein Vater zu seinem 16. Geburtstag einen Rundflug über Essen spendiert hatte. Bei dieser Gelegenheit durfte er ein paar Minuten das Steuer halten – ein symbolischer Akt ohne Bedeutung. Allerdings habe er sich intensiv mit Modellflugzeugen und Fernsteuerungen beschäftigt.

»Kennt ihr den Klassiker ›Der Flug des Phönix‹ mit Hardy Krüger?«, fragte Hauptfeldwebel Wiedfeld an dieser Stelle. Natürlich kannten sie diesen tollen Film alle.

»Da erklärt doch Hardy Krüger seinen geschockten Kameraden ganz ruhig, dass er eigentlich kein Flugzeugkonstrukteur sei, sondern lediglich Modellflugzeuge gebaut habe. Doch das sei im Prinzip dasselbe, und Aufregung daher nicht angebracht. Er werde das havarierte Flugzeug flott kriegen, daran ließ er keinen Zweifel! Also schön, meine Herren«, mit einer geübten Bewegung schob er seine Dienstmütze filmreif ein wenig in den Nacken, »jetzt erkläre ich euch das Um und Auf, das Prozedere vor dem Start. Absolut überlebenswichtig: Die Vorflugkontrolle. Fahrwerk, Bewegung der Steuerelemente, Spornrad, ganz wichtig Öl- und Treibstoffkontrolle. Wenn das alles kontrolliert und für okay befunden ist, erst dann besteigen wir das Cockpit. Übrigens, ihr habt doch sicher auch in den Nachrichten gehört, dass gestern ein Starfighter, die derzeit beste, sicherste und modernste Maschine, abgestürzt ist. Leider kam der Pilot dabei trotz des Schleudersitzes ums Leben.«

Hauptfeldwebel Wiedfeld konnte zu diesem Zeitpunkt noch nicht wissen, dass der Starfighter in ein paar Jahren die charakteristische Zusatzbezeichnung »Witwenmacher« tragen und Franz Josef Strauß um ein paar Millionen reicher machen würde. Stattdessen setzte er seinen Vortrag fort: »So Klaus, dann wollen wir Mal, du darfst mir als Erster deine Flugkünste demonstrieren. Denk allerdings daran, dass es sich hier um einen zarten Spornradflieger und keine Ganzmetall CESSNA mit Bugradsteuerung handelt. Hier haben wir einen Steuerknüppel zwischen den Beinen, kein Steuerholm. Deswegen fangen wir auch ganz von vorne an«, erklärte der alte Hase und sparte nicht mit allen möglichen Ratschlägen. Gleichmäßig beruhigend schnurrte das 90 PS Lycoming Triebwerk. Weil dieses einfache Schulflugzeug kein Radio besaß, musste der Fluglehrer sich mit seinen Schülern brüllend verständigen. Ein Starthelfer gab mit roter oder grüner Flagge die Start- oder Landeerlaubnis. Wie der Dirigent eines Orchesters wedelte der Flugleiter den abfliegenden und landenden Maschinen zu. Dabei wurde er von den kritischen Zuschauern penibel beobachtet. Bereits nach relativ kurzer Zeit kristallisierte sich heraus, wer ein feinfühliger Pilot werden würde und wer doch eher zum »Holzhacker«

geboren war. Diesbezüglich nahm Wiedfeld ebenfalls kein Blatt vor den Mund.

Im Ausbildungsprogramm war vorgesehen, dass jeder Flugschüler nach 20 absolvierten Flugstunden seinen ersten Alleinflug hinter sich bringen sollte. Das war natürlich für jeden ein heftig herbeigesehntes Ereignis.

Kaum eine Anschlagtafel in einer Kaserne erfreute sich solcher Aufmerksamkeit wie das schwarze Brett im Ausbildungszentrum. Hinter der Namensliste steckten grüne oder rote Fähnchen – diese Fähnchen legten Zeugnis davon ab, wie der Lehrer den Flug seines Schülers beurteilt hatte und allenfalls eine Wiederholung angesagt war. Wer mit drei roten Fähnchen bedacht worden war, wurde erst zu einem Lehrerwechsel verdonnert oder es erfolgte gar die schmerzliche Beendigung der Ausbildung.

Michaels Kameraden waren überrascht und vielleicht auch ein bisschen neidisch, weil er sich als absolutes Talent entwickelte – möglicherweise trug auch sein starker Wille den begehrten Schein zu erlangen, das Seinige dazu bei. Bekanntlich ist es der Wille, der Berge versetzt.

Bereits nach der zehnten Flugstunde entschied sein Lehrer enthusiastisch: »So, mein Junge, das hast du wirklich bisher alles prima hingekriegt. Deswegen werde ich dich nun beim Staffelchef zum Prüfungsflug anmelden. Dann kannst du deinen Kumpels zeigen, was aus einem Konditor werden kann. Hier zählt nämlich nicht der erlernte Beruf, nein, fliegerisches Feingefühl ist gefragt! Bist du also bereit?«

»Jawohl Herr Hauptfeldwebel, wenn Sie meinen, dann melden Sie mich bitte für den Checkflug an. Ich bin überzeugt, dass ich es schaffe, von mir aus kann es losgehen!«, Michael war beinahe in eine Ekstase verfallen. Er war motiviert wie noch nie zuvor in seinem Leben.

Natürlich staunten Michaels Kameraden, als sich der Chefpilot zu Michael ins enge Cockpit quetschte und wenig später die kleine Piper wie eine leichte Feder in den tiefblauen Abendhimmel entschwand.

Wenig später wurden die im Rasen liegenden Gaffer Zeugen, wie die Piper sanft zur Landung einschwebte und die ›Mühle‹ ebenso behutsam auf festen Boden zurückkam. Michael hatte die Maschine butterweich auf den Rasen gesetzt. Leider hüpften gewöhnlich die leichten Kisten bei den Landungen nur allzu oft wie übermütige Küken herum und manchmal musste sogar durchgestartet werden.

»Klasse, wirklich allererste Sahne!«, kam selbst der ansonsten mit Lob eher sparsame Hauptfeldwebel nicht umhin festzustellen. Dann kam der große Augenblick: Der Chefpilot klopfte dem Prüfling anerkennend auf die Schulter, während draußen an der Tragfläche der Maschine rote Fähnchen angebracht wurden. Eigentlich ein Warnzeichen, das signalisierte: Achtung, hier ist ein Flugschüler am Werk!

Natürlich sichtlich stolz, aber trotzdem mit Herzklopfen, rollte Michael nun alleine auf die Startbahn. Als er abhob, jauchzte er vor Freude und Übermut – sein erster Alleinflug! Das zweitschönste Gefühl im Leben … behaupten zumindest jene, die es wissen mussten.

Michael drehte seinen Kopf nach hinten, ganz so, als könne er es gar nicht glauben allein in der Maschine zu sitzen. Keine Spur von Furcht oder gar Angst. Nach drei perfekten Platzrunden und zwei eleganten Durchstartmanövern setzte er zur perfekten Dreipunktlandung an und berührte den Boden gleichzeitig mit dem Hauptfahrwerk und dem Spornrad und ohne einen Hüpfer auf der Graslandebahn. Langsam rollte er dann zum Abstellplatz, um seine endgültige Parkposition einzunehmen. Nach dem Abstellen des Motors schnallte er sich ab, warf die Sicherheitsgurte zurück und sprang lässig aus der Maschine. Begeistert lachte er seinen Kollegen entgegen.

»Willst du keine Meldung mache?", forderte sein Fluglehrer.

»Was soll ich tun, ?«

»Na eine Meldung, wie sich das gehört: »Flieger Faber von seinem Erstflug zurück! So sollte das Ende ablaufen!«

Michael folgte artig dem Befehl, und brüllte eine zackige Meldung ins Gelände.

Kaum hatte er ausgesprochen, als die Kerle auch schon über ihn herfielen – nach altem Fliegerbrauch wurde ihm gründlich der Hintern versohlt. Die kräftigen Schläge auf besagtes Körperteil sollen dem zukünftigen Piloten das Sitzfleisch stärken und natürlich die fliegerischen Leistungen steigern. Michael ließ diese Zeremonie stoisch über sich ergehen. Das gerade er, als Backstubenmensch, weswegen er unzählige Male gehänselt worden war, als erster diesen wichtigen Schritt tun durfte und dabei auch erfolgreich war, das erfüllte ihn schon mit Stolz und Freude. Dabei musste man auch berücksichtigen, dass er im Gegensatz zu manch anderem keinerlei fliegerische Vorkenntnisse besaß.

Hauptfeldwebel Wiedfeld reichte seinen erfolgreichen Schützling selbstsicher wie ein balzender Auerhahn herum. Mit der Zeit hatte sich herauskristallisiert, dass Wiedfeld beileibe kein besserwissender Schulmeister war, sondern ganz im Gegenteil eher ein väterlich fürsorglicher Kamerad. Diese positiven Eigenschaften machten ihn bei den Rekruten beliebt und er war ein begehrter Ausbilder.

Manfred erreichte nach seiner 19. Flugstunde die Erlaubnis zum Alleinflug.

»Ich hab's geschafft!«, gab er laut hörbar von sich und war von diesem Augenblick an auch merklich gesprächiger, gelöster und unbefangener.

Eigenartigerweise war es Klaus, der die größten Probleme hatte. Trotz seiner fliegerischen Erfahrungen waren seine Landungen holprig und gingen nur mit Nachsicht aller Taxen durch. Nicht selten vernahmen die Zuschauer das aufgeregte Schreien Wiedfelds. Fast panisch erklang »Zieh zurück, du Trottel!« und wenn der einmal zu solchen Ausdrücken aus seiner Wortschatzvorratskammer kramte, dann sprach das Bände. Da musste schon etliches aus dem Lot geraten sein. Nach diesem Vorfall wurde Klaus einem anderen Lehrer zugeteilt.

Überhaupt verlief die »Karriere« von Klaus etwas eigenartig. Er hatte bereits mehr als 20 Flugstunden absolviert und war noch immer kein Solist – absolut unüblich. Offensichtlich jedoch nicht bei Klaus.

Den Kameraden stellte sich die Frage immer öfter, warum nicht auch bei ihm – wie bei anderen – nach 20 Stunden die »Reißleine« gezogen wurde.

Die Gerüchte, dass die Position und das Vermögen des Vaters hier eine gravierende Rolle spielten, wollten nicht verstummen. Der Vater war ein hohes Tier, das stand zweifelsfrei fest. Nach der 26. Flugstunde absolvierte Klaus endlich auch seinen Soloflug. Danach stand eines fest: Das Fliegen schien keineswegs Klaus Domäne zu sein. Manfred murmelte in diesem Zusammenhang einmal: »Kartenspielen und Singen, das kann man nicht erzwingen!«

Überdies war es Klaus nicht möglich, seine Fehler einzugestehen. Entweder war der Fluglehrer ein Stümper oder der Seitenwind zu stark und boykottierte seine Landungen. Michael, zeitweise ein wenig unterfordert, trieb sich gelangweilt herum, während seine Kameraden noch paukten, dass ihnen die Köpfe rauchten. Da unterbrach ein Fluglehrer seine Tagträume: »Du bist doch der Faber, der Wunderknabe, hättest du nicht Lust mal mit mir zu fliegen? Ich bin übrigens der Feldwebel Hansen.«

»Super! Gern, Herr Feldwebel, ich häng hier ohnehin nur herum.

»Ich soll eine T6 nach Diepholz zur Werft bringen. Bei dieser Gelegenheit könnten wir sinnvollerweise einen Navigationsflug veranstalten, das wäre doch was, oder?«

»Und ob ich Lust habe, hier stehle ich ohnehin nur dem Herrgott den Tag!«

»Also abgemacht, ich frage den Gruppenchef, er hat sicher nichts dagegen.«

»Gut, aber wie kommen wir wieder zurück?«

»Mach dir darum keine Sorgen, wir bringen eine Maschine hin und holen eine andere ab. Vermutlich eine Piaggio 149. So eine wie die dort.« Er zeigte auf eine viersitzige Maschine am Ende der Parkfläche.

»Nutz die Gelegenheit, Faber, so lernst du rasch die technischen Unterschiede sowie auch die fliegerischen kennen, die nun einmal zwischen den einzelnen Typen und Marken bestehen. Und ich will natürlich deine sagenhaften fliegerischen Talente bewundern, man redet ja von nichts anderem mehr!«, gestand der Feldwebel lachend ein.

Neidische Blicke trafen Michael, als er in Begleitung des Feldwebels, ausgerüstet mit Fallschirm und Kopfhörer, über das Flugfeld auf die T6 zuging. Im Übrigen wurde Michael inzwischen längst von keinem der Kameraden mehr als Teigfuzzi oder Ähnlichem betitelt, diese Zeiten waren mit seinen fliegerischen Erfolgen endgültig passé. Er stand nun ganz oben auf der »Liste«. Es war den anderen Fluglehrern offensichtlich ein Vergnügen mit dem aufsteigenden Stern am Pilotenhimmel gemeinsam zu fliegen und zu sehen, was in dem Kerl steckte.

Dank dieses Umstandes lernte Michael die diversen Flugzeugtypen kennen und konnte sich so mit den Besonderheiten dieser Maschinen vertraut machen, die sich nicht nur in der Technik unterschieden, sondern auch im Flugverhalten.

»Es ist eine unverrückbare Tatsache, dass sich jede Maschine anders fliegt – das ist so wie mit den Frauen!«, erklärte ein Feldwebel einmal, der für seine beneidenswerte Horizontalisierungsbegabung bekannt war.

Hansen erläuterte inzwischen seinem Schützling einige Besonderheiten im Umgang mit der T6 und führte ein paar Manöver mit einigen Handgriffen vor. Michael folgte dem Feldwebel konzentriert und alles was der tat oder sagte, brannte sich in seinem Kopf ein.

Nach einigen Wochen ging diese erste Etappe zur Pilotenausbildung zu Ende. Anfangs hatten sich an die 50 hoffnungsvolle junge Männer um die Fluglehrer geschart – jetzt waren noch zwölf an Bord. Nur diese hatten das Ziel erreicht, jetzt war die weitere Ausbildung zum Kampf- und Jetpiloten vorgesehen.

Das bedeutete: USA wir kommen!!! Möglicherweise nach Texas – dort würden sie Cowboy spielen und mit großen »Amischlitten« herumkutschieren. Die Träume und Erwartungen waren grenzenlos.

Nur für Klaus gab es einen Wermutstropfen in der Euphorie: Wohin mit seinem geliebten Mercedes? Verkaufen? Doch wie sollte er das bewerkstelligen? »Ich habe dafür keine Zeit mehr! In zwei Wochen hauen wir ab! Was kann ich wohl dafür kriegen?«

»Mein Gott, hat der Sorgen!«, dachte Michael und vermutete, dass es ihn gänzlich unvorbereitet getroffen hatte, es geschafft zu haben. Offensichtlich hatte er selbst nicht daran geglaubt,,die Anfangsschulung zu bestehen .

Kapitel 6

Der Mercedes wurde ans Schwarze Brett »genagelt«, doch kein Schwein meldete sich. Klaus wurde deswegen von Tag zu Tag nervöser und rannte den ganzen Tag mit sorgenvoller Miene durch die Gegend.

Natürlich war das »glorreiche Dutzend« wegen der bevorstehenden Reise in die USA schrecklich aufgeregt und es gab in den Gesprächen kein anderes Thema mehr – die neue Welt, die Wolkenkratzer und die Düsenjäger der US Air Force, es war eine wahrhaftig spannende Zeit.

Freitagabend, die Kantine war nicht nur mit Soldaten vollgepfropft, sondern auch mit Rauch. Außerdem war die Stimmung ausgelassen und der Bierumsatz dementsprechend. Man konnte sein eigenes Wort kaum verstehen. Da kam ganz aufgeregt ein Berliner Rekrut hereingeplatzt und verkündete lautstark: »Habt ihr schon gehört, Michael hat einen ziemlich schweren Unfall gehabt!«

Im Nu senkte sich der Geräuschpegel ab und eine bedrückte Stimmung breitete sich aus.

»Was ist passiert?«, wollten seine Kameraden sofort wissen.

»Er ist beim Radrennen schwer gestürzt! Es sieht ziemlich schlimm aus.«

»Und wo haben sie ihn hingebracht?«, erkundigte sich Klaus besorgt.

»Ich bin sicher, erstmal ins Krankenrevier«, meinte der Berliner. »Ich hoffe, dass er sich nichts gebrochen hat.«

Die Jungs veranstalteten nach Dienst manchmal Fahrradrennen rund um die Sportanlage. Dabei war Michael die Kette gerissen und er war ausgesprochen unglücklich gestürzt.

Eine Viertelstunde später umringten Michaels Kameraden besorgt sein Krankenbett im Revier. Doch der grinste, obwohl mit Verbänden und Heftpflaster verziert, bereits wieder über das ganze Gesicht. Er schien nicht ernsthaft verletzt zu sein. Zwar war der linke Arm geschient, doch alles halb so wild; wie das Unfallopfer sich ausdrückte.

»Ja Jungs, da habe ich leider eine schöne Scheiße gebaut!«

»Glaubst du die Pillendreher schreiben dich bis zum Abflug wieder dienstfähig?«

»Ich hoffe es …«, seufzte Michael.

Nur wenige Tage später baute sich der Stabsarzt am Fußende von Michaels Bett auf und erklärte bestimmt: »Unteroffizier Faber, bedaure, aber Sie sind nicht reisefähig, tut mir leid!«, der Arzt wandte sich ab und verschwand mit wehendem weißen Mantel gefolgt von einer Schar von Ärzten, Schwestern und Sanis. Fassungslos vergrub Michael seinen Kopf im Kopfkissen und ließ den Tränen freien Lauf. Er konnte sie nicht unterdrücken, die Enttäuschung war einfach zu groß. Das Faktum, nicht flugfähig, war nicht aus der Welt zu schaffen und alles wegen so eines blöden Sturzes mit dem Fahrrad.

Sogar seine Fluglehrer Wiedfeld und Hansen besuchten den Pechvogel im Krankenrevier.

»Komm, lass den Kopf nicht hängen, wenn auch das nicht geklappt hat, es kommt garantiert eine neue Chance, möglicherweise sogar eine bessere als diese. Wir haben uns schon schlau gemacht«, verriet Hansen. »Der nächste Kurs soll zwar nicht in den Staaten abgehalten werden, sondern in Landsberg da unten in Bayern, aber dafür auf einem überscharfen Fluggerät, der FOUGA MAGISTER! Da horchte Michael auf, denn als sogenannter Strahltrainer war die FOUGA MAGISER das zweite düsengetriebene Schulflugzeug der Welt nach der Fokker S.14 Machtrainer. Die Maschine war auch einsetzbar als leichtes Aufklärungs- bzw. Kampfflugzeug.

Das Flugzeug wurde bereits ab 1949 aus dem Turbinenmotorsegler CM.8-R13 entwickelt. Die Vorstellung des Prototyps am 23. Juli 1952 war so beeindruckend, dass die Armee de l'air zunächst eine kleine Serie von zehn Flugzeugen bestellte. Ein Folgeauftrag über mehr als 90 Maschinen erfolgte im Jahre 1954.

Bei der Magister handelt es sich um ein zweisitziges Ganzmetallflugzeug mit einem 110-Grad-V-Leitwerk, einem so genannten Schmetterlingsleitwerk.

»Ihr steigt also direkt von der Piper auf einen zweistrahligen Düsenjet um. Nebenbei bemerkt, du bekommst sofort die große Jetfliegerzulage. Also wir wünschen dir, dass du diesen >Glückshafen< hier bald verlassen kannst und dann nichts wie ab nach Bayern. Es ist keine Frage, ich habe mit dem Stabsarzt gesprochen, du bist in zwei Wochen wieder absolut fit. Kopf hoch und nicht den ganzen Tag Trübsal blasen!«, befahl Väterchen Wiedfeld eindringlich zum Abschied.

Kapitel 7

Bereits ein paar Tage später durfte Michael das Krankenrevier verlassen, doch mit nach Amerika durfte er nicht. Trotz aller Beschwichtigungsversuche seiner Vorgesetzten war Michael deprimiert, als er hautnah mit den Reisevorbereitungen seiner Kameraden konfrontiert wurde. Die scherzten übermütig, während sie ihre Seesäcke packten. Auf der Stube ging es zu wie auf einem Jahrmarkt, als sie ihre neuen kakifarbenen Uniformen anprobierten und wie ausgelassene Kinder herumhüpften.

Klaus versuchte Michael zu trösten und dabei machte er ihm folgenden Vorschlag: »Hör mal, mein Freund und Kupferstecher«, eröffnete Klaus, vermutlich nicht ganz uneigennützig sehr vorsichtig ein neues Thema. »Ich mach dir einen Vorschlag, es geht um den Mercedes. Ich verkauf dir den Wagen zu einem Schleuderpreis ... und wenn ich zurückkomme, was ja so gut wie sicher ist, wenn mich nicht eine Klapperschlange in der Wüste ins Jenseits befördert, dann kauf ich dir den Wagen zu den gleichen Bedingungen wieder ab. Na, was hältst du davon?«

»Gar nichts!«, konterte Michael. »Das hört sich ganz wie ein Leihwagengeschäft an! Ne, so etwas mach ich nicht. Wie lautet denn deine unterste Schmerzgrenze?«, hakte Michael aber doch nach, natürlich reizte ihn der Wagen.

»Also 2.000 Mark muss ich schon bekommen. Ist das für dich machbar?«

»Gut – abgemacht; das kann ich schaffen. Hand drauf!«, stimmte Michael rasch zu.

Vor der Bank gab Michel an Klaus die vereinbarten 2.000 DM weiter. Da rückte Klaus mit einigen Sonderwünschen an: »Ich möchte, dass du den Wagen vorläufig nicht ummeldest ... vielleicht bin ich ja aus Amerika schneller zurück, als wir alle glauben. Man kann ja nichts absolut sicher wissen!«

»Daraus wird nichts, davon war niemals die Rede. Ich habe dir deutlich gesagt, verkauft ist verkauft und damit basta. Wir haben ja deswegen auch einen schriftlichen Kaufvertrag abgeschlossen, oder denkst du, das ist alles nur ein Kasperltheater? Ich werde den Wagen nächste Woche ummelden und auch die Versicherung lass ich umschreiben. Daran gibt es nichts zu rütteln. Alles klar, mein Sportsfreund?«

Letztlich gab sich Klaus kleinlaut geschlagen und nervte den »Neuautobesitzer« noch mit allerlei Krimskrams.

»Denk an den Ölwechsel, pass auf die Drehzahl auf, vermeide es hochtourig zu fahren!«

Schließlich wurde es Michael zu viel. »Löchere mich nicht mit deinen Weisheiten, ich hab schon gewusst, wie ein Motor von innen aussieht, da konntest du das Wort noch nicht einmal schreiben, also geh mir mit deinem Gesülze nicht auf die Eier!«

Klaus schwieg betreten. So grob hatte er Michael noch nie erlebt – und er litt unter dem Verlust seines geliebten Mercedes. Nachdem sich die Wellen geglättet hatten, betraten die beiden wieder ihre Stube und wurden gleich von den Kameraden überfallen, und die Idee dieser verrückten Horde war natürlich nicht ganz abwegig. Der Abschied von der deutschen Heimat musste gebührend gefeiert werden und was bot sich da mehr an, als Hamburg mit seiner Reeperbahn und den dort befindlichen Attraktionen.

Paul bearbeitete Michael so lange, bis er sich breitschlagen ließ, mitzukommen.

»Da kannst du deine neue Errungenschaft gleich gebührend einweihen … das ist ja förmlich ein MUSS!«, hatte der ihn spitzbübisch provoziert, der mit seinen Gedanken schon bei einem Schaufensterbummel in der Herbertstraße war. Zweifelsfrei rangierten die »Damen« in der Gefühlswelt der Jungs weit vor dem Schmerz über den Abschied von der deutschen Heimaterde.

»Also gut, ich opfere mich für euch Saubande und spiele sogar den Schofför«, gab Michael lachend nach. Die Kameraden legten Räuberzivil an. Das hätten sie im Übrigen auch getan, wenn es nicht den Befehl gegeben hätte, die Reeperbahn nicht in Uniform aufzusuchen. Niemand von ihnen hatte das Bedürfnis, sich auf der sündigen Meile als Soldat zu outen.

»Und wo bitteschön darf ich die Herrschaften absetzen?«, erkundigte sich Michael, ganz Taxifahrer, bei seinen Freunden.

»Zuerst einmal auf die große Freiheit … dann die Hauptstraße entlang bis zum Café Keese, direkt vis a vis vom Wachsfigurenkabinett und dort halten«, kam die präzise Anweisung von Klaus.

»Da ist es schon, siehst du die Leuchtreklame da hinten?«, die einschlägigen Kenntnisse besaß der Kerl ohne Frage.

»In dem Laden gibt's Tischtelefone und nur die Damen dürfen zum Tanzen auffordern. Sozusagen permanente Damenwahl …«, er grinste schmierig.

»Kannst du überhaupt tanzen?!«, fragte Paul dazwischen.

»Darauf wird es in diesem Fall kaum ankommen …«, meinte Klaus vielsagend grinsend.

»Außerdem, wer fliegen kann, der findet sich auf so einer schummrigen Tanzfläche allemal zurecht. Du musst ja mit deinen Latschen nicht gleich einer der Damen das Bein brechen, klar?«

Michael gab schließlich auch noch seinen Senf zu diesem Thema dazu: »Ob ich tanzen kann? Ich bin quasi ein Vortänzer. Nur heut auf Grund meiner »Verwundung« noch etwas gehandicapt. Das klang zwar mehr nach Kriegsverletzung als nach einem Fahrradunfall, aber so pingelig war in dieser Stimmung keiner von ihnen. Unter diesem fröhlichen Geplänkel hatten sie ihr Ziel erreicht und Michael warf die Bande aus dem Wagen: »So und jetzt raus, ich schau mich nach einem Parkplatz um!«

Ihre überschüssigen Kräfte zeigten sich im Zuknallen der Türen des geplagten »Sterns«. Mit sichtbar freudiger Erwartung eilten sie die sündige Meile hinunter.

Nachdem Michael den Wagen ordentlich abgestellt hatte, schlenderte er die Hauptstraße der Großen Freiheit entlang – er hatte es nicht so eilig wie die Kameraden. Neugierig war er allerdings auch.

Schrill leuchtende Neonreklameschriften überboten einander, deren Aussagen waren kontinuierlich eindeutig verlockend. Und dass es sich hier nicht um ein Kulturprogramm handelte war dem Besucher ohnehin klar. Wohin Michaels Blick auch schweifte: Mädchen in eindeutiger Pose versprachen den nach Möglichkeiten einer Berührung ausschauenden Herren, ein paar Damen waren wohl auch darunter, die Hölle – der Himmel war hier nicht gefragt auf Erden. Michael, der ein derartiges Treiben noch nie zuvor in seinem Leben gesehen hatte, war natürlich angetan – welcher Junge wäre das wohl nicht gewesen?

Trotzdem sinniert er: »Da lobe ich mir doch die Scheune in unserem Dorf, in der gelegentliche Tanzveranstaltungen stattfinden. Die feschen Mädchen vom Lande wirkten viel anziehender auf ihn, als die vom Leben gezeichneten aufdringlich geschminkten Frauen hier. Das Feilbieten ihrer Körper erinnerte Michael an eine Metzgerei – zugegebenermaßen nicht nur. Als er die Preise sah und hörte, kam ihm, dem »alten Sparfuchs« die letzte Lust abhanden – die Reeperbahn, das war nicht seine Welt, soviel stand bereits nach ein paar Minuten fest.

»Nachschau halten, was die Burschen im Café Keese schon verbrochen haben, ist bestimmt keine schlechte Idee!«, dachte er laut und war doch ein bisschen besorgt, als der den bekannten Laden betrat. Wie heißt es doch so treffend: »Übermut tut selten gut!«

Schnurstracks ging er auf die Theke zu, wo noch ein paar Hocker frei waren. Bald entdeckte er seine Kameraden auf der Tanzfläche. Die waren mit ihren »Tanzpartnerinnen« hinreichend beschäftigt.

Kaum hatte er seinen Hintern am Hocker platziert, da kümmerte sich bereits eines der zahlreich anwesenden Mädchen rührend um ihn.

»Na, Kleiner, hast du dich verlaufen, oder darfst du schon etwas Anständiges zu dir nehmen?«

Dass die Blonde ein Profi war, das erkannte selbst der unbedarfte

Michael sofort. »Ein Radler bitte … Bier mit Limo, wenn's geht! Ich bin der Busfahrer und kann nichts Hartes trinken.«

»Egal, wie auch immer, kostet 5 Mark. Nebenbei für einen Busfahrer bist du noch ganz schön grün hinter den Ohren …«

Michael gab klein bei. »Na, wenn du meinst, nicht mehr und nicht weniger als meine Jungs, die mir dort zuwinken. Klingt das glaubwürdiger?«

»Entschieden besser. Wie heißt du denn Blondie?«

»Michael, alle rufen mich aber Mikel. Und du, hast du auch einen Namen? Ich kann mir nicht helfen, aber irgendwie passt dein Gesicht nicht in diesen Laden – hast du dich vielleicht auch verlaufen?«

»Ich bin hier nicht angestellt, nur am Wochenende helfe ich aus. Normalerweise arbeite ich als Friseuse … aber die Knete langt halt nie, deswegen mach ich das hier nebenbei. Das, was ich hier als Trinkgeld bekomme, verdiene ich die ganze Woche über im Friseurladen … klar?«

»Verstehe. Wie heißt du denn nun?«, hakte Michael nochmals nach.

»Meine Eltern haben mich Roswitha getauft. Bist du jetzt zufrieden, mein kleiner Mikel?«, das klang eher niedlich, denn spöttisch.

Einige Zeit leistete die Friseuse Michael noch Gesellschaft, obwohl offensichtlich war, dass mit ihm kein Blumentopf zu gewinnen war. Dann wandte sie sich abrupt einem Glatzkopf zu, der eine bessere Ertragschance bot.

Gerade in diesem Moment tauchten die Kameraden auf und konfrontierten ihn mit ihrem Vorhaben: »Nachdem du ja jetzt hier fertig bist«, Klaus konnte ein gehässiges Grinsen nicht unterdrücken, »würden wir gern einen Tapetenwechsel vornehmen. Es wäre eine grauenhafte Bildungslücke, wenn wir die Herbertstraße nicht besichtigen!« Die unbedingt notwendige Erläuterung, dass die Nutten sich dort in Schaufenstern präsentierten, kam nur im Flüsterton rüber.

Michael winkte »seiner Rosi« verhalten zu – und diese beantwortete die Geste doch tatsächlich mit einem vertraulichen Zwinkern, während der Glatzkopf mit geschlossenen Augen an seinem Cognacschwenker nippte. Rosi erfreute sich bereits an einem Glas Sekt.

Der »Stoßtrupp« strebte währenddessen bereits dem Ausgang zu, denn die Herbertstraße wartete.

Da war sie, die berühmt-berüchtigte Herbertstraße, das sündigste Pflaster der Hafenstadt. Am Entree war eine Holzwand als Sichtblende mit einer Aufschrift angebracht, die eindeutig klärte, dass Jugendlichen unter 18 Jahren und Frauen der Zutritt zur Lustmeile untersagt war.

Was sich da an Mädchen in den Schaufenstern präsentierte, begann vermutlich bei 18 Jahren. Nach oben hin war die Skala offen. Stiefel, Lack und Leder waren ebenso zu bewundern wie Schuluniformen und Trachten. Auch gigantische Busen, die oftmals schon der Schwerkraft Folge leisten mussten, was auch diverse unterstützende Maßnahmen nicht zur Gänze kaschieren konnten, wurden dargeboten.

Für Michael stand fest, dass für den Durchschnittsmann dieser Anblick eher nicht lustfördernd war … wie es aussah, wenn man einen Intus hatte, konnte er noch nicht einschätzen.

Obszöne Gesten und dumme, meist überdies vulgäre Sprüche unter den »Besuchern« wechselten sich ab. Der große »Kick« blieb bei den jungen Rekruten jedoch aus. So wurde bereits nach verhältnismäßig kurzer Zeit der Wunsch laut, die »Luststätte« wieder zu verlassen.

»Wie auch immer, wenn man schon hier in Hamburg ist, muss man sich das angesehen haben – und wenn es nur den Zweck erfüllt, es gesehen zu haben«, erklärte Michael philosophisch und verband damit gleich den Vorschlag, den Heimweg anzutreten. Da allerdings stieß er bei seinen Fahrgästen auf wenig Gegenliebe.

»Du spinnst, warum jetzt schon?«, bemerkte Paul erbost, und Klaus ergänzte: »Wir müssen unbedingt noch die Bayrische Kneipe besuchen, dort ist das ganze Jahr über Oktoberfest. Das Hofbräuhaus bei den »Fischköpfen«! Das ist ein MUSS! Übrigens Chauffeur … das Hofbräu ist gleich neben der Davidswache, und die ist leicht zu finden, los Fahrer!«

Michaels zaghafte Proteste wurden ignoriert, und es wurde eine verdammt lange Nacht.

Morgengrauen – für Michael war die Heimfahrt am Morgen tatsächlich ein Grauen. Die Saufköpfe neben und hinter ihm schliefen ihren Rausch aus, und er konnte die Augen kaum offen halten. Die Wache an der Einfahrt zur Kaserne warf nur einen Blick auf das Elend und nickte wissend. Wortlos winkte der Gefreite am Schlagbaum die angeschlagene »Fracht« durch.

Der Teufel muss Michael in diesem Augenblick geritten haben und ihm eine Idee ins Ohr geflüstert haben. Er fuhr die dösenden Kameraden nicht schnurstracks zur Unterkunft, sondern in das kleine Wäldchen hinter der Sportanlage. Dort parkte er den Mercedes am Waldrand. Obwohl es regnete, lief Michael zu Fuß in die Unterkunft und ließ die »Freunde« im wahrsten Sinne des Wortes im Regen stehen. Während er lief, stellte er sich mit grinsendem Gesicht die überraschten Visagen seiner Fahrgäste vor, die nach dem Erwachen keine Ahnung haben würden, wo sie sich eigentlich befanden.

Sicherlich würde ihnen irgendwann dämmern, wo sie deponiert worden waren. Für die angesäuselten Jungs würde es beileibe kein Vergnügen sein, im Regen zur Unterkunft zu torkeln. Immerhin würden sie wenigstens einigermaßen nüchtern durch die sportliche Übung und die oberflächliche Säuberung durch die Natur sein. Michael erinnerte sich lachend daran, wie sie ihn samt Bett im Kasernenhof abgestellt hatten – ein gerechter Ausgleich fand er.

Natürlich rechnete Michael mit einem »feindlichen Gegenschlag«, aber außer ein paar bissigen Bemerkungen, die besser nicht gedruckt werden sollten, gab es keine Revancheakte.

Als sie sich zu einem letzten Abschiedstrunk vor dem Abflug in die USA trafen, war alles vergessen und vergeben, und die kumpelhafte Stimmung herrschte wie eh und je.

Eine letzte Umarmung, ein Händedruck und Michael blieb noch immer enttäuscht allein zurück. Die Freunde waren auf dem Weg nach Hamburg, der ersten Etappe ihrer langen Reise. Von dort aus brachte die SUPER CONSTELLATION der Lufthansa, gebaut von Lookheed in Burbank (CA) – damals das non plus Ultra der zivilen Luftfahrt –, die Jungpiloten über den Atlantik. Knapp 13 Stunden benötigte die »Super Connie« für die etwa 3900 Meilen, also ca. 6200 Kilometer von Hamburg bis zum Idlewild-Flughafen (heute JFK) in Queens, New York City. Die CONSTELLATION war die erste Passagiermaschine, die eine solche Distanz ohne Zwischenlandung schaffte. Der lange Flug über den großen Teich sollte sich also problemlos gestalten.

Obwohl die 16 Stunden in den engen Sitzen des Flugzeuges, gepaart mit der ungewohnten Zeitverschiebung – Hamburg-New York minus 9 Stunden – wahrlich kein Honiglecken ist – die jungen Pilotenanwärter verließen die Maschine an ihrer »Destination« putzmunter und bestens gelaunt – die Aufregungen der Reise beseitigte jedes Unbill im Nu.

Kapitel 8

Anfangs war Michael deprimiert. Der Grund war nicht nur, dass er nicht mit nach Amerika durfte, sondern auch, weil die »Rasselbande« ihm fehlte – so sehr sie ihn auch manchmal genervt hatte.

Er vermutete, dass er den Befehl bei der Gestaltung des neu zu errichtenden Fliegermuseums mitzuhelfen nur deshalb erhielt, weil man ihn von der Eintönigkeit des täglichen Dienstbetriebes befreien wollte. Denn die war seiner Niedergeschlagenheit ausgesprochen zuträglich.

Direkt an der Hauptstraße befand sich ein altes ungenutztes Gebäude, das man einer vernünftigen Verwendung zuführen wollte und so entstand die Idee zur Errichtung eines Fliegermuseums.

Eine ramponierte Messerschmitt 109 (Me 109 - eine kleine Jagdmaschine) flankierte imponierend den Haupteingang. Leider hatte man die Spuren der Zeit, die unübersehbar waren, nicht beseitigt, ob aus Geld- oder Zeitmangel war schwer zu beurteilen. Vielleicht war es auch schlichtes, bürokratisches Desinteresse. Beim Bund war und ist alles möglich. Zahllose Exponate mussten restauriert werden; Arbeiten, die dem Tüftler Michael gelegen kamen. So waren die Wochen mit hektischer Betriebsamkeit ausgefüllt und die Zeit verstrich wie im Flug.

Nichtsdestotrotz verweilten Michaels Gedanken doch fast täglich einmal bei den Kameraden im fernen Amerika. Was jetzt wohl gerade bei denen lief? Durften sie schon alleine hinter das Steuer eines Düsenjets? Ob sie die Heimat in der Prärie vermissten und vor allem, wie war es mit der Sprache. Die Lehrer hatten sie vorgewarnt: »Ihr werdet zwar ganz gut sprechen können und man wird euch mehr oder weniger gut verstehen, aber ob ihr die Amis versteht, zumindest am Anfang, das steht auf einem anderen Blatt.«

Michaels Arm war inzwischen wieder genesen ... wenn er doch jetzt bei den Jungs sein könnte! Doch dieser Weg war ihm versperrt.

»Du musst auf den neuen Kurs warten, schade, aber es gibt keine andere Möglichkeit«, beschied man ihm zum wiederholten Mal, wenn er wieder und wieder mit dem Thema anfing.

Also blieb ihm nur das Warten auf die nächste Auslese.

»Was denkt ihr, wann wird der nächste Anfängerkurs zu Ende sein?«, fragte er seine Ausbilder ständig. Doch niemand konnte diese Frage seriös und konkret beantworten. Also blieb tatsächlich nur zu warten und die Zeit so sinnvoll wie möglich herumzubringen.

Der Verantwortliche für das Museum, und damit Michaels unmittelbarer Vorgesetzter, war ein alter Kriegsvertan, ein Oberstabsfeldwebel. Dieser Haudegen konnte nicht nur aus einem riesigen Fundus aus selbst Erlebtem schöpfen, sondern war hinsichtlich militärischer Historie zu Michaels Überraschung auch sehr belesen. Die beiden verstanden sich bereits nach kurzer Zusammenarbeit ausgesprochen gut, und Michael profitierte häufig aus den nostalgischen, aber geschichtlich fundierten Erzählungen des Oberstabsfeldwebels, der naturgemäß häufig aus dem 2 Weltkrieg berichtete. Dabei fiel Michael auf, wie unterschiedlich die Ansichten des Schriftstellers Konsalik und jene des Oberstabsfeldwebels waren.

Als einmal die Rede auf die Luftschlacht um England kam, holte der Veteran weit aus: »Der Göring … eigentlich sollte er ja Meier heißen … weißt du eigentlich warum, Mikel?«

»Nein, davon hab ich nie gehört, wie das?«

»Der Herr Reichmarschall hat dem deutschen Volk überzeugt erklärt: ›Ich will Meier heißen, wenn auch nur ein feindliches Flugzeug über Deutschland erscheint.‹ Na, was dieses Versprechen wert war, das wissen wir ja mittlerweile, die Namensänderung war allerdings ausgeblieben.«

Das wirkliche Problem in dieser Schlacht war nicht der fehlende Schneid unserer Piloten, sondern Treibstoffmangel und der Umstand, dass die Spitfire unseren Jägern in Bezug auf Geschwindigkeit und auch Wendigkeit überlegen war – eine Tatsache, die sich nicht leugnen lässt. Aus diesem Grund war die Reichweite unserer Maschinen zu gering , und wir konnten unseren Bombern keinen ausreichenden Geleitschutz gewähren. Kaum waren wir in einem Luftkampf mit den Tommies verwickelt, mussten wir in Richtung Heimat abschwirren, weil der Sprit zur Neige ging. Unzählige haben die rettende Heimat nicht mehr erreicht und mussten notlanden. Nicht wenige ersoffen auch in der Nordsee. Ich habe es miterlebt …« Er hielt einen Augenblick inne, war sichtlich ergriffen, dann setzte er seine Erzählung fort: »Zweimal war auch ich gezwungen, eine Notlandung durchzuführen. Einmal aus einer brennenden ME, da konnte ich mich im letzten Moment noch mit dem Fallschirm in Sicherheit bringen. Das war weder lustig noch möchte ich es wiederholen … es gab schon beschissene Sachen beim Adolf seinen Verein, aber ich will dich nicht damit belasten, was ich da alles mit ansehen musste. Im Grunde bin ich nur froh, dass ich überlebt habe. Viele von unseren Jungs hatten dieses Glück nicht. Aber der Mensch ist vergesslich … vor allem das Unangenehme verdrängt man gern, die Sonnenseiten sind ewig präsent … Wie auch immer in zwei Jahren geh ich in Pension. Dann zieh ich mich in meinen Schrebergarten am Elbeufer zurück und schau euch verrückten Hunden von unten zu. Ich sah so viele Kameraden im Krieg sterben … und dann diese fürchterliche Niederlage. Zum Glück warst du ja damals noch ein kleines Kind und hast von diesem Wahnsinn nichts mitbekommen – sei froh!«

Jetzt war es an Michael seinen Protest einzulegen. »Das ist nicht wahr. Leider nicht. Ich musste so einiges miterleben und erinnere mich noch heute daran, als ob es gestern gewesen wäre!« Das klang ein bisschen trotzig. »Wir, ich meine damit meine Familie und ich, wir mussten im Januar 1945 Hals über Kopf aus Schlesien flüchten. Die Russen waren bereits in unserem Dorf. Ganz genau erinnere ich mich noch an die entsetzliche Eisenbahnfahrt … es hatte damals minus 20 Grad und die ungeheizten Viehwaggons waren mit Brettern verschlagen. Durch die Fugen hatte man einen freien Blick nach draußen. Alte und Kinder starben, die meisten an Lungenentzündung. Die Menschen krepierten auf dem Stroh, dass spärlich am Boden verteilt wurde wie die Fliegen … niemand konnte ihnen helfen, denn es gab keine Medikamente, geschweige denn einen Arzt.

Sechs Wochen dauerte dieses Flüchtlingselend und für mich als kleines Kind war die Gegenwart des Todes zum Alltag geworden. Tiefflieger haben den Zug mehrmals beschossen. Manchmal standen wir tagelang auf den Gleisen. In dieser Zeit versuchte man etwas Holz und Nahrung zu bekommen. Meist gab es – wenn überhaupt – Kartoffelsuppe, gekocht aus oft unter abenteuerlichen Umständen geklauten Kartoffeln. Meist ohne Fett und manchmal gab es nicht einmal eine Prise Salz. Also daran erinnere ich mich ganz genau. Es hat mich traumatisiert … nicht die Kartoffelsuppe, aber die zahlreichen Toten, die ich damals ansehen musste … ich kann das bis heute nicht vergessen.«

Michael hielt inne und senkte seinen Blick, die Bilder von damals – obwohl inzwischen 15 Jahre vergangen waren – zogen an seinem geistigen Auge vorbei. Der Oberstabsfeldwebel schwieg. Die Emotionen, die der junge Mann offenbart hatte, hatten auch den abgebrühten Kriegsveteranen berührt. Irgendwann setzte Michael seine Geschichte fort – es schien, als habe er sich auch wieder ganz in der Gewalt.

»Ich weiß nicht, wie viele, aber es waren unzählige Kinder, Alte und Kranke, die diese Flucht nicht überlebt haben. In all dieser Not und dem Elend ringsum hatten wir noch Glück – wir hatten einander. Auch wenn wir uns mal aus den Augen verloren, wir fanden uns immer wieder. Ich weiß nicht mehr, wie lange genau die Reise gedauert hat, aber irgendwann kamen wir in Niedersachsen an. Zuerst mussten wir in ein Flüchtlingslager, später kamen wir dann in einem Bauernhof unter, und ich besuchte in diesem Dorf eine Schule. Dort musste ich mit offenen Holzlatschen herumlaufen, das werde ich nie vergessen, denn Schuhe besaßen wir keine.«

»Ich glaube dir natürlich, Michael, und nebenbei bemerkt, ich will dir nicht erzählen, was ich bis zum Kriegsende erleben musste. Grausamkeiten, die du dir gar nicht vorstellen kannst. Doch wir müssen auch sehen, dass es uns heute allen gut geht, und wir in Sicherheit leben ... So und jetzt Schluss damit, braue uns einen Kaffee!«, befahl der alte Soldat dem jungen. »Und noch etwas, geh endlich zum Friseur, schau dir deine Mähne an, wie ein Halbstarker und so etwas will ein Bundeswehrpilot sein! Deine Mähne reicht dir ja schon fast bis zum Hintern!«

Michael schmollte: »Wenn ich hier zum Friseur geh, dann kann ich nicht mehr unters normale Volk, das sind ja keine Friseure, sondern im besten Fall Schafscherer! Die haben ihr Handwerk scheinbar im Knast erlernt, so wie die arbeiten!«

»Dann hau von mir aus ab ins Dorf und geh dort zu einem Haarschneider, so will ich dich hier jedenfalls nicht mehr sehen – ich gebe dir deswegen meinetwegen sogar extra frei! Also bis Morgen, aber komm als ordentlicher Mensch wieder!«

Der Mercedes wurde gewaschen, auf Hochglanz poliert und dann zog Michael seine Ausgehuniform an. Er machte sich sozusagen während der Dienstzeit »stadtfein« und büxte mit Erlaubnis des Oberstabsfeldwebels aus. Gemächlich lenkte er die Limousine durch das Dorf und hielt nach einem Friseurladen Ausschau. Neben der Dorfkirche wurde er fündig. Er entschied den Laden aufzusuchen und parkte den Wagen direkt vor dem Geschäftseingang, denn es regnete, und er hatte keine Lust bis auf die Haut nass zu werden. Trotz der kurzen Distanz zum Geschäftseingang spannte er seinen »Knirps« auf.

Es war die Chefin höchstpersönlich, die ihn begrüßte.

»Wenn Sie bitte ein paar Minuten Platz nehmen, dann kommen Sie schon an die Reihe. Sie sind zum ersten Mal bei uns?«

»Ja.«

»Dann hoffe ich, Sie in Zukunft öfter zu sehen!«, die Dame verschenkte ihr freundlichstes Lächeln an den neuen Kunden.

Wie prophezeit wurde Michael bereits nach kurzer Zeit auf den »Behandlungsstuhl« gebeten – und dann kam eine Überraschung. Der rückwärtige Teil des Geschäftes war durch einen Vorhang abgetrennt gewesen, der nun beiseitegeschoben wurde und hervor trat: Roswitha. Hauptberuf Friseuse, Nebenberuf »Serviererin« auf Hamburgs Reeperbahn. Blitzschnell erkannte das Mädchen, wem sie da die Haare schneiden sollte. Michael bemerkte natürlich, dass sie leicht errötete und ihr dieses unbeabsichtigte Wiedersehen nicht recht behagte. Doch Michael, ganz Kavalier, verzog keine Miene und sprach nur, wenn niemand in der Nähe war, der das Gesprochene deuten und verstehen konnte.

Leise sagte er, als sie neben ihm stand: »Na so ein Zufall, Fräulein Roswitha, welch eine angenehme Überraschung, Sie so rasch wiederzusehen!«

Ohne auf seine Worte einzugehen, fragte sie ganz geschäftsmäßig: »Wie hätten Sie es denn gern? Haben Sie wegen des Schnittes bestimmte Wünsche?«

»Bundeswehrgerecht – leider, aber bitte nicht zu kurz, wir wollen den Vorstellungen der Luftwaffe Genüge tun … mehr ist nicht notwendig!«

»Aha, ich verstehe.«

Michael grinste, während Roswitha sich mit seinen Haaren beschäftigte.

»Wenn ich mich richtig erinnere, dann sind Sie doch Matrose … und jetzt Luftwaffe; was ist da in den paar Tagen geschehen?« Sie schien wirklich verwundert zu sein. Die Chefin wusch einer Kundin die Haare und war mit dieser in ein intensives Gespräch verwickelt, so konnten sich die beiden »gefahrlos« unterhalten.

»Hat Mikel also die Waffengattung gewechselt?«, nahm sie den Gesprächsfaden wieder auf.

»Oh, du weißt meinen Namen noch? Da bin ich aber wirklich beeindruckt, besser, es freut mich.«

»Sag bloß, du willst wirklich Pilot werden – ist das nicht gefährlich, man hört so viel von Abstürzen und Unfällen! Was hast du denn da an der Hand?«

»Bin in der Freizeit mit dem Fahrrad gestürzt, das ist offensichtlich gefährlicher als fliegen!«, lachte er. »Wenn mir dieser Scheiß nicht passiert wäre, dann säße ich jetzt in den USA und würde meine Ausbildung zum Jetpiloten absolvieren … ich denke die ganze Zeit an meine Kameraden. Einen Teil von ihnen kennst du ja. Ich hingegen habe die Ehre, ein Flugmuseum in der Kaserne zu bestücken … ganz tolle Aufgabe für einen Piloten.«

Roswitha lachte laut auf: »Bist du nicht ein bisschen jung fürs Museum?«

»Werd nicht frech, ich bin kein Exponat, sondern ich restauriere und renoviere so gut ich kann alte Teile, die dann ausgestellt werden sollen. An sich ein Traumjob. Du kannst am Seil hängen, solange du willst.«

»Was bitte ist ›am Seil hängen‹ … noch nie gehört!«

»Kommt von abseilen … abseilen vom Dienst, von der Arbeit, eben eine ruhige Kugel schieben!«

»Na dann, sei doch froh!«

»Bin ich aber nicht … ich will mit meiner Ausbildung zum Düsenjägerpiloten fertig werden! Aber jetzt zu dir – sehen wir uns einmal außerhalb des Salons?«

Er blinzelte ein wenig mit dem linken Auge und Roswitha lächelte wissend, während sie zu überlegen schien. »Ich wüsste da schon eine Möglichkeit … es schüttet draußen. Du hast doch so einen schönen Oldtimer … so könnte ich trocken nach Hause kommen. Ich habe eigentlich schon Feierabend, aber natürlich schneide ich dich fertig!«

»Zu gütig Gnädigste und dem Regen sei Dank – so darf ich dich nach Hause bringen!«

Ganz Kavalier der alten Schule begleitete Michael das Mädchen mit aufgespanntem Regenschirm zum Auto und öffnete ihr den Schlag. Es wurde nicht das, was man als eine feste Beziehung bezeichnet – beide waren sich der Tatsache bewusst, dass Michaels Tage in Uetersen gezählt waren und er vermutlich bald in den Süden der Republik versetzt werden würde – sehr bald hoffte Michael inständig. Die Museumssache war ja ganz nett – aber keinesfalls mit dem Fliegen zu vergleichen.

Kapitel 9

Die Operation »Museum« und das Geplänkel mit Roswitha endeten rasch und schmerzlos. Denn schon wenig später fuhr Michael quer durch die Bundesrepublik bis zum tiefsten Oberbayern. Sein Ziel hieß Landsberg am Lech und war eine große Kreisstadt. Die bescheidene Einwohnerzahl von 20.000 relativierte den Begriff »groß« jedoch. Der Fliegerhorst befand sich im Örtchen Penzing, nur ein paar Kilometer westlich des Ammersees. Nach München und Augsburg waren es je etwa 60 Kilometer. Michael wurde bei warmer Frühlingssonne von sanfter, stark bewaldeter Hügellandschaft begrüßt. Der naheliegende Ammersee vervollständigte das Postkartenklischee.

Die Amerikaner hatten nach Kriegsende diesen auf einer Hochebene liegenden Flugplatz mit allen damals bekannten technischen Voraussetzungen und einer ausreichend langen Landebahn ausgestattet. Nichts war vom veralteten Wehrmachtsflugplatz zu sehen.

Auch die Unterkünfte waren recht komfortabel. Geräumige Doppelzimmer mit separaten Duschräumen und Toiletten, Fernseher schon damals obligatorisch. Sportanlagen, Hallenschwimmbad, moderne Flugsimulatoren – das waren wirklich sagenhafte Zustände – wenigstens für eine Armee. Sogar einen Hobbyraum, in dem die Soldaten ihre eigenen Autos pflegen und reparieren konnten, gab es.

Michael, die doch eher spartanischen Zustände im hohen Norden gewohnt, war angenehm überrascht von diesem »Luxus«.

Die Ausbildung wurde wie zu erwarten erst einmal mit grauer Theorie fortgesetzt. Der allmorgendliche Gang ins Schulgebäude dämpfte Michaels Begeisterung zunächst ein bisschen, der begierig auf das Cockpit eines Düsenjägers war. Dennoch war der Aufenthalt hier kein Vergleich zu den letzten Wochen mit dem Oberstabsfeldwebel und dem Museum, denn hier ging es ums Fliegen – und einzig und allein das zählte in Michaels Augen. Fest stand für ihn jedoch: »Grau ist alle Theorie«, so schön sich die Bezeichnung »akademische Sektion« auch anhören mag.

Endlich! Vormittags Unterricht – nachmittags Flugdienst oder auch umgekehrt. Schon allein die Aura von Kerosin und dem Sound, den das Heulen der Triebwerke erzeugte, klang in Michaels Ohren wie Chopin oder Mozart. Die unmittelbare Nähe der Düsenjäger entschädigte ihn hinreichend für die für ihn lange Wartezeit auf dieses dramatische Szenario.

Regelrecht mit verliebten Augen beäugte Michael die zweistrahlige französische FOUGA MAGISTER. Die Geräusche, die sie verursachte, riefen angeblich bei den Mäusen auf den benachbarten Feldern sogar einen Herzinfarkt hervor.

Dieses Fluggerät aus den fünfziger Jahren besaß noch keinen Schleudersitz. Fluglehrer und Pilot saßen in der sehr beengten Kabine auf einem Fallschirm, und das, obwohl es keinen einzigen Vorfall gibt, in dem sich ein Pilot mit dem Fallschirm aus einer FOUGA MAGISTER hatte retten können. Da schaffte auch das noch so oft theoretisch geübte Notverfahren keine Abhilfe. Kabinendach abwerfen – eine wahrhaftig leichte Übung. Sich von den Gurten losschnallen, auch das war noch möglich. Dann allerdings wurde es haarig. Unter Beachtung der Geschwindigkeit mit der ein Düsenjäger unterwegs ist und dem damit automatisch verbundenen Luftwiderstand war die Übung hier in der Praxis beendet. Es ist keinem einzigen Piloten gelungen, so aus der Maschine zu kommen. Warum das so war, darüber muss man nicht spekulieren, wenngleich es aus verständlichen Gründen keinen Einzigen gibt, der darüber noch aus erster Hand hätte berichten können. Möglicherweise war dieses Fluggerät vielleicht für eine Schulmaschine vertretbar – aber ein Einsatz im Ernstfall? Nichtsdestoweniger flog die israelische Luftwaffe im Sechstagekrieg diesen Flugzeugtyp. Immerhin beeinflusste der Ausgang des Krieges die Geopolitik der Region bis zum heutigen Tag.

Hauptsächlich ihre Angriffe gegen die Araber wurden mit diesen Maschinen geflogen. Das Gerät war mit Bordkanonen in der Rumpfnase sowie Raketen und Bomben unter den Tragflächen ausgestattet. Natürlich wurde der Jäger vom Feind beschossen, ein Aussteigen, sich so retten, Fehlanzeige. Ausschließlich Notlandungen mit stehenden Triebwerken soll es gegeben haben. Dieses Manöver ist für einen Jet und der damit verbundenen Landegeschwindigkeit einem russischen Roulette gleichzusetzen.

Über ein besonderes Ereignis sprach man in Landsberg und Umgebung noch jahrelang – und das nicht nur in Fliegerkreisen. Es drehte sich tatsächlich um eine fliegerische Großleistung. Zwei junge Piloten sollten während des fortgeschrittenen Ausbildungsprogramms mit der FOUGA MAGISTER gemeinsam zu einem Navigationsflug starten. Aus irgendeinem Versehen war es verabsäumt worden, die Maschine aufzutanken. Wenn sich die beiden übermütigen Luftkutscher an die Vorschriften der Vorflugkontrolle gehalten hätten, wäre das kein Malheur gewesen, denn dann wären die Tanks überprüft worden. Leider hielten sie sich nicht an diese Vorschrift.

»Wer braucht schon diesen ganzen Zirkus«, so ihr Tenor. Auch ein Blick auf die Treibstoffanzeige am Instrumentenbrett hätte sie gewarnt; nur die beiden Helden ignorierten alles, was möglich war. Auch der Umstand, dass die Maschine wegen des geringen Startgewichtes wie ein Pfeil in die Höhe schoss, fiel ihnen nicht auf. Alle Vorzeichen auf die sich anbahnende Katastrophe übersahen sie geflissentlich.

Bei einer Flughöhe von etwa 11.000 Metern stellten plötzlich beide Triebwerke ihre »Arbeit« ein – der Treibstoff war verbraucht. Die plötzliche Stille am einsamen Firmament muss gespenstisch gewesen sein. Doch jetzt toppten die beiden Helden ihr klägliches Versagen noch. Die Maschine besaß wirklich großartige Flug- und Gleiteigenschaften. Dies war unter den gegebenen Umständen ein unbeschreibliches Glück für die leichtsinnigen Kerle. Doch nicht genug damit – sie forderten dieses Glück auch noch grob fahrlässig heraus, ganz so, als hätten sie das Schicksal an diesem Tag nicht schon über Gebühr strapaziert.

Um ihren Leichtsinn zu vertuschen, nutzten sie weder die Möglichkeit in Memmingen oder Kaufbeuren ihren »Segelflug« zu beenden. Nein, die Kiste war ja noch in der Luft, und wenn sie es bis Landsberg schafften, dann konnten sie ihre Dämlichkeit vielleicht noch kaschieren. Und tatsächlich! Es gelang ihnen bis Landsberg zu »schweben« und sie setzen die Kiste dort auch mit Bravour auf die Rollbahn. Am Ende derselben war dann aber Schluss mit lustig – schieben oder was?

Der Fluglotse im Kontrollturm wollte jetzt natürlich wissen, was es mit dieser ungewöhnlichen Parkposition auf sich hatte. Ganz bescheiden kam es aus dem Kopfhörer: »Sorry, die Triebwerke haben sich abgestellt, wir haben keinen Sprit mehr!«

Aus war es mit dem Vertuschungsversuch – ein Schlepper kam zu Hilfe und das Disziplinarverfahren ließ nicht lange auf sich warten. Trotzdem kamen die beiden noch mit einem blauen Auge davon. Sechs Monate Flugverbot, so lautete die Entscheidung der Kommission, in der so manches Mitglied ungläubig den Kopf schüttelte, als es erfuhr, was die Kerle sich geleistet hatten und welchen Dusel sie – bei aller Wertschätzung für die fliegerische Leistung – sie dabei gehabt hatten.

Empfindlich traf sie natürlich das Flugverbot an sich, hinzu kam der Verlust der Flugzulage, die genauso hoch war wie der Sold eines jungen Unteroffiziers, nämlich 300 DM.

Trotzdem wurden die beiden – nach einer eindringlichen Nachschulung – doch noch richtige Piloten.

Kapitel 10

Es war in der Zeit, in der Kunstflugveranstaltungen immer populärer wurden. Nicht nur die Luftwaffen der NATO-Staaten, beinahe jedes Land formierte so eine Kunstflugstaffel – natürlich auch die deutsche Luftwaffe.

Eine dieser Einheiten war auch in Landsberg stationiert. Mit der inzwischen legendären FOUGA MAGISTER führten die speziell dafür geschulten Piloten wahre Kunststücke am Himmel vor. Ganz großes Vorbild waren zu jener Zeit die Italiener mit ihrer »Frecce Tricolori«.

Im Landsberger Team saßen als Fluglehrer für die Kunstflugstaffel ausschließlich Briten. Kommandant dieser Einheit war Flight-Lieutenant (Hauptmann) Webster. Der beherrschte eine absolute Novität. Der Mann bediente seine Tabakspfeife durch ein kleines Loch in der Sauerstoffmaske permanent.

Die erfahrenen Kunstflugpiloten ‚ebenfalls auch Fluglehrer, unterrichteten nur einen Schüler, mit dem sie hauptsächlich den Kunstflug übten. War Webster wieder einmal auf der Suche nach einem »Opfer«, sprich Schüler, so nahm jeder der konnte Reißaus. Der Grund war einfach: Webster sprach einen furchtbaren Londoner East End Slang, den keiner der nur Schulenglisch beherrschenden Schüler verstand.

Es war einer dieser Tage, an denen der dichte Nebel wie am Boden angenagelt zu sein schien. Ungeduldig warteten die Flugschüler mit an die Fensterscheiben gepressten Nasen, dass es endlich aufklarte und der heiß ersehnte Flugbetrieb beginnen konnte.

Michael Faber, immer für einen Spaß zu haben, stand mit der Kreide in der Hand vor der Tafel und »malte« aerodynamische Zeichen an diese, dabei wandte er der Tür den Rücken zu. Um das Ganze zu untermalen, imitierte er zum allgemeinen Gaudium recht gekonnt Websters Stimme.

Und genau dieser Flight-Lieutenant Webster stand in der offenen Tür und lauschte Michaels Parodie mit sichtlichem Vergnügen.

»Ausgezeichnet Faber, wenn Sie mich so schön parodieren können, dann haben Sie ganz sicher kein Problem mich zu verstehen. Was bietet sich da mehr an, als eine engere Zusammenarbeit zwischen uns – na was meinen Sie?«

Dass diese Frage rein hypothetisch war und Michael keine Chance hatte, das Angebot abzulehnen, bedarf vermutlich keiner näheren Erläuterung.

»Aber nur, wenn Sie ohne Tabakpfeife mit mir fliegen!«

Unnütz zu erwähnen, dass sich Webster mit seiner geliebten Pfeife im Cockpit hinter Michael setzte. Dass dieses kleine Intermezzo eine ausgesprochen tolle Chance für den aufstrebenden Piloten Faber war, sollte sich bald herausstellen. Er bekam so einen der erfahrensten Fluglehrer exklusiv für sich alleine.

Der Lehrplan sah vor, dass die Flugschüler innerhalb der ersten 40 Stunden einen Alleinflug auf einem Düsenflugzeug absolvieren sollten.

Es war eine gewaltige Umstellung von der kleinen Piper auf den in jeder Beziehung anspruchsvollen Jet – ein Quantensprung der gewaltige Anforderungen an den Flugschüler stellte und für nicht wenige bedeutete diese Prüfung den Abschied vom Ausbildungsprogramm. Michael jedoch, der schon für so manch interne »Schlagzeile« gesorgt hatte, stellte nun auch zusammen mit seinem talentierten Lehrer einen neuen »Rekord« auf.

Bereits nach seiner 21. Flugstunde pilotierte er den Jet allein durch die Lüfte. Ein Umstand, der den Fluglehrer eine unbeschreibliche Freude bereitete und mit sichtbarem Stolz erfüllte. Er gestattete es seinem Musterschüler in Zukunft hin und wieder, an Trainingsflügen der Kunststaffel teilzunehmen. Das war für Michaels fliegerisches Fortkommen von gravierender Bedeutung. Seine Erfolge brachten ihm natürlich bei den Kameraden Anerkennung – möglicherweise da und dort auch ein bisschen Neid ein. Der talentierte Faber war jedoch ein beliebter Mann in den Reihen der Flugschüler.

Gerade der schwierige Formationsflug erforderte äußerste Konzentration. Bei einer Geschwindigkeit von 600 km/h und mehr, Tragfläche an Tragfläche zu fliegen, verlangte auch grenzenloses Vertrauen zum Kameraden in der anderen Maschine und bedurfte nicht nur einer gewissen Kaltblütigkeit, sondern erforderte auch ein gutes Quäntchen Mut. Dabei war auch ein gutes Gespür unerlässlich.

Michael war ein Praktiker par Excellance, der in der grauen Theorie jedoch so manches Mal einen Mitschüler um Unterstützung bat wie zum Beispiel beim Naviagations-Theorietest. Doch ohne Wenn und Aber, fliegerisch führte er die Schulstaffel an.

Bereits nach wenigen Wochen flogen die übermütigen Jungpiloten zu zweit durch die Lüfte – ohne korrigierenden Lehrer im Cockpit. Und es dauerte nicht lange, und die Rabauken flogen – selbstverständlich illegal – über die Grenzen Deutschlands hinaus, erkundeten Österreichs schönste Skigebiete von oben, umkreisten die Zugspitze und inspizierten Seefeld aus der Vogelperspektive, um dann rasch per Funk eine Entschuldigung wegen der »Grenzverletzung« nachzureichen: »War ja nur ein bisschen!«

Die laschen Österreicher waren da tolerant, die pingeligen Eidgenossen jedoch veranstalteten sofort einen lautstarken Zirkus … die Schweizer Grenze wurde fortan gemieden, denn die Beschwerden aus Bern kamen in Bonn so gar nicht gut rüber. Was wussten diese trockenen Bürokraten auch schon von der Freiheit der Lüfte?

Alle Jahre wieder war sie fällig: die Flugtauglichkeitsuntersuchung. Wer die nicht bestand, der war seinen Pilotenschein unwiderruflich los. Das Flugmedizinische Institut der Luftwaffe befand sich in Fürstenfeldbruck bei München – von Insidern kurz »Fürsty« genannt. Dort wurden die Reiter der Lüfte auf Herz und Nieren untersucht.

Jede Menge an anmutigen Ärztinnen und Schwestern bevölkerten den ausgedehnten Bau. Beim Anblick der geballten Weiblichkeit stieg bei so manchem nicht nur der Blutdruck. So ein Laboraufenthalt samt Blutabnahme bekommt durch eine feminine Aura sofort einen anderen Touch. Von einem reizenden Wesen lässt man sich eben lieber das Blut aus dem Finger saugen – noch dazu, wenn es ein verheißungsvolles Lächeln als Draufgabe gibt.

Einer der Fluganwärter lehnte sich bei dieser Gelegenheit wohl etwas zu weit aus dem Fenster. Die unbestritten attraktive Augenärztin hatte es ihm sichtlich angetan. Als sie ihm ein paar Tropfen Atropin verabreichte, kam es gezwungenermaßen zu einer physischen Annäherung. Dies ermunterte den Kerl, der nichts anbrennen lassen wollte.

»Bitte nehmen Sie die Beine zusammen!«, hauchte die Medizinerin und rückte mit ihrem Rollstuhl näher und näher. Dabei musste sie logischerweise ihre Beine öffnen. In Verbindung mit den betörenden Düften, die ihm nun in die Nase strömten, während er seinen Blick verlangend auf die unter dem weißen Kittel versteckten, aber trotzdem nicht unübersehbaren Brüste fixierte. Als die Ärztin dann auch noch lächelte – da war es um den Kerl geschehen. Der Mann konnte allem widerstehen, nur dieser Versuchung nicht. Er drückte der verdutzen Frau doch tatsächlich seine Lippen auf die ihrigen. Nicht genug mit diesem Fauxpas, er umschlang auch noch ihren Oberkörper und versuchte, sie an sich zu drücken.

Die Folgen waren absehbar. Ein heftiges, klatschendes Geräusch, eine gerötete Männerwange und ein unüberhörbarer Protest: »Was fällt Ihnen ein … sind Sie total übergeschnappt? So eine Unverschämtheit!«

Keineswegs perplex gab dieser Mann auch noch von sich: »Sie haben mir so tief in die Augen gesehen … ich habe das als Ermunterung aufgefasst.«

Trotz dieser »Draufgabe« verzichtete die Ärztin darauf, den Burschen zu melden und ihm damit ein Disziplinarverfahren anzuhängen. Natürlich verbreitete sich diese Geschichte dennoch schneller als der Blitz.

Doch die wirklich harten Tests standen allen noch bevor. Angeschnallt in einer Zentrifuge geschleudert zu werden, ist kein Honiglecken – da waren die Kabeln und Sonden, an die man angeschlossen war, damit die genauen Werte aufgezeichnet werden konnten, schnell vergessen und nur harmloses Beiwerk. Die Kamera vor der Nase verdiente daher kaum mehr Erwähnung. Unerbittlich zeichnete sie alles auf, während die armen Opfer wie ein nasses Handtuch in der Wäscheschleuder durch die Mangel gedreht wurden. Auf diese Weise wurde die körperliche Leistungsgrenze ermittelt. Danach fragte sich so mancher: »Was tut man sich nicht alles an, um ins Cockpit zu gelangen?« Zur »Entspannung« ging es dann ab in die Unterdruckkammer und als Ausgleich wurde noch ein Höhenflug als Zugabe inszeniert.

Einen allfälligen Höhenrausch oder Sauerstoffmangel musste der Prüfling selbst erkennen und melden. Jeder reagiert auf Sauerstoffmangel anders, der eine bekommt Schweißausbrüche, der andere ein Prickeln in den Fingern oder auch einen Lachanfall. Die Symptome sind grundverschieden – die Folgen nicht – hier muss jeder für sich selbst entscheiden, ob er seine Schmerzgrenze erreicht hat. Wenn die Sauerstoffversorgung während eines Fluges zusammenbricht, so kann das fatale Folgen nach sich ziehen. Dann ist sofortiges Reagieren erforderlich, und zwar muss das Notsystem aktiviert werden – niemand kann in dieser Situation den Betroffenen unterstützen – nur er selbst kann sich retten. Wenn ein Pilot diesen kritischen Punkt einmal übersehen hat, so ist die Situation nicht mehr beherrschbar.

Das Finale dieser Flugtauglichkeitsprüfung war gleichzeitig der Zenit. Es war der Schleudersitz, den der Aspirant zu betätigen hatte; simuliert durch eine imposante Konstruktion von etwa 20 Metern Höhe, die wie ein Phallus in den Himmel ragte. Die Testperson wurde zu ebener Erde auf einem Stuhl festgeschnallt und dann innerhalb einer Sekunde in die Höhe katapultiert und landete am Ende der Fahnenstange, wie der Name schon besagt, mitsamt seinem Sitz. Auf dieser kurzen Reise hörte dann so mancher schon die Engel singen.

Damit war dann die ganze Prozedur überstanden, und der Nachwuchspilot bekam den begehrten Flugtauglichkeitsschein für Düsenjäger respektive für zivile Passagiermaschinen mit Düsentriebwerken.

Nach dieser beeindruckenden Untersuchung folgte der erste selbstständige Überprüfungsflug, auf dem der Schüler nur mehr von einem Techniker begleitet wurde. Allerdings nahmen an diesen Flügen fallweise auch Privatpersonen wie Hardy Krüger oder Udo Jürgens teil. Sie erwarben diesen Schein, um an den Flügen teilnehmen zu können – zu jenen Zeiten war der Flug in einem Düsenjet noch nichts Alltägliches.

Kapitel 11

Der fingierte »Höllentrip« mit dem Schleudersitz auf der Rampe war gerade einmal verdaut, da winkte bereits ein ebenbürtiges da capo. Sich ein paar Tausend Meter von einem Stuhl ins Nichts schießen zu lassen, ist schon kein erbauender Vorgang, aber die Füße wieder heil auf den Boden zu bekommen, ist auch keine leichte Übung. Das Fallschirmspringen war der nächste Härtetest. Michael wusste nicht, ob Matrosen schwimmen können müssen, bei Piloten jedenfalls gehört Fallschirmspringen zum Pflichtprogramm.

Ein Bus brachte die angehenden Piloten nach Schongau zur Fallschirmspringerschule des Heeres. Dass hier nicht Luftwaffe war, das erkannten die Jungs sofort nach dem Aussteigen. Bei der Luftwaffe herrscht ein eher legerer Ton, hier war man davon weit entfernt. Laut wurden die kurzen Kommandos gebrüllt und die dort stationierten Rekruten bewegten sich rasch und zackig – für die Luftwaffe zu rasch und zu zackig. Dieser »militärische« Empfang kam gar nicht gut an, aber man tröstete sich mit dem Umstand, dass dieses Gastspiel von kurzer Dauer sein würde.

Im Gleichschritt marschierten sie zum Sprungturm. Da meinte ein Unteroffizier, den »Herren der Lüfte« zeigen zu müssen, was »militärisch« in der Realität bedeutete . Doch das war so gar nicht nach dem Geschmack der elitären Gäste.

Der Absprung aus einer Transportmaschine war in diesem Programm nicht vorgesehen. Der Grund dafür könnte sein, dass man schon jede Menge in die Flugschüler investiert hatte. Die Ausbildung eines Kampfjetpiloten kostete damals um die 200.000 DM und man legte daher wohl keinen Wert darauf, durch einen Übungssprung einen Verletzten zu produzieren. Nicht die Sorge um die angehenden Piloten an sich war es, die eine solche Vorsichtsmaßnahme notwendig erscheinen ließen, sondern der allgegenwärtige, alles diktierende Kostenfaktor. Ein komplizierter Beinbruch bei der Landung konnte einen Mann ein Jahr oder länger ausfallen lassen, das schätzte man gar nicht im Verteidigungsministerium. Also sprangen die Kameraden von der Luftwaffe ausschließlich vom Sprungturm.

Bei dieser Übung hing der Proband an einem Seil und so wurde ein Absprung imitiert. Während der Sekunden dieses »Abseilens« waren diverse Handgriffe auszuführen wie zum Beispiel das Visier vom Helm lösen, die Atemmaske ablegen und die Schwimmweste aufzublasen. Nebenbei musste auch das Schlauchboot aktiviert werden – dies alles während der Schwebephase, die nur ein paar Sekunden andauerte. So kompliziert das auch klingen mag, ein besonderes Kunststück war das nicht. Wenn die Füße den weichen Sandboden berührten, hatten fast alle die vorgeschriebenen Handgriffe erledigt. Allerdings brachten einige ihre Abneigung gegen den 25 Meter Sprungturm zum Ausdruck. Hier zeigte sich, dass auch der sonst so forsche Michael seine Schwachstellen hatte – er wurde kreidebleich.

»Dieses Manöver schaffe ich niemals«, gab er kleinlaut und verzweifelt von sich, »da mach ich mir glatt die Hosen gestrichen voll, wenn ich von dieser Höhe springen muss.«

Sein Kamerad Rolf sprach ihm Mut zu und stichelte ganz bewusst, um Michael zu bedrängen: »Was bist ausgerechnet du, der große Zampano, auf einmal für ein Schlappschwanz? Du fällst ja bloß drei Meter, dann fangen dich die gestrafften Gurte und du schwebst gesichert dem Boden entgegen. Stell dich nicht so an und mach dich zum Gespött. Was ist da schon dabei, du Waschlappen, sonst die große Klappe und jetzt den Schwanz einziehen. Du blamierst dich und ruinierst deinen Ruf für alle Zeit, denk an die gehässigen Bemerkungen, das wird kein Honiglecken!«

»Rolf, es stimmt alles, was du sagst, aber ich kann nicht, keine Ausrede … ich leide an Höhenangst. Kennst du den Hitchcock Film ›Vertigo‹?«, beschämt stierte Michael auf den Boden. »Mir wird schon übel, wenn ich nur in einem Hochhaus aus dem Fenster schau und jetzt soll ich da hinunterspringen – ich kann nicht. Da krieg ich einen Herzinfarkt oder ich mach mir wirklich in die Hosen. Komm Rolf, du brauchst doch immer Knete, bitte, spring du für mich … ich geb dir fünf Mark für jeden Sprung!« Michael sah seinen überraschten Kameraden beschwörend an. Sicherheitshalber legte Michael gleich nach: »Ist ja überhaupt kein Risiko – die Ausbilder vom Heer kennen uns ja nicht … du meldest dich mit meinem Namen und springst die drei Mal für mich … ist doch ein Klacks für dich! Abgemacht?«

Tatsächlich war Rolf einverstanden, und der Plan klappte reibungslos – doch dann kam das dicke Ende für den Unteroffizier Micheal Faber doch noch. Mit einem etwas süffisanten Lächeln im Gesicht trat der Heeresausbilder an Michael heran und erkundigte sich vergleichsweise moderat: »Wie heißen Sie eigentlich mit Namen, Herr Unteroffizier?« Der Unteroffizier zog sich dabei verdächtig in die Länge. Michael wusste sofort, es stank, und zwar gewaltig.

»Faber«, knurrte er leise.

»Eigenartig … gibt es zwei Faber in eurer Einheit?«, dabei gab er vor, seine Liste zu kontrollieren. Doch das war nur Staffage, der Kerl war sich seiner Sache absolut sicher.

»Ach da, der Faber hat ja schon zwei Sprünge absolviert … nur ich habe SIE noch nicht da oben stehen sehen … merkwürdig … da müsste ich mich doch sehr täuschen. Wollen Sie mir vielleicht etwas sagen, Herr KAMERAD?«

Michael holte tief Luft und nahm all seinen verbliebenen Mut zusammen. »Ich bin schon unterwegs …«, und begann mit weichen Knien das Menetekel namens Turm zu besteigen. Für Michaels Verständnis war er viel zu schnell auf der Plattform des Turms in schwindelnder Höhe angelangt. Er versuchte krampfhaft, den Blick nach unten zu vermeiden. Der »Assistent« klickte das Seil mit einem Karabiner fest, damit wurde es ernst und Mikel zitterte. Schweiß brach ihm aus. Letztlich bedurfte es noch einer »Absprunghilfe« – ein kräftiger Stoß schaffte vollendete Tatsachen. Er war gesprungen! Wenige Sekunden später, wieder festen Boden unter den Füßen, legte ein weithin sichtbarer feuchter Fleck an seiner Hose Zeugnis von der Aufregung ab.

»Nehmen Sie es nicht allzu dramatisch … Sie sind nicht der Einzige, dem es so ergangen ist«, tröstete ihn der Ausbilder, der ihm die Suppe eingebrockt hatte und gab sich kurzfristig menschlich. Ein Zustand, der nicht lange vorhielt, denn er sagte in einem Atemzug: »Trotzdem müssen Sie die beiden fehlenden Sprünge noch machen, daran führt kein Weg vorbei.«

Michael überlebte auch diese und der eben noch so philanthropische Unteroffizier knurrte abfällig: »Von wegen die tapferen Piloten … Hosenscheißer sind das! Fliegen ich weiß nicht wie viele Tausend Meter in der Höhe und vor so einem lächerlichen Turm, da scheißen sie sich in die Hosen.«

An sich hatte Michael damit gerechnet, dass seine Kameraden den Vorfall natürlich verbal ausschlachten und zum allgemeinen Gaudium ihre mehr oder weniger dreckigen Witze von sich geben würden. Doch auf der Heimfahrt im Bus und auch später verlor konsequent niemand mehr ein Wort über diese prekäre Episode.

Es schneite, alles wirkte, wie von einer riesigen Daunendecke bedeckt. Eine Märchenlandschaft – herrlich anzusehen und zweifelsfrei ein Impuls für den Tourismus, nur der Flugbetrieb war erheblich eingeschränkt. Seit Tagen herrschte nur noch ein begrenzter Flugbetrieb. Zu allem Überfluss orteten die Mechaniker bei der FOUGA MAGISTER auch noch einen Defekt beim Triebwerksregler. Daraufhin wurden alle Maschinen gegroundet, und die Flugschüler waren zum »Nasenbohren« verdammt. Doch hier verstand es die Luftwaffe zur Überraschung aller, aus der Not eine Tugend zu machen.

Die Herren Flugschüler saßen beim Skat in der Kantine, als einer hereinplatzte und ganz aufgeregt rief: »Habt ihr gehört, wir gehen eine Woche auf eine Skihütte! Auf Regimentskosten! Angeblich heißt das Überlebenstraining! Auf jeden Fall Abwechslung!«

Die Flugschule Landsberg besaß im Allgäu tatsächlich eine komfortable Skihütte, die eigentlich für das Freizeitvergnügen gedacht war. Hauptsächlich wurde sie von den Offizieren und ihren Familien genutzt. Jetzt aber hatte sich offensichtlich jemand, der mit Missfallen die herumlungernden Flugschüler permanent vor Augen hatte, etwas einfallen lassen, eben dieses Überlebenstraining.

Tatsächlich waren die Jungs dem Menschen, der diesen Einfall gehabt hatte, dankbar. Die Bezeichnung »Überlebenstraining« war ein gutes Etikett.

Das befohlene Trainingsprogramm deckte ein breites Spektrum ab. Es beinhaltete das naheliegende Skifahren, Holzhacken und Iglu bauen. Auch Schneeschaufeln gehörte dazu und es führte Michael naheliegender Weise in die Küche der urgemütlichen Hütte. Die Kameraden wurden mit heißer Erbsensuppe inklusive reichlich Speck und allem, was die Truppenverpflegung sonst noch hergab, abgefüttert. Ungemein beliebt war Michaels Streuselkuchen. Eigentlich nur ein einfacher Hefeteig, aber zum »Jagatee« schmeckte er besonders gut.

Die Anwesenheit von Flugschülern sprach sich im nahen Dorf rasch herum. Eine Message, die das Interesse der Mädchen weckte. Sie kamen nicht wie die Motten zum Licht, aber trotzdem ausreichend. Die Skihaserln eröffneten den Jungpiloten so manch eine Möglichkeit der Berührung. Über Nacht war die Gegend »überbevölkert«, und so manch ein Pilot vergaß für einige Zeit in Anbetracht der geballten Weiblichkeit die Fliegerei.

Michael, sein Missgeschick beim Radfahren noch immer vor Augen, das ihn um den Amerikatrip gebracht hatte, mied die Piste wie die Pest. Er verwöhnte stattdessen die Mädchen mit Schmankerln und wenig später mit seinem Gesang. Er wusste mit der Gitarre umzugehen und verfügte über ein hervorragendes Timbre und war sich dessen auch bewusst. Nachdem von einer antiken Schallplatte der einstige Gassenhauer: »Und ihr schneeweißer Busen war halb nur bedeckt« verklungen war, setzte sich Michael mit seinem Instrument in Position. Es wurde mucksmäuschenstill. Dann erklang:

Jüngling in den reifen Jahren,
willst dir nehmen eine Frau,
hüte dich vor den Gefahren,
überleg es dir genau

Hüte dich vor Liebeskram
Hut dich vor der schweren Stund,
Willst du was zu spielen haben
kauf dir lieber einen Hund,
Mitgift hat der leider keine,
aber eines weißt du genau: dieser Hund
wird ewig treu sein – weißt du das
auch von einer Frau?

Vor den Schaufenstern begehrlich
stehn die Frauen wie im Traum,
doch ein Hund der steht, wie herrlich,
höchstens mal vor einem Baum.

Willst du machen eine Reise,
dann kanst ruhig den Wau Wau deinem
Freund in Pflege geben.
Mach das einmal mit einer Frau.

Und ist er einmal alt und
zuwider, dann verschenkst du
den Wau Wau und kauft dir
einen neuen wieder mach das
einmal mit einer Frau.

Soviel geballte Lebensweisheit in nur einem Lied, das Publikum applaudierte enthusiastisch. Es wurde ein verdammt langer Abend bei

Gesang und Wein. Man kam sich allgemein näher, und als der Morgen graute, rief sich bei so manchem auch der Jagatee noch einmal unliebsam in Erinnerung.

Doch nicht nur Holzhacken oder Mädchen gehörten zur Pflichterfüllung, natürlich stand auch Sport auf dem Programm. Dazu zählten Hand- und Fußballspiele und auch eine Autorally erfreute sich des Besuches der Flugschüler. Sogar Segeln auf dem Ammersee war möglich. Auch die Kultur blieb nicht außen vor. Ob das Kloster Andex oder die zahlreichen Schlösser vom illustren Bayerkönig Ludwig II., alles wurde inspiziert. Höhepunkt des Kulturprogramms war aber unter Garantie die Visite beim Münchner Oktoberfest – da blieb kein Auge trocken, geschweige denn eine Kehle. Die Zeit verflog im Nu, und sie rückten wieder in die Kaserne ein.

Nach nicht allzu langer Zeit war letztlich selbst die Nachtflugausbildung beendet. Nun hieß es Abschied nehmen von der inzwischen allen so ans Herz gewachsenen FOUGA MAGISTER und der Kaserne bei Landsberg.

Die neue Bleibe war nahe München angesiedelt – in Fürsty, wo seinerzeit der Gesundheitscheck stattgefunden hatte. Hier wurden die Piloten nun mit dem Erdkampf- und Aufklärungsflugzeug vertraut gemacht und eingeschult. Es handelte sich um die G 91, Hersteller: Fabbrica Italiana Automobili di Torino, besser bekannt unter FIAT.

Der Umstand, dass der Kleinwagenhersteller auch Flugzeuge im Programm hatte, überraschte einige. Nach dem Eintreffen in der Kaserne von Fürstenfeldbruck kam es zu einem freudigen Wiedersehen. Die »Amis« waren heimgekehrt! Innig umarmte Michael seine Kameraden, den langen Paule und den Manfred. Sie sollten jetzt hier alle gemeinsam auf die GINA umschulen. Die FIAT wurde liebevoll nach der Schauspielerin Gina Lollobrigida im Jargon so genannt.

»Wo ist denn der Klaus, der wird doch nicht drüben geblieben sein?«, fragte Michael, der auch diesen Kerl vermisst hatte. Nun folgte sekundenlanges verlegenes Schweigen, bis Manfred schließlich leise sagte: »Der Klaus kommt nicht wieder. Er ist tot. Abgestürzt. War bei einem Landeanflug zu langsam dran … wir haben es alle gesehen. Er hat mit einer Tragfläche infolge der geringen Geschwindigkeit den

Boden berührt, das war es dann, er war sofort tot.«

Der Nachsatz war sicherlich nicht pietätvoll, sollte aber vielleicht die bedrückte Stimmung etwas aufheitern: »Wegen des Mercedes brauchst dir also keine Gedanken mehr zu machen – den benötigt er sicher nicht mehr!« Und um das Thema Klaus endgültig vom Tisch zu bringen, wechselte er abrupt das Thema. »Wie flog eigentlich euer Segelflugzeugjet … die FOUGA MAGISTER?« Manfred ließ die Verachtung für diese Maschine deutlich heraushören.

Doch Michael enttäuschte ihn: »Ganz tolle Kiste … wir haben damit sogar das Trudeln geübt! Acrobatic, den Kunstflug geflogen! Im Formationsflug ist die Maschine unschlagbar. Ich hatte die Möglichkeit, öfter mit der Kunstflugstaffel mitzufliegen. Und wie war es in den Staaten?«, fragte nun Michael interessiert, »nun erzählt schon.

Wie war die Ausbildung drüben?«

Tagelang wurde noch über dieses und jenes berichtet und darüber debattiert, wer es nun letztendlich besser getroffen hatte.

»Das wird sich letztlich erst in der Praxis erweisen. Wir werden ja sehen, wer nun mit der »Lollo« besser und schneller zurechtkommt. Also lassen wir uns überraschen!«, schloss Michael die hitzig gewordene Diskussion. Naturgemäß wollte jeder der beste Pilot sein.

Andächtig, nichtsdestoweniger kritisch, beäugten wenig später die jungen Piloten die elegante GINA. Gefährlich ragten die »Giftzähne«, zwei mächtige schwarze Kanonenrohre, aus dem Rumpf und in der Nase blinkten die Linsen von drei Kameras. So bestückt wirkte das

Kampfflugzeug in der Tat bedrohlich – doch nicht aus der Sicht der Piloten. Der Schriftsteller Konsalik und seine Warnungen waren bei Michael in diesem Moment auch vergessen … die begeisterungsfähige Jugend setzte den Verstand wieder einmal außer Gefecht.

Daneben parkte die zweisitzige G 91 T, die Trainings- und Schulungsmaschine. Obwohl mit demselben zuverlässigen Triebwerk englischer Provenienz ausgestattet, erreichte dieses Fluggerät eine höhere Geschwindigkeit als die für den Kampfeinsatz einsitzige Maschine.

Ein entscheidendes Element für die Piloten war jedoch der Umstand, dass die »Lollo« mit dem damals modernsten Schleudersitz bestückt war, den es weltweit gab. Der so hochgejubelte Feuerstuhl wurde vom englischen Hersteller Martin Baker produziert und in den Zeiten, in denen die Starfighter reihenweise wie Steine vom Himmel fielen, von jedem Piloten herbeigesehnt. Mitte der 1960er Jahre sorgte der »Witwenmacher«, der in den Vereinigte Staaten hochgelobte Starfighter mit seinen zahllosen Abstürzen nicht nur für vernichtende Statistiken, sondern auch für öffentliches Entsetzen. Franz Josef Strauß, damals deutscher Verteidigungsminister und Rudolf Augstein, der SPIEGEL-Gründer, der sogar im Knast landete, lieferten sich deswegen einen erbitterten Kampf. Letztlich musste Strauß gehen und der Spiegel erlebte einen ungeahnten Aufschwung.

Der CSU-Kaiser zeigte sich schwer getroffen, weil er, zumindest vorübergehend, ins politische Ausgedinge verbannt wurde. Die Weisen und Witwen der jungen Piloten stufte er scheinbar als unvermeidlichen Kollateralschäden ein, der war bei ein paar Millionen unvermeidlich.

Es war in diesem Ausbildungsprogramm obligatorisch, auf der zweisitzigen FIAT einen Auslandsnavigationsflug durchzuführen. Da die Flugschüler nun lizenzierte Piloten waren, durften sie sich dabei nicht nur das Ziel, sondern auch das Team selbst wählen. So flog Michael mit dem Berliner Paul und Mecki mit Manfred. Als Ziel entschieden sie sich für Spanien. Allerdings wurde nicht die damals bei den Deutschen schon beliebte Insel Mallorca als Ziel auserkoren, sondern Valencia an der Costa Blanca. Und dieses Ziel wurde auch genehmigt. Auch die Fluglizenz konnte nicht egalisieren, dass militärische Auslandsflüge von oberster Stelle in Bonn abgesegnet werden mussten. Aufgeregt wedelte Paul mit dem Telex des Verteidigungsministeriums herum.

Jetzt hieß es, alle notwendigen Vorbereitungen zu treffen. Flugpläne mussten erstellt und eingereicht werden, den Treibstoffbedarf galt es ebenfalls zu errechnen und anderes mehr.

Im Juli, nach den hektischen Tagen der Vorbereitung, war es endlich so weit. Ein Düsenkampfjet verfügt über keinen Laderaum, weil Surfbretter, Beauty Case und ähnliches hier üblicherweise nicht gebraucht werden. So mussten die Kameraden ihre Mitbringsel dort verstauen, wo sich im Regelfall die Bordkanonen und die zugehörige Munition befanden. Nach dem Formationsstart legten sich die Maschinen in eine Rechtskurve und gingen auf Westkurs – auf die französische Grenze zu.

Wenig später gab Paul über Funk den Fremdenführer, wobei er die Funkstille unterbrach: »Da links, die Westalpen, der hohe schneebedeckte Berg, das ist der Mont Blanc, Europas höchster Gipfel. Seht ihr ihn?«, vergewisserte er sich, ob seine Weisheiten auch auf fruchtbaren Boden gefallen waren. Die Ohren durch die Fliegerhelme geschützt, hörte sich das laute Triebwerksgeräusch in der Kabine nur wie ein laufender Staubsauger an.

»Schau einmal Mikel, die Außentemperatur! Unfassbar! Minus 54 Grad, da bin ich den FIAT-Leuten dankbar, dass sie der »Lollo« eine Klimaanlage verpasst haben!«

»Da möchte ich nicht aussteigen oder womöglich gar das Kabinendach verlieren!«, schob Mikel lachend nach. In diesem Augenblick gefror ihm das Lachen … er wusste nicht zu sagen warum, aber ausgerechnet jetzt erschien vor seinem geistigen Auge der Klaus, der Crash bei der Landung, der tote Kamerad. Mit Gewalt verscheuchte er die grausamen Bilder und konzentrierte sich auf das Fliegen.

Wie bestellt tauchte am südlichen Horizont die glatte Fläche des Mittelmeers auf. Zeitgleich traf per Funk die Anweisung der französischen Bodenstation ein, die Funkfrequenz zu ändern. Alles verlief ruhig und ganz nach Plan und schon erhoben sich die gewaltigen Pyrenäen und ganz nach Vorschrift nahmen die deutschen Piloten Kontakt mit den Spaniern auf.

Kapitel 12

»Buenos dias« ertönte es aus dem Kopfhörer, dann wurde es allerdings etwas komplizierter – die englische Sprache war der Bodenstation nicht geläufig, eine Verständigung daher schwierig. Da sprang Paul, der alte Spanienurlauber, mit seinen gar nicht so schlechten Kastellanisch-Kenntnissen in die Bresche. Das Aufatmen bei den spanischen Lotsen, als sie die vertrauten Worte hörten, war bis ins Cockpit der »Lollo« zu spüren.

»Na Jungs, wie hab ich das wieder hingekriegt«, heischte Paul nach Lob und ordnete gleich an: »Alles hört auf mein Kommando!«

Die Sprachschwierigkeiten legten sich, als sich nach etwa 20 Minuten der Tower in Valencia meldete. Nach einem circa zweistündigen Flug erreichten die deutschen Jets ihre Parkpositionen am Flughafen in Valencia, der drittgrößten Stadt Spaniens.

Die spanischen »Kollegen« boten alles auf, was an Ehrung möglich war. Nur der rote Teppich wurde dann doch nicht ausgerollt. Die jungen deutschen Piloten fühlten sich natürlich geschmeichelt und genossen die nicht erwartete Ehrung in Form dieser ehrenvollen Begrüßung sichtlich. Die historische Tragödie, der Luftangriff auf Gernika (kastilisch Guernica) am 26. April 1937 durch deutsche Kampfflugzeuge der Legion Condor, einer militärischen Operation während des spanischen Bürgerkrieges im Baskenland, bei der Tausende Zivilisten zu Tode kamen, schien verdrängt oder vergessen zu sein.

Die spanischen Piloten führten ihre deutschen Kameraden in einen abgelegenen Teil des Fliegerhorstes, wo noch einige durchaus einsatzbereite deutsche Flugzeuge abgestellt waren. Darunter befand sich auch die legendäre »Tante JU« – die Junkers 52, und sage und schreibe, die Maschine war noch immer als Transportflugzeug im Einsatz bei den Spaniern.

»Mein Gott, so etwas kannst du bei uns höchstens noch im Museum bestaunen!«, brach es aus Manfred enthusiastisch heraus, als seine Augen eine Heinkel und eine Bücker-Doppeldecker erfassten.

Um das Maß voll zu machen, stand den deutschen Gästen auch ein Dienstwagen nebst Chauffeur zur Verfügung. Man empfahl ein preiswertes Hotel in der Innenstadt, doch bei dem damaligen Kurs Peseta : DM und einem Tagessatz von 40,00 Mark war sparen nicht angebracht – so residierten die Herren Piloten standesgemäß.

»Ich habe den Befehl, Sie morgen vom Hotel abzuholen und zu unserem Militärstrand zu fahren!«, verlautete der Chauffeur dienstbeflissen.

»Das ist in der Tat großzügig von deinem Boss … also hole uns bitte gegen 9:30 Uhr ab und vielen Dank!«, dabei schob Paul dem Burschen einen kleinen Obolus zu, den dieser anfangs strikt ablehnte, dann aber doch dankbar annahm.

»Was haltet ihr von einer Paella – soll hier in Valencia das Nonplusultra sein«, schlug Paul, der zum quasi Reiseführer avanciert war, vor. Sie genossen die Paella und zwei Flaschen Tinto, und es zeigte sich, dass man auch in Spanien wie Gott in Frankreich leben konnte.

Ob Gott der betörenden Damenwelt auch solche Aufmerksamkeit zugewandt hätte, wie die Piloten aus dem fernen Deutschland, ist nicht verbrieft. Die Jungs schenkten ihre Aufmerksamkeit nach dem Sättigungsvorgang ohne Wenn und Aber den herumschwirrenden Mädchen.

Mecki schwärmte begeistert: »Schaut euch diese prächtig gediehenen Frauen an … wahrhaftig eine Augenweide. Jungs, das wird eine lange Nacht!«, stellte der Fachmann fest.

»Ob diese Amazonen auch Englisch verstehen?«, sorgte er sich.

»Das werde ich gleich einmal testen. Da drüben an der Bar stehen ja ein paar Prachtexemplare einladend herum.«

Paul versuchte noch einzuwenden, dass es sich bei diesen Mädchen um professionelle »Damen« handelte, aber Mecki war so in Fahrt, dass er nicht mehr zu bremsen war. Vielleicht lag es auch an der Temperatur, die noch immer um die 30 Grad lag.

Es musste keine Dekade vergehen, bis die jungen Männer sich willenlos und nur allzu gerne von den Fängen der weiblichen List bezirzen ließen. Der Umstand, dass es sich bei der Lokalität um einen sogenannten Club und keine biedere Pianobar handelte, nahmen die Herren en Passant in Kauf, war doch die pekuniäre Seite auf keinen Fall mit den Abzocker-Usancen auf der Reeperbahn zu vergleichen. Also warum philosophische Debatten über die Bezeichnung der Luststätte anstellen? Es war nur eine Frage der Zeit – noch dazu wo die Damen auch ganz passabel Englisch sprachen – bis alle Beteiligten ihre »Final Destination«, um im Fliegerjargon zu bleiben, erreicht hatten.

Jedenfalls ließen sich die Mädchen nicht lange bitten und nahmen die Einladung, den nächsten Tag gemeinsam am Strand zu verbringen, mit Begeisterung an.

Manfred überraschte mit dem Umstand, dass diese Mädchen keine normalen Nutten seien, sondern Studentinnen. Das waren in der Tat ungewöhnliche »Bordsteinschwalben«. Es ist müßig zu erwähnen, dass die »Gesellschaft« auch die darauffolgende Nacht nicht in trister Einsamkeit verbrachte. Doch wie heißt es so treffend: Alles hat ein Ende. Das Wochenende war zweifellos abwechslungsreich gewesen, jedoch am Montag wurde der Rückflug angetreten – zumindest sahen das die Pläne der Vorgesetzten vor. Nur leider hatten die befehlsgewohnten Offiziere nicht mit der Hinterlist ihres fliegerischen Wunderkindes Faber gerechnet.

»Wie wäre es, wenn wir die Dienstreise nach Spanien ein bisschen prolongieren, was meinst du?«, tastete sich Mikel an Paul heran, als sie allein auf ihrem Zimmer waren.

»Was? Wie prolongieren? Was meinst du damit? Red deutsch mit mir und scheiß keine Buchstaben … noch dazu fremde!«, erboste sich der Kamerad, der offensichtlich mit dem Wort »prolongieren« nichts Rechtes anzufangen wusste.

»Ich meine«, Michael sprach nun Klartext, »dass wir noch ein paar Tage anhängen sollten!«

»Super ... und wieder daheim ziehen wir wegen desertieren in den Knast um ... hast du sie nicht mehr alle; sind dir die Weiber so zu Kopf gestiegen? Oder genauer: in den Schwanz ... ich bin kein Kind von Traurigkeit, aber zwischen Übermut und Blödheit liegt doch noch ein kleiner Spalt!«

»Wenn du wenigstens einmal zuhören würdest, natürlich können wir nur mit dem Segen des Kommandanten in Fürsty hierbleiben – das ist doch klar.«

»Aha, und wie willst du den bekommen? Ach, Herr Oberst, wir hätten gern den Befehl noch ein paar Tage in Spanien zu bleiben ... wir haben es uns zum Ziel gesetzt, alle Huren der iberischen Halbinsel zu befruchten! Sag, hast du was Besonderes gegessen oder getrunken oder bist du wirklich so ein Idiot?«

»Beruhige dich ...«, Mikel sprach ganz ruhig auf den erregten Kameraden ein. »Ich hab eine Idee, wie wir erreichen, dass sie uns BEFEHLEN hierzubleiben. Pass auf, ich schraube ein bisschen am Radio unserer Kiste herum ... ohne Funkverbindung kein Flug. Die lassen es niemals zu, dass die Spanier sich an unseren Maschinen vergreifen. Also was geschieht ... unsere Techniker begeben sich auf den Weg nach Valencia, und ich muss dir nicht erklären, was das für eine bürokratische Prozedur erfordert ... Da sind zwei, drei Tage nichts! Und wir warten hier in der Sonne ab ...«

Paul hielt einen Moment inne und schien angestrengt nachzudenken. »Und unsere lieben Kameraden? Du weißt, viele Hunde sind des Hasen Tod. Muss gar keine Absicht sein ... aber wenn sich da einer verplaudert oder im Suff angibt!«

»Und wie bitte sollte es dazu kommen? Denen sagen wir natürlich kein Wort, wie es zu einem technischen Ausfall gekommen ist!«

Paul schüttelte den Kopf, lachte hell auf und sagte nur: »Ich hab es gewusst … du bist ein verdammter Hurensohn, aber ich gebe zu, ein schlauer … um nicht zu sagen, verschlagener! Okay, ich bin dabei.«

Michael war ein begabter Schrauber. Es war für ihn eine vergleichsweise leichte Übung, das Radio so zu manipulieren, dass es in kurzen Intervallen lange Aussetzer hatte und niemand erkennen konnte, dass diese Aussetzer »künstliche« Ursachen hatten.

Die vier »Helden« waren zeitgerecht am Flugplatz, nahmen ganz nach Dienstvorschrift die Berechnung des Treibstoffes, das Überprüfen der Flugpläne und letztendlich die Vorflugkontrolle vor. Alles lief routinemäßig und ohne Hektik ab. Nachdem alle Checks durchgeführt, gegengezeichnet und negativ abgeschlossen waren, kletterten die Piloten ins Cockpit. Wenig später wurden die Triebwerke gestartet. Kurz nach dem ersten Kontakt mit dem Tower kam es zu Verständigungsschwierigkeiten. Die Triebwerke mussten wieder abgestellt werden, da das Radio keinen Ton von sich gab.

»Erst war die Verbindung ganz normal … jetzt aber schweigt der Kasten. Keine Ahnung, was da los ist!«, gab sich Mikel ahnungslos.

Er selbst öffnete erst einmal die Elektronikklappen der Bodenanlagen – und konnte nichts Ungewöhnliches feststellen. Inzwischen hatten sich spanische Mechaniker eingefunden und sich bereit erklärt, den Fehler zu suchen und wenn möglich, auch zu beheben. Doch da mussten die Deutschen, schweren Herzens ablehnen.

»Natürlich wäre das super – nur leider, wir dürfen niemanden an die Maschine lassen. Es wird uns nichts anderes übrig bleiben, als auf einen Befehl aus Deutschland zu warten.

Ein langes Palaver am Telefon mit dem Kommandanten und einem Techniker in Fürsty und die Entscheidung war gefallen: »Wir kommen nach Valencia!«

Und sie kamen, zwei Techniker landeten abends und stürzten sich zwei Stunden später mit der »Vorhut« ins süße Leben der Metropole. Es kam nicht der Hauch von Hektik auf. Mit Wein, Weib und Gesang ließen sich auch die »Nachzügler« gerne verwöhnen. Niemand war über den Zwangsaufenthalt verärgert, niemand hinterfragte die Ursache des schadhaften Radios. Auch später, zurückgekehrt nach Fürsty, gab es kein Misstrauen oder Gerede. Dafür schwelgten die Spanienreisenden in Erinnerungen an Flamenco, Paella und Mädchen.

Kapitel 13

Es gab einen triftigen Grund, weshalb der würdige Professor Krüger trotz seines Alters noch nicht im Ruhestand war: Er konnte seiner Passion, beinahe könnte man es Liebe nennen, nicht entsagen, und das, obwohl er als Kampfpilot im Krieg sein rechtes Bein verloren hatte. Nichtsdestoweniger humpelte er erhobenen Hauptes durch das Klassenzimmer und berichtete aus seinem Erfahrungsschatz aus dieser harten Zeit; erzählte bildhaft Kriegserlebnisse, auch garniert mit lustigen Metaphern. Unter diesem Aspekt war es für die jungen Krieger direkt ein Vergnügen, sich nebenbei mit der eher trockenen Materie der Navigation zu beschäftigen. Später, als die Luftaufklärung für die FIAT-Piloten auf dem Lehrplan stand, stieß er auf heftigen Widerstand bei seinen Schülern.

»Unsere GINA fliegt sich ja beinahe traumhaft. Allerdings aus der Perspektive der militärischen Effizienz betrachtet, handelt es sich dabei um eine fotografierende Steinschleuder.«

»Meine Herren, ich räume ein, dass in dieser Meinung sicherlich ein hohes Maß an berechtigter Kritik steckt«, gab der Professor ein wenig kleinlaut zu.

»Die schnelllebige Zeit, vor allem auf technischem Gebiet, hat natürlich gewaltige Fortschritte zu verzeichnen und damit auch auf dem Gebiet der Flugzeugausrüstung zu einem unvorstellbaren Modernisierungsprozess geführt. Wenn die Konstrukteure etwas auf das Reißbrett bringen und dieses Ergebnis dann umgesetzt wird, entsteht ein Prototyp, der letztlich die Serienreife erlangt. Allerdings kann es sein, dass dieses Produkt bereits wieder veraltet ist, wenn es ausgeliefert wird. Damit müssen wir alle leben und zurechtkommen. Also nun zur GINA: Die Maschine ist in der Rumpfnase mit drei Kameras bestückt, daher ersuche ich dringend nicht zu vergessen, die Kameraheizung in Betrieb zu nehmen. Dann die Blendenvorwahl je nach Witterungslage auswählen und einstellen, ebenso die Filmgeschwindigkeit. Anschließend ...«, er setzte zu einem neuerlichen Monolog an, wurde aber von einem Hustenanfall daran gehindert – der Professor war ein Vertragsraucher der Tabakindustrie und bekam auf seine alten Tage die Rechnung dafür präsentiert.

Schließlich fuhr er fort: »Wenn die Maschine zum Beispiel in waagrechter Position geradeaus fliegt und so das gewünschte Objekt im Visier am Kabinenfenster erscheint ,, dann hat die Kamera das Objekt im Kasten..Auf dem Film wird im unteren Drittel für den Auswerter das Objekt sichtbar. Aus dem Rest der Aufnahme kann er erkennen, wo exakt die Bilder aufgenommen wurden. Klingt ganz simpel – nur trifft das leider nicht ganz zu. Möglicherweise bekommen wir später einmal den letzten Stand der Technik zu sehen: Infrarotkameras!«

Der Professor ließ sein »Quasi-Versprechen« einmal auf die Zuhörer einwirken, bevor er seine eloquenten Ausführungen fortsetzte. »Diese Kameras reagieren dann automatisch auf die Lichtverhältnisse und stellen nicht nur die Geräte darauf ein, nein, sie registrieren auch die Zeit sowie die geografischen Koordinaten. Aber freut euch nicht zu früh ... wir sind noch lange nicht soweit!«

Da meldete sich Michael und gestand: »Ich kann Ihnen gerne ein paar Bilder, die ich mit meiner Rolex während eines Fluges aus dem Cockpit heraus geschossen habe, zeigen, Herr Professor! Die können sich ohne Zweifel mit den Bildern der Bordkameras messen.«

Da stampfte der alte Haudegen mit seinem Holzbein kräftig auf das Parkett und wetterte: »Keine weiteren Diskussionen ... wenn ich das nur höre, im Tiefflug eine Hand am Steuerknüppel und mit der anderen eine Kamera bedienen, das ist zu unterlassen, ein sträflicher Leichtsinn so etwas! Bin ich verstanden worden? Also bitte keinen solchen Unfug mehr, meine Herren. Alles klar?«

Niemand widersprach, das Holzbein sprach für sich.

Schweigend lauschten die Piloten dem weiteren Vortrag ihres Lehrers, der ausführlich darlegte, wie schwierig, und z war nicht nur im

Tiefflug, das Navigieren war. Er erklärte ausführlich, warum es ein Kunststück war, die Maschine so auf Kurs zu halten, dass die Zielobjekte genau im Visier der Bordkameras waren. Der Stoff war ermüdend und schwer zu verdauen, und so mancher Schüler war der Verzweiflung nahe. Allerdings dürfte in der Folgezeit auch so mancher Fluglehrer am Rande des Nervenzusammenbruchs gewesen sein, denn die Fluglehrer betreuten die Nachwuchspiloten nicht nur in der Theorie, sondern auch in der Praxis.

Sie saßen hinter den Piloten im zweisitzigen Kampfflugzeug! Allerdings war dies nur in der Anfangsphase der Ausbildung, später wurden nur die einsitzigen Maschinen geflogen. In diesem Fall flog der Fluglehrer mit einer eigenen Maschine im Formationsflug hinter dem Piloten und gab, falls notwendig, über Funk Anweisungen zur Kurskorrektur. Außerdem hielt der den Luftraum unter Beobachtung, sodass sich der Flugschüler voll und ganz auf die Navigation und das Fotografieren konzentrieren konnte.

»Jetzt bin ich auf die Waffenausbildung scharf. Mal sehen, wer am besten mit der Steinschleuder trifft. Dieses fotografieren, so spannend das für manchen auch sein mag, ich jedenfalls bin kein begeisterter Filmemacher.« maulte Paule Michael zugewandt.

»Reg dich nicht auf, Junge, das gehört einfach dazu, da müssen wir alle durch.«

»Na ja, es geht ja bald nach Sardinien, da können wir die Badesachen endlich auspacken. Sonne, Strand und Meer – so sieht es aus, Freunde! Und da bleiben wir länger als in Valencia, zwei Monate wird der Kurs auf Sardinien dauern. Abgesehen davon, was dort alles kaputtgehen kann!«, bemerkte er und schaute dabei anzüglich auf Michael.

Ohrenbetäubender Lärm von heulenden Turbinen der Düsenjäger schaffte es, die Begrüßungsansprache des neuen Staffelkapitäns auf dem NATO-Stützpunkt bei Cagliari auf Sardinien unhörbar zu machen. Im Übrigen war das Interesse an den Worten des Staffelkapitäns bei den jungen Piloten ohnehin begrenzt, denn die waren nicht begeistert, nach dreistündigem Flug von Fürstenfeldbruck nun eine Ewigkeit in der prallen Sonne stehen zu müssen – man wartete ungeduldig auf das Ende dieser Begrüßungsansprache.

»Wir haben hier eine deutsche Schule, einen Kindergarten und ein Clubhaus in der Stadt. Der Shuttlebus fährt auch abends in die Stadt. Ich möchte nur darauf hinweisen, dass Sie bei diesen Ausflügen möglichst keine Uniform tragen . Wir sind Gäste in diesem Land, und ich ersuche Sie, dies immer zu bedenken.«

»Oh Gott, wann hört der endlich mit diesem unerträglichen Gelaber auf. Kann mir ein Mensch erklären, warum wir hier so lange in der brütenden Sonne stehen müssen? Ich befürchte, dass diese Folter Absicht ist. Dabei habe ich das Gefühl, dass mein Mund trocken wie die Sahra ist. Ich will etwas zu trinken, und zwar sofort«, maulte Paule halblaut.

Doch irgendwann war der Wortschatz des alten Vorgesetzten dann doch zur Neige gegangen, und die Qual hatte ein Ende.

Jetzt aber lautete die Frage: Wo gibt es etwas zu trinken? Also auf in die Kantine! Zweifelsfrei haben die Kantinen in allen Kasernen dieser Welt den Charme eines Wartesaals am Bahnhof, aber zum Trinken gibt es dort allemal etwas.

Die Befürchtungen bewahrheiteten sich bedauerlicherweise. Deutsches Bier, Currywurst und Kartoffelsalat. Allerdings war zum Glück ein Techniker des Stammpersonals vor Ort und der wusste Rat.

»Nur ein paar hundert Meter von hier , vor der Kaserne befindet sich eine tolle Italienische Bar, da gibt es auch etwas zu essen … wir nennen den Betreiber

IL BANDITO … aber er ist ein aufrechter Wirt. der ist schon okay.«

Die Erwartungshaltung der Neulinge wurde sogar noch übertroffen. Das war keine kleine Bar, sondern eine solide Gaststätte, die Aromen von Olivenöl, Basilikum und Knoblauch hingen angenehm in der Luft. Dazu gesellten sich noch bildhübsche Italienerinnen mit schmachtenden Blicken. Der Wein war süffig und die Hintergrundmusik einschmeichelnd, kurzum, es war klar, wo die Piloten in den nächsten zwei Monaten ihre Freizeit verbringen würden.

»Da lässt es sich aushalten! Schließlich sind wir nicht zum Arbeiten hier oder? Prost Jungs!«, der Stammtechniker hob aufmunternd sein Weinglas.

Nach einer Weile betraten neben anderen NATO-Fliegern auch ein Rudel Amerikaner das Lokal. Die fielen sofort auf. Nicht, weil sie sich ungebührlich benommen hätten, das wirklich nicht, aber sie tranken nur Cola! Ein Umstand, der hier deplatziert und befremdlich wirkte.

»Was sind denn das für komische Figuren? Nur um sich eine Cola reinzuziehen, bräuchten sie nicht so weit zu laufen!«, stellte Mecki sachverständig fest. Doch bald war klar: Das waren die Piloten der Kunstflugstaffel, die am darauffolgenden Sonntag ihr Können auf dem Flugplatz Deci zeigen würden.

Der NATO-Flugplatz Decimomannu lag neben dem gleichnamigen unscheinbaren Dorf. Wie Fürsty wurde auch dieser Name abgekürzt – vermutlich nicht zuletzt deswegen, weil der Name für nicht italienisch sprechende schwer korrekt auszusprechen war. Aber mussten die bedauernswerten Kerle deswegen schon heute am Freitagabend abstinent bleiben?

»Die blauen Engel – so nennt ihr euch doch?«

»Well, manchmal trinken auch wir ein paar Gläser. Bloß morgen fliegen wir die Generalprobe, damit am Sonntag auch alles klappt. Alles klar?«

»Ich dachte die blauen Engel sind auch mal blau ...«, stichelte Paule, aber die Herren aus Amerika wiegelten ab und wechselten rasch das Thema.

»Ihr mit eurer FIAT müsst erst Mal richtig fliegen lernen. Was die Leute auf dem Schießstand fabrizieren, mit Verlaub, da lacht die ganze Westküste. Die Italiener sollen beim Autobau bleiben, aber die Finger von der Flugzeugkonstruktion lassen. Wenn ich nur an diese Schnapsidee mit den Niederdruckreifen denke … mit denen wollt ihr vom Grasfeld aus starten? Wer denkt sich denn so einen Unsinn aus? Es ist vorprogrammiert, dass man damit im Schlamm stecken bleibt! Habt ihr das schon einmal ausprobiert?«, da wurden die G-91 Piloten ganz kleinlaut.

»Dafür starten wir mit unserer GINA problemlos von der Autobahn!«, konterten die Jungpiloten. An Fach- und den dazugehörigen Streitgesprächen mangelte es in den folgenden Stunden nicht.

Irgendwann, weit nach Mitternacht, brachen die »Helden« auf und suchten die Kaserne auf. IL BANDITO wurde mit der Stube 38 vertauscht.

Vor dem Unterkunftsblockstand eine aus Holz errichtete kleine Kapelle samt Campanile. Die Glocken in diesem Kirchturm hatten
mit ihrem sonntäglichen Läuten am frühen Morgen schon Tausende von Männern den Schlaf vermiest. Dass diese Glocken gelegentlich auch völlig unmotiviert des Nachts erklangen, lag nicht an einem verrückten Messdiener, sondern an »abgefüllten« und somit wohl auch übermütigen Kameraden.

Es versteht sich beinahe von selbst, dass Michael es nicht unterlassen konnte, einen Vorschlag zu unterbreiten: »Leute, wir wollen die schlafende Truppe nicht unbedingt wecken, aber es wäre doch angebracht, unsere Ankunft hier der lieben Gemeinde mit einem Heimkehrerlied zu verkünden!«, dabei schwang er mit seinem ausgestreckten Zeigefinger mit irgendeinem Schlüssel in der Luft herum, »denn ich habe den ehrenvollen Auftrag, zum sonntäglichen Hochamt mit der Orgel einige Lieder zu intonieren. Folglich ist es nur logisch, dass ich zuvor ein wenig üben muss – und dies bereitet mir alleine keine Freude. Also Kameraden, folgt mir bitte in das Haus Gottes, dort können wir dann gemeinsam das Lied »Es steht ein Soldat am Wolgastrand« jubilieren!«

Trotz Michaels geschwollener Ausdrucksweise war die Reaktion der Freunde eher verhalten:

»Jetzt spinnst du endgültig … leck uns am Arsch mit deiner Singerei … also bleib ruhig und geh mit uns in die Unterkunft, schlaf deinen Rausch aus. Morgen, oder eher schon heute, ist auch noch ein Tag«, versuchten sie Michael seine Schnapsidee auszureden.

Doch wie so oft, der bornierte Hund war wieder einmal keinem Argument zugänglich – so nahm das Desaster unaufhaltsam seinen Lauf. Er proklamierte feierlich:

»Gute Nacht, meine Freunde, ich muss mich jetzt der Muse widmen!« Enttäuscht wandte sich Michael in seinem doch stark angeheiterten Zustand mit diesen Worten ab und marschierte gemessenen Schrittes auf das Kirchlein zu. Dort setzte er sich, wie angekündigt, an die Orgel und benötigte geraume Zeit, bis er endlich den Hauptschalter der Stromzufuhr fand – doch er war hartnäckig geblieben, wie es Kinder und Besoffene nun einmal sind. Dann legte er los!

Auf der Klaviatur des elektronischen Instrumentes fand er sich schnell zurecht. Exakt als er beim Refrain des Wolgaliedes angelangt war und mit ergreifender Stimme in die Stille der Nacht trällerte:

»Du hast im Himmel viele Englein bei dir, schick doch eines davon auch zu mir!«

‚Da erhörte ihn der Allmächtige und sandte der Englein gleich zwei. Zugegeben, diese Engel trugen keine Flügel, waren nicht weiß gekleidet, ganz im Gegenteil, sie steckten in Uniformen der Carabinieri, ja, sie sprachen nicht einmal mit Engelszungen, im Gegenteil, sie klangen eher »agitato«.

»Was veranstalten Sie hier für einen Zirkus, soll das eine verspätete Mitternachtsmesse werden? Sie sind wohl komplett von Sinnen … kommen Sie mit, das hat Folgen!«

Es verging keine halbe Stunde und Michael lag auf einem Bett, dieses allerdings stand nicht in seiner Unterkunft, sondern im Arrestblock. Es handelte sich um die Ausnüchterungszelle für unbelehrbare Kameraden – wie eben unseren Michael.

Als der glücklose Orgelspieler aufwachte und erkannte, wo er gelandet war, stöhnte er: »Oh Gott, hilf mir!«

Und tatsächlich sandte Gott einen seiner Stellvertreter, der den Störenfried aus seiner misslichen Lage befreite. Der Pfarrer kam und legte ein gutes Wort ein. Die Carabinieri hatten ihn informiert, dass ein deutscher Pilot des nachts in die Kirche eingedrungen war!

So kam es zur wundersamen Rettung, ähnlich dem Wunder, welches Jesus vollbracht hatte, als er auf der Hochzeit Wasser in Wein verwandelte.

Am folgenden Sonntag war die kleine Kirche so gut besucht, wie schon lange nicht mehr. Jedermann, der vom nächtlichen Konzert gehört hatte – und das waren eine ganze Menge – wollten den Pianisten sehen und natürlich hören. Michael hatte es wieder einmal geschafft, die allgemeine Aufmerksamkeit auf seine Person zu lenken.

Doch nicht nur die Kirche war an jenem Tag gut besucht, auch auf dem Flugplatz drängten sich Menschenmassen – es war der »Tag der offenen Tür«.

Düsenjäger einmal aus der Nähe zu betrachten, das fand bei der sardischen Bevölkerung riesigen Anklang. Doch nicht nur das, auch der Umstand, dass die internationalen Kunstflugstaffeln eine großzügige Bewirtung arrangiert hatten, zog naturgemäß das Publikum magnetisch an.

Unbestritten die Attraktion waren natürlich die Kunstflugstaffeln und deren Loopingmanöver. Die Show wurde von der italienischen »Tricolore« eröffnet; gefolgt von den britischen »Red Arrows«. Das unbestrittene Highlight verkörperten jedoch die Amis mit der weltberühmten Staffel, den schon erwähnten »Blue Angels«.

»Ja und wo bleiben die Deutschen?«, wurde rundum gefragt. Die kamen nicht und die Ursache war traurig, ja tragisch. Das deutsche Starfighter-Akrobatik-team war einige Tage zuvor kollektiv bei einem Trainingsflug abgestürzt. Alle vier Maschinen hatten sich nahezu senkrecht in den Boden gebohrt. Wie war das möglich? In einem engen Formationsflug begannen sie einen Looping zu fliegen. Der vertikale Kreisbogen wurde vom Staffelführer zu steil eingeleitet. Eine dichte Wolkendecke tat das Übrige. Anstatt einen weichen Kreisbogen zu fliegen, artete das Loopingmanöver zu einem vertikalen Osterei aus. Nun schossen die Flugzeuge senkrecht auf die Erde zu – zu spät erkannten die Piloten die verhängnisvolle Lage. Es war nicht einmal mehr möglich den verzweifelten Versuch zu unternehmen, mit dem Schleudersitz auszusteigen – alle vier Piloten fanden den Tod. Dies wurde zum Anlass genommen, in Zukunft jede Kunstflugveranstaltung mit deutschen Militärmaschinen zu verbieten.

»Wozu, zu welchem militärischen Zweck sollen sich die Nationen in akrobatischen Zirkusflugvorführungen mit »sauteurem« Fluggerät, solch einem Risiko aussetzen? Der jüngste Vorfall zeigt ja, wo das enden kann!«, polterte der oberste Luftwaffenchef. »Das erfüllt denselben Zweck wie Blumen auf dem Friedhof.«

Und diese Entscheidung hat bis heute, 2016, Gültigkeit. Welch epochale Folgen eine Flugshow auf deutschem Boden noch hatte, zeigten die Ereignisse von Rammstein:

Bei dem bis einschließlich 1988 jährlich auf der Air Base abgehaltenen Flugtag ereignete sich am 28. August 1988 eine der größten Katastrophen, die je im Rahmen einer Flugschau vorgekommen sind. Dabei kollidierten drei Jets der italienischen Kunstflugstaffel Frecce Tricolori bei der Durchführung der Flugfigur Durchstoßenes Herz. Die verursachende Solo-Maschine stürzte in die Zuschauermenge und tötete 35 Menschen sofort, Hunderte weitere wurden zum Teil schwer verletzt, wodurch sich die Zahl der Toten später auf 70 erhöhte. Seitdem gibt es in Deutschland sehr strenge Regeln für militärische Flugschauen, was z. B. den Überflug der Besucher oder besonders risikoreiche Flugmanöver angeht.

Die deutsche Rockband »Rammstein« stritt lange Zeit ab, sich nach diesem Unglück benannt zu haben. Die Band trat jedoch kurz nach der Gründung unter dem eindeutigen Namen »Rammstein-Flugschau« auf.

Als dies bekannt wurde, erklärte die Band, nicht mehr rechtzeitig einen anderen Namen gefunden zu haben.
Doch die Kunstflugstaffeln, als wäre das alles noch nicht genug, fristeten weiter ihr Dasein. Sie flogen weiter, frei nach dem Motto: Eine Nation braucht unbedingt eine militärische Kunstflugstaffel – der Steuerzahler blecht und unzählige Dienstposten haben eine Daseinsberechtigung.

Im Gegensatz zu den Witterungsverhältnissen in Deutschland bot Sardinien mit seiner Lage im Mittelmeer unschätzbare Vorteile. Hier war es möglich, dass die Flugschüler eine effiziente Ausbildung am Kampfjet bekamen. So absolvierten sie täglich bis zu drei Flüge – in Deutschland unmöglich. Verzögerungen durch tagelange Schlechtwetterperioden gab es auf der Insel kaum. Unglaublich rasch erfassten die Piloten den »Dreh«, aus dem Sturzflug heraus auf Ziele am Boden zu schießen. Bloß die nicht immer vorhandene Treffergenauigkeit war ein Manko. Von den 60 – 80 Schuss Übungsmunition, die bei einem Flug verballert wurden, fanden nur 2 – 3 ihr Ziel, welches durch eine große weiße Scheibe verkörpert wurde. Die FIAT G 91 verfügte über zwei imposante drei Zentimeter Bordkanonen und war überdies mit einem umgebauten, nichtsdestoweniger veralteten Panzervisier ausgestattet. Die Kanonen waren als Streuwaffe ergänzend zu den Bomben und Raketen gedacht. Aber auch hier – die Treffsicherheit war nicht mit jener der NATO-Partner zu messen. In einem Vergleichsschießen konnten sich auch die erfahrensten deutschen Piloten mit ihrer GINA nicht messen.
»Dann müssen wir eben noch näher an die Ziele heranfliegen«, verlangten einige Spinner besserwisserisch.
»Das geht auf keinen Fall, Leute; denkt immer daran, dass wir hier nur mit Übungsmunition fliegen. Im Ernstfall befinden sich scharfe Sprengköpfe auf den Geschossen – ihr kommt in den eigenen Feuerbereich und knallt euch selbst ab. Friendly fire einmal ganz anders!

Der Sicherheitsabstand sowie die nötige Abfanghöhe muss unbedingt eingehalten werden. Da führt kein Weg daran vorbei!«, warnten alle Fluglehrer unisono.

»Ich bin absolut davon überzeugt, dass noch einige gravierende Verbesserungen an dieser ›Steinschleuder‹ möglich sind!«, erklärte Michael völlig plausibel und verschwand gleich unter dem Rumpf einer GINA.

»Allerdings will ich als Flugschüler, noch dazu auf italienischem Boden, keine Innovationsvorschläge anregen. Damit warte ich, bis wir endlich einmal bei einem Einsatzgeschwader angekommen sind.

Dann werde ich versuchen, meine Ideen an den Mann zu bringen.«

Michael war ganz sicher, dass es eine Menge vernünftige Möglichkeiten gab, diesen Fliegertyp aufzurüsten. Während dieser Gedankenspielerei nahm er ein Sonnenbad in einem Liegestuhl.

Einige Tage später erreichte die Jungpiloten eine niederschmetternde Nachricht: »So, Leute, hört mal her, wenn ihr die Ausbildung hier abgeschlossen habt, dann geht es auf nach Schleswig Holstein. Schluss mit Fürsty. In Husum sollt ihr die alten amerikanischen F 84 ablösen und die erste Fiat-Staffel bilden. Also Schluss mit dem Faulenzen in der Sonne!« Es gab niemanden, der sich über diese Aussichten gefreut hätte. Manfred prophezeite sogar düster: »Jetzt können wir die schöne Zeit zu Grabe tragen ...

Doch irren ist menschlich.

Zurückgekehrt in das mittlerweile liebgewonnene Bayern fiel es den nunmehr ausgebildeten Piloten schwer, Abschied zu nehmen.

»Was machst du mit deinem Oldtimer? Willst du den Mercedes mit der Bahn auf die Reise in den kühlen Norden schicken?«, fragte Paule neugierig.

Die Antwort kam prompt: »Mach dir da mal keine Sorgen ... ein Blumenladen hier hat mich schon nach dem Wagen gefragt. Die würden den Stern gerne bei Hochzeiten als Brautfahrzeug anbieten.«

Und so geschah es. Schweren Herzens verabschiedete sich Michael von seinem Wagen, der ihm lieb geworden war. Anderen bescherte der Verlust der Freundin einen Trennungsschmerz anderer Art.

Bei einem feuchtfröhlichen Abschiedsessen auf dem Kloster Andex wurde der Begriff »Flugschüler« endgültig begraben. Jetzt waren sie richtige Kampfpiloten und sahen ihrem Einzug in Husum mit gespannter Erwartungshaltung entgegen.

Im Formationsflug erreichten sie nach einer guten Flugstunde den neuen Standort bei Husum.

Wie es sich für die Gegend gehört, erfolgte die Landung bei strömendem Regen.

»Das kann ja heiter werden!«, beschwerte sich Manfred sogleich. Über Funk folgten die Anweisungen des Kontrollturms und so rollten sie auf die zugewiesene Parkposition. Gleich maßregelte ihn der Fluglotse: »Bitte, wenn möglich, ohne Kommentar … es regnet hier eben manchmal«, meinte der Mann im Kontrollturm, dann fügte er doch noch versöhnlich hinzu, »trotzdem herzlich willkommen!«

Zu dieser Stunde ahnte noch keiner, wie lange die Neuankömmlinge im kühlen Norden bleiben würden, und dass so manches Leid, aber auch Freude auf die verwöhnten Jungs wartete.

Bereits ein paar Wochen später hatten sie sich »eingewöhnt« und festgestellt, dass Husum, auch die graue Stadt am Meer genannt, so furchtbar nicht bezeichnet werden sollte..

»Also ich muss eingestehen, dass es mir hier eigentlich ganz gut gefällt. Es gibt zwar keine Berge, dafür aber das Wattenmeer. Außerdem finde ich, dass die Menschen hier, im Gegensatz zu den sicherlich existierenden Vorurteilen, weder kühl noch unnahbar sind – im Gegenteil. Dieser Menschenschlag ist sicherlich stark vom Skandinavischen geprägt. Man muss sich eingestehen, dass da meine Erfahrungen besonders aus dem weiblichen Teil der Bevölkerung stammen«, stellte Michael fest und seine Kameraden nickten zustimmend. Einer ergänzte: »Ich frage mich wirklich, warum die Leute, speziell zu Soldaten, so entgegenkommend sind?«

Da wusste Paule Bescheid: »Ja, ich habe in einer Bäckerei gehört, wie sich zwei Frauen drüber unterhalten haben, dass im Vorjahr – da gab es hier eine große Sturmflut – die Bundeswehr beinahe übermenschliches geleistet hat.«

»Das erklärt die Beliebtheit des Heeres tatsächlich«, stellte Michael fest.

Das neue Düsenflugzeug bekam schon bald einen Kosenamen verpasst: »Halligmaus«.

Die Halligen sind kleine, nicht oder nur wenig geschützte Marschinseln vor den Küsten, die bei Sturmfluten überschwemmt werden können. Sie liegen im nordfriesischen Wattenmeer an der Nordseeküste Schleswig-Holsteins sowie an der Nordseeküste Dänemarks. Die zehn heute noch existierenden, bis 956 Hektar großen deutschen Halligen gruppieren sich kreisförmig um die Insel Pellworm, die selbst keine Hallig ist. Sieben der zehn Halligen sind heute bewohnt.

Die Halligen erheben sich nur wenige Meter über dem Meeresspiegel, weshalb sie während einer starken Flut – mit Ausnahme der Warften, das sind künstlich aufgeschüttete Hügel, auf denen die Häuser stehen – überspült werden. Ihre Flora weist salzwasserresistente Arten auf, die der Landschaft ihr besonderes Gepräge geben. Eine weitere Besonderheit besteht darin, dass der Halligboden kein Süßwasser speichert, sodass es auf den Halligen außer Regenwasser kein natürliches Süßwasser gibt. Früher wurde deswegen das Regenwasser in den Fethingen gesammelt.

Die Halligen sind erdgeschichtlich junge Inseln, die durch Aufschlickung bzw. Aufschwemmung bei Überflutungen erst im vergangenen Jahrtausend auf altem, untergegangenen Marschland entstanden oder – im Fall von Nordstrandischmoor – der Rest einer ehemals größeren Insel sind.

Es vergingen kaum ein paar Wochen und die Piloten fanden die ersten Mängel bei der G 91. Es waren hauptsächlich technische Probleme bei der unausgegorenen Waffenanlage. Michael wurde wie zu erwarten vom »Schraubfieber« befallen und er brachte folgenden Vorschlag aufs Tapet: »Wir sollten den Nachlademechanismus der Kanonen beschleunigen.

Wenn wir die Rückschlagdüsen ein bisschen aufbohren, dann dreht der Gasdruck die Trommel schneller. Außerdem müssen wir versuchen, die beiden Kanonen nach innen zu justieren, jetzt feuern sie lediglich parallel. Wenn sich die Schussbahnen nach ungefähr 2000 Fuß kreuzen würden, könnten wir sicher eine höhere Trefferquote erreichen.«

»Hört sich logisch an, also versuchen wir es einmal«, schlug ein frisch gebackener Feldwebel vor.

Techniker und Piloten begannen nun gemeinsam, Michaels Vorschläge – die er nebenbei bemerkt beinahe stündlich ergänzte – in die Praxis umzusetzen.

Die praktischen Schießübungen erfolgten auf dem Winterschießplatz im Norden der Insel Sylt. Selbstverständlich nicht innerhalb der Saison, denn der Lärm der Triebwerke und das Knallen der Feuerwaffen konnte man dem betuchten Publikum auf der mondänen Insel nicht zumuten. Im Winter spielte das offensichtlich keine Rolle, die Einheimischen schienen nicht wichtig genug, um von der militärischen Lärmattacke geschützt zu werden.

Es war dieser elitäre Ort, an dem Michael seinen ersten, wenn auch glimpflichen Flugunfall erleben musste. Beim Übungsschießen im rasanten Tiefflug brachte ihn eine Möwe beinahe in die Bredouille. Diese Kollisionen mit den Viechern waren bei den Piloten gefürchtet. Logischerweise konnten die Vögel – nicht nur die Möwen, sondern auch Bussarde und andere – die Geschwindigkeit eines Düsenjets nicht abschätzen; und so nahm das Unheil oft seinen unabwendbaren Lauf. Aufgeschreckt und völlig unkontrolliert stürzten sie aus ihrer Flugbahn, sobald sie die aus ihrer Perspektive kolossalen Metallungeheuer, die überdies einen Höllenlärm erzeugten, wahrnahmen. In der daraus entstehenden Panik gelang es weder den Piloten noch den Vögeln voreinander auszuweichen.

Der für die Tiere stets tödliche Aufprall verursachte manchmal erhebliche Havarien an den Jets. Im Extremfall, wenn so ein Vogel im Triebwerk endete, führe das zum Absturz der Maschine.

An jenem Nachmittag flog eine Formation von »Halligmäusen« zum Schießplatz auf Sylt, um die modifizierten Waffen zu erproben. Michael fungierte als »Leithammel« an der Spitze. Plötzlich vernahm er einen dumpfen Knall und zeitgleich war die gepanzerte Scheibe vor ihm total verdreckt – irgendetwas, vermutlich der Kadaver eines Vogels, vereitelten jede Sicht für den Piloten. Zum Glück gab es keinen Triebwerksschaden, der Drehzahlmesser zeigte an, dass sich alles im Soll-Bereich bewegte. Nur aus dem Seitenfenster hatte Michael die Möglichkeit, etwas zu sehen.

So musste er auf die Hilfestellung seiner Kameraden bauen, die er sofort über Funk von der Lage unterrichtete und bat, ihn zu lotsen.

»Bleib ganz ruhig, Michael, ich komme an backbord längsseits!«, versprach Mecki,: »Häng dich im Formationsflug an meine Tragfläche. Schau nach links! Ich befinde mich auf gleicher Höhe ... kannst du mich sehen?«

»Ja!«, die Erleichterung in Michaels Stimme war nicht zu überhören, »Jetzt habe ich dich in meinem Sichtfeld. Ich denke, es ist am sichersten, wenn wir gleich hier auf der Insel landen. Auf keinen Fall kann ich so nach Husum zurück!«

»Gut, einverstanden, das machen wir«, willigte der Freund in den Plan ein.

»Ich fliege einen langen Endanflug und wir führen eine Formationslandung durch.«

»Okay, gehen wir sofort auf die Frequenz des Kontrollturms hier auf der Insel.«

»Alles klar, einverstanden.«

Mecki übernahm ab sofort das Kommando und die Führung der Formation.. Michael folgte seinem »Lotsen« mit einem Kloß im Hals und schwitzenden Händen – so ein »Blindflug« war eine gänzlich neue Erfahrung für ihn. Letztlich setzte er seine beschädigte Maschine jedoch, zwar etwas heftiger als sonst, aber problemlos auf die Betonpiste der Startbahn West auf und aktivierte den Bremsfallschirm sprach ins Mikro: »Ich bin sicher gelandet, und der Schirm ist offen!« Der gordische Knoten war somit durchschlagen. Jetzt öffnete auch Mecki seinen Bremsfallschirm und die beiden Maschinen rollten langsam von der Landebahn den Werkshallen entgegen. Mit dem Nachlassen der Spannung bei Michael, er hatte im Stress keine Ängste verspürt, wurde ihm nun klar, wie prekär diese Situation letztlich gewesen war. Das hätte »ins Auge gehen« können. Da erinnerte er sich mit einem Schlag an eine Begebenheit in längst vergangenen Zeiten hier auf dieser Insel.

Michael mochte damals so um die zwölf Jahre alt gewesen sein. Seine Eltern hatten den etwas blass wirkenden Jungen in ein Ferienlager der Caritas geschickt. Dieses befand sich auf Sylt. Strenge Ordensschwestern führten anno dazumal ein ebensolches Regiment auf Westerland. Es war und nannte sich zwar Ferienlager, doch das, wovon Jungs in Michaels damaligen Alter schwärmten, war es beileibe nicht. Mit etwas gutem Willen hätte man es wohl eher als ein REHA-Zentrum bezeichnen können. Die »Schikanen« beinhalteten täglich drei Stunden Mittagsschlaf und eine streng überwachte Nachtruhe. Hinzu kamen unzählige Regeln und Vorschriften. Das waren Dinge, die von den Kindern eher als Bestrafung, denn als Vergnügen empfunden wurden.

Der damals schon rebellisch veranlagte Michael überredete einige »Leidensgenossen«, die Mittagsruhe zu »umgehen«. Was lag für ihn schon damals näher, als auf dem nahegelegenen Flugplatz die startenden und landenden Maschinen zu beobachten. Es war die Zeit, in der die Briten die ersten Düsenjäger auf Westerland stationiert hatten.

Die Buben entdeckten eine Stelle an der Umzäunung, von wo aus sie der Runway so nahe waren, dass die die Maschinen fast greifen konnten, wenn diese vorbeirasten. Da konnten sie die Piloten im Cockpit deutlich erkennen, ja sogar sehen, welche Farbe die bunten Helme hatten. Dabei hüpften sie aufgeregt hin und her und winkten den Piloten zu. Und tatsächlich, einmal stoppte eine Maschine direkt vor den beiden enthusiastischen Buben, die nunmehr, ob dieses Ereignisses, völlig außer Rand und Band gerieten. Um das Maß voll zu machen, öffnete der Engländer auch noch sein Kabinendach, nahm seinen Helm ab und winkte seinen Bewunderern fröhlich zu.

Diesen für ihn so spannenden Vorfall vergaß Michael nicht. Als er an diesem Tag zum ersten Mal mit der Fiat auf Sylt gelandet war, suchte er sofort jene Stelle, an der sich diese Begebenheit zugetragen hatte.

Und nun traute er seinen Augen nicht! Exakt an dieser Stelle standen wieder einige interessierte Zuschauer, sprangen vor Freude in die Luft und winkten heftig mit beiden Armen.

»Jetzt bin ich an der Reihe!«, sagte sich Michael und reduzierte die Geschwindigkeit der sechs Tonnen schweren Maschine etwas schneller als nötig. Auch er öffnete sein Kabinendach, wandte sich den Jungs zu und hob grüßend beide Arme, so wie seinerzeit der Engländer. Michael schwelgte einen Augenblick etwas geistesabwesend in der Vergangenheit, als ihn die Stimme des Lotsen im Tower in die Realität zurückrief: »Haben Sie Schwierigkeiten beim Rollen? Sollen wir eine Schlepphilfe für Sie anfordern?«

»Nein danke!«, sofort war Michael wieder in der Gegenwart. »Ich musste ein bisschen Vogelscheiße von der Scheibe entfernen!«, flunkerte er ganz leger daher. Dann setzte der den schweren, leicht beschädigten Vogel in Richtung Parkposition in Bewegung.

Sofort stürzten sich alle möglichen Leute auf die Maschine und gaben ihre nicht immer ganz professionellen Expertisen ab. Allerdings horchte Michael auf, als einer der tatsächlich kompetenten Männer verwundert meinte: »Es ist wirklich merkwürdig, wir haben an der Frontscheibe Fischrückstände gefunden, aber nichts von einem Vogel oder dergleichen.«

Michael meinte, sich verhört zu haben.

»Fischrückstände? Seid ihr da sicher?«

»Absolut, warum sind Sie so tief geflogen?«, die Ironie war jetzt nicht mehr zu überhören. »Oder, Feldwebel Faber, haben Sie gar U-Boot gespielt? Sie haben keinen Vogel erlegt, sondern einen ausgewachsenen Fisch gefangen! Mit einem toten Fisch haben Sie Ihre Frontscheibe bekleckert und undurchsichtig gemacht. Es ist in der Tat unglaublich, einfach phänomenal! Erklären Sie uns bitte schlüssig, wie Ihnen das gelungen ist!«

Michael, eher selten verlegen, schwieg und wusste beim besten Willen nicht, was er sagen sollte. Das Ganze war ihm unbegreiflich. Schließlich stellte er fest; »Da habe ich also in ein paar hundert Metern über Grund einen Fisch gefangen. Aber so hoch können Fische sicherlich nicht aus dem Wasser springen, so die gesicherte Erkenntnis …?«

»Und weiter …?«, insistierte einer der Umstehenden neugierig.

Michael schüttelte ungläubig und nachdenklich zugleich seinen Kopf, während die Umstehenden erwartungsvoll auf ihn starrten. Es war letztlich ein Feuerwehrmann, der eine plausible Erklärung in petto hatte.

»Leute, es gibt eigentlich nur eine Möglichkeit …«

»… und zwar?«, fiel ihm Michael ungeduldig und gespannt wie der sprichwörtliche Flitzbogen ins Wort.

»Ein Vogel, zweifellos ein größeres Exemplar, hat einen Fisch gefangen und im Schnabel getragen. Als der Motorenlärm ihn in Panik versetzt hat, ließ er wohl seine Beute fallen, um sich rasch in Sicherheit zu bringen! Der Fisch landete punktgenau auf der Frontscheibe der GINA. Es kann nur so oder ähnlich passiert sein, eine andere Möglichkeit gibt es nicht. Wenigstens fällt mir keine ein.«

Zustimmendes Murren und anerkennendes Nicken für diese logische Erklärung rundum.

»Das kommt ja einem Sechser im Lotto gleich!«, stellte Mecki lachend fest.

»Jedenfalls herzlichen Glückwunsch, Michael, oder soll ich besser sagen ›Petri Heil‹? Wie auch immer, die restlichen Gräten von dem Vieh hängen wir in der Fliegerbar in Husum auf. Dort sollen die Überreste des fliegenden Fisches einen Ehrenplatz erhalten! So, und wenn an deiner Mühle sonst alles heil ist, dann auftanken und zurück nach Husum!«

Müßig zu erwähnen, dass Michaels »Angelabenteuer« noch für reichlich Gesprächsstoff sorgte.

Einmal im Jahr gönnt sich Husum ein Fest: Das Fest der »Krokusblüte«. Zahllose Menschen streuen dann durch den Schlosspark und erfreuen sich am Anblick der mit großem Engagement von den Floristen und ihren Helfern arrangierten Blumenschau. Die Basis für dieses Naturwunder wurde jedoch bereits vor langer Zeit von Mönchen geschaffen. Sie pflanzten Krokusse im Park und diese vermehrten sich im Laufe der Zeit und bildeten eine besondere Art von einem blassblauen, herrlich riechenden Teppich. Die leichte Brise, die beinahe permanent von der Nordsee hereinweht, lässt die Blüten auf eine besonders anmutige Art wogen.

Kein Wunder, dass aus allen Himmelsrichtungen Busse mit Massen von Menschen nach Husum strömen, um die Pracht zu bewundern. Dass diese Besucher nebenbei die engen Gassen und Plätze der Stadt verstopften ist eine Begleiterscheinung, die von den Einheimischen mit der ihnen eigenen Gelassenheit hingenommen wird. Natürlich wollte sich auch Michael dieses Ereignis nicht entgehen lassen und wanderte mit schussbereiter Kamera durch den Park.

An Motiven mangelte es nicht und er konnte gar nicht alles, was ihm da vor die Linse kam, auf den Film bannen, denn das hätte einen unermesslichen Vorrat an Filmen erfordert.

Doch dann erfasste das Objektiv ein besonders lohnenswertes Objekt. Ein anmutiges, blondes weibliches Geschöpf erregte Michaels Aufmerksamkeit. Das Mädchen saß auf einer Bank neben einem etwas älteren Paar, Michael vermutete, dass es sich dabei um ihre Eltern handelte. Hatte das Mädchen jetzt zu ihm herübergeschaut, ihm gar zugelächelt? Oder war hier der Wunsch der Vater des Gedankens? Kein Wunschdenken jedoch war die Erkenntnis, dass er die junge Frau kannte, nur woher?

Bald kam ihm die Erleuchtung. Er hatte sie hinter Panzerglas gesehen, des Öfteren. Er war nämlich Kunde bei der Sparkasse und da arbeitete sie als Kassiererin.

»Diese Gelegenheit lasse ich mir nicht entgehen!«, dachte er sofort. Ein Schlachtplan war schnell entworfen und siegessicher nahm er Kurs auf die Parkbank. Leger pflanzte er sich vor ihr auf und flunkerte in altbekannter Manier: »Guten Tag, entschuldigen Sie bitte, ich bin vom Abendblatt Hamburg, und ich soll ein paar Fotos von der Schau hier schießen. Als ich Sie sah, kam mir spontan der Einfall, ein so apartes Husumer Mädchen mit ins Bild zu nehmen. Darf ich? Und wenn ja, sind Sie damit einverstanden, dass dieses Bild auch veröffentlicht wird?«

Begeistert lächelte die Kleine und gab nur allzu gern ihre Einwilligung zum Fotoshooting. Sie erhob sich und wandte sich mit der Bemerkung: »Ich komme gleich wieder« an ihre Eltern, dann überreichte ihr Michael charmant eine Krokusblüte und steckte diese sogleich ins strohblonde Haar des Mädchens und bat sie: »Bitte stellen Sie sich dort unter die Baumgruppe, da bekomme ich den Park und auch den Schlosseingang ins Bild.«

Sie lächelte verschmitzt und tat, worum Michael sie gebeten hatte.

Nachdem der »Herr Pressefotograf« seine Bilder im Kasten hatte, bemerkte die Schöne lachend: »Ich weiß, dass ich blond bin … aber ganz meschugge bin ich nicht. Natürlich habe ich Sie schon erkannt, bevor Sie mich überhaupt angesprochen haben! Was denken Sie eigentlich von mir? Glauben Sie wirklich, dass ich meine Kunden nicht kenne?«

Michael setzte zu einer Erklärung an, aber sie fuhr fort: »Hamburger Abendblatt, warum nicht gleich das Time Magazin. Nebenbei habe ich auch einen Artikel samt Bild in den Husumer Nachrichten gesehen. Die Überschrift lautete »Die besten Piloten dienen in Husum«. Sie sind Pilot bei der Luftwaffe, als ob das etwas Anrüchiges wäre! Sie haben doch irgendeinen NATO-Wettbewerb gewonnen. Nebenbei, ich habe mir sogar Ihren Vornamen gemerkt … Sie heißen Michael!« Dann schüttelte sie verständnislos den Kopf und fügte noch hinzu: »Mich mit so einem Schwindel aus der elterlichen Obhut zu locken …«

Jetzt konnte sich Michael sicher sein, dass sie nicht böse war, denn die Obhut der Eltern, darüber lachten nicht nur die Hühner, sondern vor allem sie selbst.

»Aber bitte erklären Sie mir, warum Sie diesen Schwindel inszeniert haben?«

»Mein Gott, ist das so schwer zu verstehen? Hätte ich sagen sollen: ›Hallo, ich bin Pilot, wollen Sie mit mir einen Abflug machen … oder Sie in der Bank, wo Sie sich hinter Ihrem Sicherheitsglas so unnahbar geben, ansprechen?‹

Nun lachte sie schallend. »Nein, da haben Sie Recht … meine Mutter hätte vermutlich einen Herzanfall bekommen!«

»Sehen Sie, und so haben ich heute, wie man so schön sagt, die Gelegenheit beim Schopf gepackt … ich hoffe Sie sind nicht böse. Außerdem habe ich jetzt auch ein tolles Foto von Ihnen. Bitte verzeihen Sie mir …«, machte Michael auf zerknirscht, obwohl offensichtlich war, dass sie ihm nicht gram war, »selbstverständlich bringe ich Ihnen einen Abzug dieses Fotos in die Bank! Darf ich nun Ihren Namen erfahren?«

»Bei der Kasse steht ein Schild und darauf kann man lesen: Hier bedient Sie B. Hansen!«,

Michael, wie immer um keine Ausrede verlegen, nahm den Ball sofort auf. »Ich weiß«, sagte er, obwohl er nichts wusste. Daher hakte er nach: »Soll ich sagen: ›Hallo B.?‹«

»Nein, natürlich nicht, Brigitte ist mein Vorname.«

»Also ich bin der Michael«, damit war so quasi das förmliche Sie gefallen.

»Ach Michael«, wagte sie nun zu fragen, »wäre es möglich … mein Vater geht sehr schwer. Er hat eine Verletzung am linken Bein. Wir sind mit dem Bus hier, doch der fährt unten am Hafen ab …«

»Aber Brigitte, das ist doch selbstverständlich, ich fahre euch zum Hafen.«

So lernte Michael Brigittes Eltern kennen, die sehr dankbar für das Gratistaxi waren. Auch wenn es im Fiat 500 ein bisschen eng war.

Brigitte war erstaunt über den Kleinwagen, hatte sie doch angenommen, dass Piloten grundsätzlich auf Erden nur mit Straßenkreuzern manövrierten – doch sie schwieg natürlich, denn sie wollte es nicht riskieren, Michaels Gefühle zu verletzen – und dann noch wegen eines Autos! Michael, der die Gedanken seiner neuen Flamme wohl erriet, erklärte ungefragt: »Wenn ich schon eine kleine FIAT fliege, dann muss ich konsequenterweise wohl auch einen solchen fahren!« Dieser Spruch ging ihm flott von den Lippen, denn den verwendete er nicht zum ersten Mal.

»Ach, Sie sind Pilot … da müssen Sie mir aber ein paar Fragen beantworten«, forderte Herr Hansen. Rasch waren die beiden ungleichen Männer in eine Fachsimpelei verwickelt und vergaßen darüber ihre Umgebung. Nur mehr Flugzeuge, Navigation und Fliegergeschichten waren das Thema, denn Vater Hansen hatte im Krieg unter Hermann Göring auch bei der Luftwaffe gedient.

»Feldwebel Faber, ich hoffe, wir haben uns nicht zum letzten Mal gesehen!«, bemerkte Herr Hansen, als die kurze Fahrt beim Bus endete. Der gute Mann konnte nicht wissen, in welcher Form sich sein Wunsch erfüllen würde.

Wenig später saß die »Jugend« in einem Kaffeehaus bei Kuchen und Café, während sie sich lebhaft unterhielten. Ein Gespräch mit Folgen. Ein Jahr später läuteten die Hochzeitsglocken.

Unschwer zu erraten, dass die Kameraden einen Polterabend veranstalteten, wo Unfug nicht fehlte und keine Kehle trocken blieb. Das Ereignis sorgte noch eine Weile für Gesprächsstoff und das nicht nur im Kreis der Piloten.

Bei der Trauung erschien Michael selbstverständlich in seiner Galauniform, und natürlich wurde auch die Braut entführt. Als Lösegeld berappte Michael die nicht unerhebliche Zeche.

Auch sonst blieb diese Zeremonie nicht folgenlos. Einige Jahre später belebten zwei quirlige Kinder den bis dahin ruhigen Haushalt von Husum. Das Mädchen hörte auf den Namen Carola, und der etwas später geborene Junge erhielt den Namen Jens. Fortuna meinte es gut mit den Fabers. Nicht nur wegen der Kinder, auch die Beziehung zueinander stand unter einem guten Stern und verlief harmonisch und liebevoll. Durchaus keine Selbstverständlichkeit wie allgemein bekannt ist. Michael, kein Freund halber Sachen, erwarb, um das Glück abzurunden, ein altes Friesenhaus – geräumig und mit wuchtigem Reetdach, urgemütlich und geräumig.

Wer immer auch die Behauptung aufgestellt hat, dass Soldaten, insbesondere Piloten, unromantische und gefühllose Gesellen seien, der weiß nicht, wovon er spricht. Man denke dabei nur an Antoine Marie Jean-Baptiste Roger Vicomte de Saint-Exupéry, besser bekannt unter dem Namen Antoine de Saint-Exupéry. Der am 29. Juni 1900 in Lyon geborene und am 31. Juli 1944 nahe der Île de Riou beiMarseille verstorbene französische Pilot war zugleich ein Schriftsteller.

Antoine de Saint-Exupéry war schon zu seinen Lebzeiten ein anerkannter und erfolgreicher Autor und wurde ein Kultautor der Nachkriegsjahrzehnte, obwohl er sich selbst nur als nebenher schriftstellernder Berufspilot bezeichnete. Seine märchenhafte Erzählung »Der kleine Prinz« gehört mit über 140 Millionen verkauften Exemplaren zu den erfolgreichsten Büchern der Welt.

Selbst im Düsenjet-Zeitalter erleben die »fliegenden Kutscher« fantastische, oft auch kuriose oder mystische Phänomene. Besonders »anfällig« für Ereignisse dieser Art sind Nachtflüge. Davon blieb auch die erste Husumer Staffel nicht verschont. Während Michael als Zweiter, rechts von Paule, der den Rottenführer gab, dahinschwebte, trug sich Folgendes zu: Nachdem die geplante Flughöhe von etwa 20.000 Fuß (6.000 Meter) erreicht war, folgte eine sanfte Linkskurve und sie donnerten nun auf die Elbemündung zu. Es war ein erhebendes Gefühl in der sternklaren Nacht dahinzurauschen – keine Turbulenzen, nichts störte den Flug. Die FIAT lag wie ein Brett in der Luft. Eine feierliche Stille – nur das leichte monotone Rauschen des Triebwerks war aus den Kopfhörern für die Piloten zu vernehmen. Plötzlich meinte jemand aufgeregt: »Was ist denn das? Über Hamburg sehe ich drei lange leuchtende Zigarren … und die kommen direkt auf uns zugeflogen!«

Nun sah auch Michael diese bizarren Flugkörper und wandte sich an die Flugsicherung.

»Wir sehen UFOs, die auf uns zukommen, habt ihr die Objekte ebenfalls auf euren Bildschirmen – oder sind das womöglich verirrte MIGs aus der DDR?«

»Nein, wir sehen nur sechs Halligmäuse, und das seid wohl ihr. UFOs – habt ihr was gesoffen? Ich will gar nicht daran denken … vermutlich geht da die Fantasie mit euch durch!«

»Nein, ganz sicher nicht, und blau sind wir schon gar nicht. Auch die anderen Piloten unserer Zweierrotten können euch selbstverständlich die Existenz der leuchtenden Zigarren bestätigen!«

Inzwischen hatten die »Zigarren« einen Schwenk vorgenommen und flogen jetzt neben der Fiat-Staffel her. Es vergingen einige Minuten, die mit aufgeregten Debatten über Funk ausgefüllt wurden, dann schossen die UFOs mit einer unglaublichen Geschwindigkeit in die Höhe und verschwanden in der Unendlichkeit des Universums.

Nach der Landung verfassten die Piloten einen ausführlichen Bericht über diese sensationelle Begegnung am nächtlichen Firmament – nur niemand glaubte ihnen. Für Michael und seine fünf Kameraden hingegen war es sonnenklar: Hier hatte es sich eindeutig um sogenannte UFOs gehandelt – vollkommen egal, wie andere darüber dachten und ihre Zoten rissen.

Hinzu kam, dass nicht nur die Staffel aus Husum über solche oder ähnliche Vorfälle berichtete. Des Öfteren hatten Piloten UFOs, oder wie immer man diese Flugkörper in diversen Berichten nannte, erwähnt, doch diese landeten stets verlässlich im sattsam bekannten »Rundordner«.

Michael konnte und wollte dieses Vorgehen nicht begreifen: »Warum glaubt uns nur keiner? Wenn ich an die belgischen Kollegen denke, die haben sogar unter Eid ausgesagt, dass sie in ein regelrechtes Gefecht in der Luft verwickelt worden sind«, regelrecht wutentbrannt fügte er hinzu, »aber die halbe Welt glaubt fest an die Wunder, die Jesus von Nazareth angeblich vollbracht hat ... von der >unbefleckten Empfängnis< ganz zu schweigen. Kein Mensch konnte vor 2000 Jahren fliegen, die Engel aber, die konnten es. Wie sagt der Volksmund so schön: >Wer es glaubt, wird selig!< Nur weil es ihren Dienstanweisungen und Vorschriften zufolge keine UFOs gibt, kann nicht sein, was nicht sein darf – diese verbohrten, fantasielosen Bürohengste!«

Die Debatten am nächsten Tag waren noch hitziger als jene am Tag zuvor. Gespannt hingen die Piloten am Schirm und verfolgten die Aufnahmen, die sie von den UFOs geschossen hatten. Und tatsächlich war es gelungen, die mysteriösen Flugkörper einige Male auf den Film zu bannen. Aber die schwarz-weiß Bilder zeigten lediglich einen schwarzen Hintergrund mit einem leuchtenden Schein – ähnlich dem Heiligenschein, wie ihn seinerzeit angeblich die Apostel über den Köpfen trugen.

»Wer hat eigentlich den Heiligenschein erfunden?«, hinterfragte Mecki und warf Michael einen zweideutigen Blick zu, ganz so, als hielte er diesen für den Schöpfer dieser Fata Morgana.

»Es gibt doch dieses Bild von der Kreuzigung mit Maria ... und hat da der Künstler nicht glatt im Hintergrund eine Untertasse dazu gepinselt oder wie sehe ich das? Welche Inspiration steckte da wohl dahinter?«

»Möglich wäre es. Vielleicht haben schon vor Hunderten von
Jahren die Menschen UFOs wahrgenommen. Auch Astronauten haben schon von seltsamen Flugobjekten berichtet. Wir sind bestimmt nicht alleine in diesem Universum. Vermutlich wird unsere Erde permanent von Außerirdischen beobachtet. Die Götter sind und waren unter uns, davon ist nicht nur Däniken überzeugt. Wir sind es nun ebenfalls« , gab Michael überzeugt von sich.

Noch lange wurde heftig über diesen Vorfall diskutiert. Doch weder von der NATO noch aus Regierungskreisen gab es irgendeine Reaktion. No comment!

Anfang der 1970er Jahre stiegen die Ölpreise abrupt in bisweilen unvorstellbare Höhen – eine lange Energiekrise bahnte sich an. Das führte letztlich dazu, dass die Regierung ein Sonntagfahrverbot per Gesetz einführte. Und was blieb dem Volk anderes übrig, als – wie immer – zähneknirschend zu gehorchen. Die fossilen Brennstoffe auf unserer Erde neigten sich dem Ende zu, das war abzusehen. Man war allerorten gezwungen, mit den letzten Reserven des Rohstoffs Erdöl sparsam umzugehen. Solar- und Atomenergie lautete das neue Zukunftsszenario.

»Diese Energiequellen müssen jetzt mit aller Kraft genutzt werden«, forderten die Experten. Der Atomenergie widersprach bis Tschernobyl, außer einem paar »grünen Spinnern«, eigentlich niemand. Alles und jedes wurde auf dem Altar des Fortschrittes geopfert, denn dass der Bürger auf sein geheiligtes Vehikel verzichtet, das war unvorstellbar und hätte letztlich zu Demonstrationen voller Gewalt geführt. Und ebenso fragte man sich nicht, warum eigentlich die Luftwaffe in Friedenszeiten unvermindert weiter flog. Doch irgendwann wurde doch die Frage laut, ob das notwendig war.

»Wieso wird völlig unmotiviert wertvoller Treibstoff in die Atmosphäre geblasen«, fragten sich endlich die Bürger.

Die Reaktion des Kommandos ließ nicht lange auf sich warten – wer in der Politik will schon ohne Not den Unwillen des Wahlvolkes auf sich ziehen? Der Befehl ließ an Klarheit nichts zu wünschen übrig: »Ab sofort werden alle Geschwader der Luftwaffe nur noch mit einigen wenigen Maschinen Flüge absolvieren. Auch das Heer kann dem Sparzwang nicht entgehen. Es steht nur mehr die Hälfte des Treibstoffes zur Verfügung. Die Piloten fanden diesen Befehl erst albern, später erheiternd. Es war ja wirklich albern im »langsam Flug« über die See oder das Festland zu fliegen und reagierten mit der gewohnten Lethargie. Die Logik fehlte einfach.

»Schaut euch nur einmal die riesigen Öltanker an, die zwanzig Meilen vor der Küste ausharren. Diese ganze Krise von der gequatscht wird – pure Spiegelfechterei, die verarschen wieder einmal Gott und die Welt. ›Kohle‹ wird da gemacht! Um das mal klarzustellen, aber nicht gefördert! Ich kann förmlich riechen, wie die Finanzhaie die Tanker umkreisen«, klärte Mecki seine Kameraden auf, denn er hatte die riesige Tankerflotte mit eigenen Augen gesehen.

»Na dann Prost Mahlzeit!« Michael hob sein Glas und sagte zuversichtlich: »Ihr werdet sehen, in ein paar Wochen ist der ganze Spuk vorbei. Alles, was davon bleibt, ist ein teurer Sprit an der Zapfsäule!«

Und genau so kam es schlussendlich auch. Doch erst einmal ermöglichte man es dem deutschen Bürger sein sportliches Engagement unter Beweis zu stellen: Sonntags wurden die autofreien Betonpisten von Radfahrern frequentiert. Autobahnen wurden zu Fahrradpisten.

Doch auch auf einer anderen Front zogen Gewitterwolken auf. Die Mineralölfirmen sandten geharnischte Einschreiben an das Ministerium auf der Hardthöhe in Bonn. Inhalt: Das Pochen auf abgeschlossene Lieferverträge. Und das las sich dann in etwa so: »... weisen wir darauf hin, dass der Vertrag seinerzeit unter der Prämisse einer Mindestabsatzmenge abgeschlossen wurde. Zum jetzigen Zeitpunkt werden aber vom Verteidigungsministerium nur etwa 50 % der vereinbarten Mengen geordert. Sollten innerhalb einer Monatsfrist die vereinbarten Mengen nicht abgerufen werden, so wären wir zu unserem Bedauern gezwungen, den Rechtsweg zu beschreiten und entsprechende Schadenersatzansprüche geltend zu machen. Nur der Ordnung halber weisen wir darauf hin, dass bereits in der Präambel des gegenständlichen Vertrages ausdrücklich festgehalten wurde, dass eine Änderung der Vertragsbedingungen nur mit ausdrücklichem Einverständnis beider Vertragspartner erfolgen kann etc. pp.«

Die militärische Hierarchie reagierte ungewöhnlich rasch. Es wurde gefahren und geflogen, was das Zeug hält. Denn es galt nicht nur die ursprünglichen Mengen zu verbrauchen – nein, auch die nicht abgenommenen Fehlmengen mussten nachgekauft werden. Dies wiederum hatte zur Folge, dass die Treibstofftanks bald bis an den Rand voll waren. Also mussten große Mengen verbraucht werden. Piloten und Fahrer schoben Überstunden, die man natürlich nicht bezahlen wollte. Mehr und schneller war die neue Devise. Michael fühlte sich an Heinrich Bölls Roman »Das Ende einer Dienstfahrt« erinnert. Eine Realsatire der besonderen Art, selbstverständlich mit gerichtlichem Nachspiel.

Nicht bezahlte Überstunden – und das beim Bund. Das konnte ja nicht gut gehen. Abgesehen davon brodelte es schon länger im Kreise der Piloten. Rückblickend auf die ersten Jahre der Fliegerei, damals waren viele der Piloten schon im Zweiten Weltkrieg geflogen, und hatten den gleichen Rang eines Unteroffiziers wie Michael und seine Kameraden. Daher betrug der monatliche Sold Anfang der 1960er Jahre 250 DM. Ein verhältnismäßig mickriger Betrag. Allerdings gab es die Zulage für Piloten und die war höher als der Sold, nämlich 360 DM. Im Laufe der Jahre bekamen auch andere Gattungen eine Zulage. So gab es die Technikerzulage oder auch die Lotsen im Tower bekamen einen Zusatzsold.

Aus heiterem Himmel wurde jedoch die Zulage für Piloten völlig überraschend und ohne Angabe des Grundes gekürzt. Allerdings merkte ein General instinktlos an: »Das fressen die … die lieben ihren Job. Sie fliegen so gerne, die würden notfalls auch ohne Zulage weiterfliegen!«

Die Piloten jedoch, die verhältnismäßig den höchsten Blutzoll in Friedenszeiten erbringen mussten, empfanden diese Denkweise als entwürdigend und am Rande einer Erpressung. »Lohn der Angst«, so hieß nicht nur ein Thriller mit Yves Montand, sondern so nannte man auch die Zulage für die Piloten – der Starfighter wurde nicht grundlos als »Witwenmacher« bezeichnet.

Zahllose Eingaben und Petitionen an das Verteidigungsministerium blieben unbeantwortet. Schweigen, das war alles. Eine Besserung des Zustandes schien nicht in Sicht.

Ein Arbeitskampf wie Streik oder etwas Ähnliches war dem Soldaten verwehrt. Darauf hatte er einen Eid geschworen.

In Norddeutschland lagen die Luft- und Marinegeschwader nahe beieinander. Gerne traf man sich zu einem sogenannten »Beer call«, wobei die Kameradschaft zu Lande zu Wasser und in der Luft gepflegt wurde. Die Piloten der Luftwaffe erwarben bei der Marine Segelbootscheine; dann wurden im Wettstreit Regatten ausgefochten. Auch Fuß- und Handball wurde gespielt. Bei der Marine gab es die Survival-Ausbildung, die Seenotrettungsübungen beinhaltete. Kurzum, kameradschaftliche Treffen auf allen Ebenen und aller Waffengattungen.

Als nach der sogenannten Ölkrise ein Höchsteinsatz von den Piloten gefordert wurde, da beschlossen diese, ihren Forderungen einen speziellen Nachdruck zu verleihen: Der Dienst nach Vorschrift hielt bei der deutschen Luftwaffe Einzug. Diese Maßnahme zeigte bald Wirkung. Reihenweise wurden Piloten krank, der Dünnschiss kam häufig zu Ehren, und Magenbeschwerden feierten fröhliche Urstände. Kurz gesagt, 80 Prozent der Piloten fühlten sich nicht in der Lage zu starten. Es gab nun einmal die Vorschrift, dass ein Pilot selbst einschätzen muss, ob er in der Lage ist, ohne Risiko zu fliegen – dazu war er also sogar verpflichtet. Das Krankenhaus hatte Hochbetrieb … und die Jets welkten in den Hangars vor sich hin. Minister und Generalität waren außer sich und ratlos. Sogar die Presse berichtete am dritten Tag über eine Revolte im Fliegerhorst. Der Geschwaderkommandant musste am Ende des Tages melden, dass nur etwa zehn Prozent der vorgesehenen Flüge absolviert werden konnten. Was die »Krankheiten« nicht schafften, das erledigten kleine technische Defekte am Fluggerät.

Veni, vidi, vici – ich kam, ich sah, ich siegte … nicht ganz, aber er kam, der Herr Minister. Selbstgerecht, arrogant und siegessicher betrat er die Bühne und versuchte, den Piloten die Leviten zu lesen.

Das war allerdings schwierig, weil ihn seine Zuhörer ausbuhten und so seine Worte untergingen. Sein nachdrücklicher Appell an die ADV (Allgemeine Dienstvorschrift) nebst diverser Argumente wie Treue für das Vaterland und ähnliche Plattitüden verhallten wirkungslos.

Als sich der Sprecher der Piloten erhob, herrschte sofort Ruhe, er sprach den Minister gleich persönlich und frontal an: »Herr Minister, als Sie noch Abgeordneter in der SPD-Fraktion waren, bezog Ihre Sekretärin ein Gehalt von etwa 1.000 DM. Wenig später folgte die Dame ihrem Chef ins Ministerium – und welch ein Wunder, durch diesen ›Stellungswechsel‹«, allgemeine Heiterkeit, »bezog sie fortan die sogenannte Ministerzulage, also noch einmal 1.000 DM zusätzlich zu ihrem Gehalt. Im gleichen Atemzug wurde unsere Zulage gekürzt und die Einsätze verdoppelt. Ich hinterfrage daher, nennen Sie als Sozialdemokrat das soziale Gerechtigkeit?«

Nun völlig aus dem Häuschen, beging er einen schweren Fauxpas, indem er etwas lauter den Vorschlag unterbreitete: »Wenn es euch nicht passt, dann könnt ihr ja gehen!«

Abgesehen vom ökonomischen Unsinn, Piloten, die eine derart kostenintensive Ausbildung absolviert hatten, vor die Tür zu setzen, war diese Ansage ein absolutes No-Go. Die Presseleute stürzten sich auf diese Aussage und der Herr Minister konnte sich des Spots der Nation erfreuen.

Postwendend kam die Antwort des Pilotensprechers: »Wir arbeiten gerne für ein Unternehmen, das unsere Leistung dreimal so gut bezahlt wie die Luftwaffe, aber wir sind Soldaten und fühlen uns dem geleisteten Eid verpflichtet!«

Es war kein Geheimnis, die zivilen Fluggesellschaften nahmen Piloten, die vom Militär ausgebildet waren mit Handkuss, denn diese ersparten sich nur zu gern die Ausbildungskosten.

Weiter führte der Sprecher aus: »Aber bedenken Sie, welchen Eindruck Ihre Worte in der breiten Öffentlichkeit erwecken werden. ›Kommt zur Bundeswehr‹, lautet der Werbeslogan der Armee, ›ein Traumjob wartet da auf euch.‹ Worte werden dann aber nicht mehr reichen, wenn solche Taten erfolgt sind. Wir sind angeblich die Elite der Luftwaffe; überlegen Sie doch einmal, wie viel andere NATO-Piloten verdienen. Es ist noch gar nicht so lange her, da war unser Sold niedriger als die Zulage. Hunderte Kameraden sind in den Tod geflogen, aber nicht wegen eigenem Verschulden, wie wir alle wissen! Da erlaube ich mir schon zu fragen, wie viele Sekretärinnen sind eigentlich am Schreibtisch schon für das Vaterland gefallen?«

Die Miene des Ministers war zu Stein erstarrt – während ein zustimmendes Raunen durch die Reihen der Piloten ging, fuhr der Sprecher unbeirrt fort: »Ich muss auch feststellen, dass ich es als signifikant betrachte, dass unsere Anfragen, Petitionen und Bittschriften dem Ministerium oder der Luftwaffenführung nicht einmal einen leidenschaftslosen Zweizeiler wert war. Nichts! Wir waren keiner Reaktion wert!«

Inzwischen blickte der Minister konzentriert auf eine imaginäre Fliege und schwieg beharrlich.

Doch das verbale Trommelfeuer auf ihn wurde nicht eingestellt; der Sprecher hatte tatsächlich was drauf, kramte erfolgreich in seiner Wortschatzkammer und besaß keine Hemmungen dem Politiker die Leviten zu lesen – ein Umstand, der diesem so gar nicht behagte.

»Staat und Soldaten stehen angeblich in einem Treueverhältnis und das kann wohl keine Einbahnstraße sein … was wir brauchen sind keine beschwichtigenden Worte, sondern Taten!«

Nun endlich setzte sich der Soldatensprecher, der Minister erhob sich, nickte und sagte: »Ich habe verstanden …«, dann verabschiedete er sich eilig.

Bereits ein paar Tage später folgten die erhofften Taten. Er hatte die Ministerialzulage seiner Sekretärin als Grundlage herangezogen und diese der Zulage der Piloten gleichgestellt und das Sahnehäubchen war, dass diese nun auch in die Altersvorsorge eingerechnet wurde. Es gab eine Riesenfete, in deren Mittelpunkt natürlich der erfolgreiche Soldatensprecher stand. Spiel, Satz und Sieg! Ab sofort lief der Flugbetrieb wieder nach dem gewohnten Muster ab – keine »Ausfälle« mehr.

Sprüche wie »Die Piloten sind ja so fluggeil, die fliegen auch ohne Zulage!« vernahm niemand mehr.

***

In den nächsten Jahren kamen die Husumer Piloten mit ihrer FIAT mehrfach zu Ruhm und Ehren. Das bescherte der Staffel naturgemäß auch Wertschätzung bei den NATO-Partnern.

Jährlich erfolgte eine Ausschreibung für einen Vergleichswettkampf; sei es im Bereich der Aufklärung oder bezüglich eines Einsatzes der Waffen. Dem Husumer Geschwader fiel dabei eine Doppelrolle zu, und zwar als Aufklärer und Jagdbomber und ihre fliegerischen Leistungen konnten sich sehen lassen. Fest stand, auch wenn die »Mitbewerber« über technisch ausgereifteres Material verfügten, die Husumer zu schlagen war kein Kinderspiel. Das Zusammenspiel von Technikern und Piloten trug Früchte. Michael, inzwischen zum Waffenfluglehrer befördert, wurde der jüngste Hauptfeldwebel der Luftwaffe.

Ein Bilderbuchsommer, der jedes einschlägige Klischee erfüllte, verwöhnte das ansonsten doch eher kühle Norddeutschland.

Zu jener Zeit bestellte der Staffelchef den jungen Hauptfeldwebel Faber zu sich. Dort wurde er bereits vom Boss, der eine aufgesetzt ernste Miene zum Besten gab, erwartet.

»Na, Faber, was haben Sie denn diesmal wieder verbrochen? Vielleicht im Tiefflug ein Segelschiff auf den Meeresgrund befördert?«

»Nichts dergleichen, Herr Major, keine besonderen Vorkommnisse!«, meldete Michael zackig. »Außerdem bin ich doch selbst Segler ... so etwas würde ich niemals tun!«

»Glaub ich Ihnen ja, Faber ... es liegt was ganz anderes an, vermutlich etwas Erfreuliches. Ich habe Sie rufen lassen, weil wir beide zum Inspektor der Luftwaffe nach Bonn befohlen worden sind. General Steinhoff will uns sehen. Vielleicht bekommen wir, oder auch nur Sie, einen Orden verliehen. Unsere Staffel hat ja so einige Wettkämpfe gewonnen. Und – so vermute ich – sollen Sie die Trophäe des besten Piloten bekommen. In meiner Staffel einen Hauptfeldwebel als Top Gun; das wäre schon ein Ding, aber schauen wir einmal. Also wir fliegen morgen zusammen nach Köln-Wahn. Um zwölf Uhr treten wir dann im Ministerium zum Rapport an. Erledigen Sie die Vorbereitungen für den Flug – und ruhig Blut. Noch etwas, geheime Kommandosache, also kein Wort zu den Kameraden. Wir werden die Leute dann hoffentlich angenehm überraschen.«

»Jawohl, Herr Major, ich beginne sofort mit den Vorbereitungen«, eine lässige Ehrenbezeugung und Faber entschwand.

»Ach ja«, Michael wandte sich noch einmal um, »wer fliegt als Leader?«

»Was für eine Frage, Hauptfeldwebel, Sie natürlich! Nebenbei bemerkt, ich bin noch nie in Köln gelandet. Sie hingegen kennen den riesigen Acker; Ihre Angehörigen leben doch dort in der Nähe. Sie waren mehrmals dort, das weiß ich doch alles!«, befahl der Major und legte damit seinem Untergebenen die Organisation des »Ausflugs« in die Hände.

Bei der Luftwaffe gab grundsätzlich der Dienstgrad den Ausschlag, wer ein Geschwader führte. Jedoch im Cockpit dominierte das fachliche Wissen, die fliegerische Erfahrung und das Können. Das war es letztlich, was darüber entschied, wer welche Aufgabe übernahm.

Nach der Landung in Köln erwartet die Besucher aus Husum ein stattlicher Dienstwagen, der von einem Unteroffizier chauffiert wurde. Wenig später standen der Major und Michael dem legendären General gegenüber.

Es war bekannt, dass General Steinhoff im Weltkrieg einen Absturz überlebt hatte, allerdings erlitt er dabei schwere Verbrennungen – hauptsächlich im Gesicht. Daher war es kaum verwunderlich, dass so mancher sofort an Niki Lauda dachte, wenn er Steinhoff zum ersten Mal sah. Er begrüßte seine Gäste mit einem jovialen Handschlag, Diese waren darüber informiert worden, dass Hackenzusammenschlagen und ähnliche »Verzierungen« beim General nicht beliebt waren.

Beim anschließenden »Smalltalk« erkundigte sich der General über die genauen technischen Errungenschaften in Husum. Dass es in der »Husumer Waffenschmiede« bemerkenswerte Fortschritte gab, war hinlänglich bekannt. Steinhoff sparte nicht mit Lob und Anerkennung.

»Nun zu etwas anderem. Hauptfeldwebel Faber, Sie haben sicher gehört, dass wir, wie alle anderen NATO-Länder, die Unteroffiziere zu Offizieren befördern wollen. Selbstverständlich ist es dazu erforderlich, dass die Betreffenden einen Lehrgang auf der Offiziersschule absolvierten und die abschließende Prüfung bestehen müssen. Sind Sie bereit, diesen Weg zu beschreiten? Vielleicht denken Sie auch daran, die Uniform an den viel zitierten Nagel zu hängen und in die – wie wir alle wissen – besser löhnende Zivilluftfahrt abzuwandern?

Bitte seien Sie ganz offen.«

Um seine Worte zu bekräftigen, nahm Michael nun doch militärische Haltung an, bevor er dem General antwortete: »Herr General, ich bin mit Leib und Seele Jetpilot und denke nicht im Traum daran, Touristen oder wen auch immer nach Mallorca oder sonst wohin zu fliegen. Das ist für mich keine Option, dabei wäre ich nie glücklich. Allerdings Offizier zu werden, das wäre schon eine tolle Sache, Herr General!«

»Faber, es freut mich, das zu hören und ich habe ehrlich gesagt auch nichts anderes erwartet. Sie haben das Zeug zum guten Piloten, machen Sie weiter so!«

Dann wurde es förmlich. Der General überreichte Michael eine massiv goldene Armbanduhr und gratulierte ihm gleichzeitig, samt auf schwerem Papier gedruckter Urkunde, zur Auszeichnung zum besten Piloten des Jahres 1969.

»Ich habe außerdem befohlen, dass Sie am nächsten Offizierslehrgang teilnehmen.«

Bereits einige Monate später steckte Michael in einer schmucken Leutnantsuniform. Der ehemals lustlose, einfache Konditorgeselle Michael Faber war jetzt zum angesehenen Offizier avanciert. Und noch etwas hatte sich in Michaels Leben grundsätzlich verändert. War er bisher mit seinen Gedanken ständig im Cockpit oder zumindest in irgendeiner Form bei der Fliegerei , so konnte man ihn neuerdings dabei ertappen, dass er – ein leichtes Lächeln spielte dabei um seine Mundwinkel – immer öfter mental am heimatlichen Herd bei seiner Frau Brigitte und den Kindern war. Er war das, was der Volksmund gemeinhin als glückselig bezeichnet. Michael erlebte eine herrliche Zeit und war rundum mit sich und der Welt zufrieden.

Kapitel 14

Wie eine bleierne Decke, dick und milchig weiß, lag der Nebel über Husum. Bedrückende Stille. Selbst die Seemöwen hatten das Kreischen eingestellt. So wie die Flugzeuge blieben auch sie am Boden und liefen lustlos übers Wattenmeer. Und die Piloten? Waren die auch lustlos? Natürlich legte sich das von der Natur verhängte Flugverbot auch auf deren Gemüt.

Die Tage waren angefüllt mit dem Kleben von Karten, denn damals gab es noch keine elektronischen. Die Flugvorbereitung mit dem Computer kam erst Ende der 1980er Jahre. Theoretischen Unterricht, der je nach Vortragendem lang- oder kurzweilig verlief, Instrumentenflugübungen auf dem Simulator; auch Sport oder Saunabesuche gab es. Eines Tages stand die Survivalausbildung auf dem Dienstplan – Überlebenstraining unter der Leitung von Hauptmann Faber. Der Leutnant war bereits ein halbes Jahr nach der Beförderung passé und Michael wurde Oberleutnant. Wieder ein Jahr später kam der dritte Stern, er war jetzt Hauptmann und dies innerhalb von zwei Jahren.

Weil Michael bereits in Oberammergau bei den Amis an einem Survival-Speziallehrgang teilgenommen hatte – einem sogenannten Rambokurs –, wurde er im Husumer Geschwader zum Survivallehrer erkoren. Seine gründlich vorbereiteten Märsche im Hinterland von Husum beinhalteten einen 20 – 30 Kilometermarsch, der in einem urgemütlichen Wirtshaus endete, von wo die Soldaten von einem Bus abgeholt und in die Kaserne zurückgebracht werden sollten.

Die Wirtsleute erwarteten im Winterhalbjahr, bei Nebel, Schnee und Regen, keinen derartigen Ansturm an Gästen mehr, das war Michael natürlich klar, deshalb hielt er es für eine gute Idee, vorauszufahren, um die Wirtsleute vor dem bevorstehenden »Sturmangriff« zu warnen, damit man im Gasthof entsprechend »bunkern« und alle erforderlichen Maßnahmen ergreifen konnte, um die hungrige und durstige

Horde »abzufüttern«. Doch der beste Schlachtplan nutzt nichts, wenn der General Zufall es nicht will.

Ein etwas liebloses Schild hing am Eingang: »Wegen Renovierung geschlossen«. Jetzt tat Eile Not, ein Telefon finden, denn die Zeit der Handys war noch fern und Funk gab es im Dienst DKW nicht, dann von einer »Öffentlichen« aus den Gefechtsstand anrufen, um so den Bus umzudirigieren. Das führte dazu, dass die Soldaten ein Schild vorfanden, mit dem sie auf das neue Marschziel: »Das Wirtshaus im Norden aufsuchen« hingewiesen wurden. Michael musste darauf vertrauen, dieses rechtzeitig zu erreichen und alles vorzubereiten. Nicht auszudenken, wenn auch dieses Lokal nicht zur Verfügung stehen würde. Doch dieses Risiko ging er ein. Selbst den Oberst verständigte er und teilte ihm mit, dass die Truppe sich freuen würde, mit ihm zum Abschluss ein Glas zu heben.

Dann eilte Michael zur anderen Waldschenke und betete, dass diese geöffnet war. Sie war es, ja, die Besitzer freuten über das überraschende Geschäft und waren in Windeseile darauf vorbereitet.

Michaels erklärende Worte und eine Entschuldigung konnten allerdings den Unmut der Truppe nicht wirklich besänftigen.

»Du Schweinebacke, das zahlen wir dir heim. Vermutlich ein Trick von dir, uns eine Marschverlängerung zu verschaffen! Du bist ja bequem mit dem Dienstwagen unterwegs gewesen!«

Selbst der Umstand, dass der Organisator eine zweite Runde Freibier spendierte, vermochte die Gemüter nicht zu beruhigen. Ihm war klar, dass in den Köpfen der Männer vor ihm der Vorsatz herangereift war: »Das zahlen wir dir heim, verlass dich drauf!«

Als später der Bus vorfuhr, um seine wertvolle Menschenfracht abzuholen, wunderte sich Michael, dass der Oberst noch bei ihm sitzen blieb und ihm ein oberflächliches Gespräch aufdrängte. Nach einer guten Viertelstunde erhob er sich und wandte sich den Wirtsleuten mit der legeren Bemerkung zu: »Den Rest bezahlt der Hauptmann! Schönen Tag noch allseits.« Kurz darauf war auch er verschwunden.

Michael trennte sich von einer (er)tragbaren Summe und ging zu seinem Fahrzeug – und erlebte dort Erstaunliches.

Das Lenkrad des Jeeps war demontiert. An dessen Stelle befand sich dort ein provisorisches Schild: »Lieber Hauptmann, das Lenkrad, das du vermutlich vermisst, befindet sich an der Eingangstüre der anderen Waldoase, nämlich jener, die wegen Renovierungsarbeiten geschlossen ist – wir wünschen guten Marsch!«

Es blieb Michael gar nichts anderes übrig, als den Marsch hin und zurück anzutreten. Diesmal knurrte er, denn für ihn bedeutete das immerhin keine fünf, sondern eine zehn Kilometer lange Strecke zurücklegen zu müssen. Nach zwei Stunden kam er wieder bei seinem Fahrzeug an.

Das Grinsen des Wachhabenden der Fahrbereitschaft sprach Bände, die Bemerkung: »Sie kommen aber spät, Herr Hauptmann!«, wäre nicht erforderlich gewesen. Michael wusste auch so Bescheid und schlug, innerlich erheitert, den Weg zum heimatlichen Herd ein – wer, wenn nicht er, sollte Verständnis für solche Streiche aufbringen?

Manche werden es nicht glauben, aber auch im hohen Norden gibt es heiße, blitzblaue Sommermonate. Und in dieser Zeit flog das Husumer Geschwader, was das Zeug hergab. Bis zu hundert Tageseinsätze absolvierten die gestressten Piloten. Dazu kamen noch ungezählte Nachteinsätze.

»Ja, das Fliegen ist nicht nur ein Traum, für uns Piloten ist es eine Passion. Ein Hobby und die Erfüllung eines Lebensgefühls, das nur wenigen vergönnt ist«, stellte einer der Piloten einmal philosophisch fest.

Es wurde jedoch nicht ausschließlich mit Düsenmaschinen geflogen. Dem Geschwader gehörten neben der G 91 auch eine viersitzige Piaggio 149 und eine sechssitzige Dornier DO 27 an. Letztere besaß ein Spornrad und wirkte wie ein hochstelziger Vogel und erinnerte so an den legendären Fieseler Storch Fi 156, der durch seine kurze Start- und Landeeigenschaften Furore machte. Hauptsturmführer

Otto Skorzeny befreite 1943 den Duce aus der Haft am Gran Sasso. Er erklärte nach der Operation: »Ohne den STORCH wäre das nicht möglich gewesen!«

Allerdings zeigten die meisten Jetpiloten wenig Begeisterung für diese »lahmen Enten«, die dem Piloten überdies wesentlich mehr abverlangten, als die mit allen Raffinessen ausgestatteten modernen Düsenjäger.

In der ersten Staffel gab es nur zwei Piloten, die gerne mit diesen Geräten flogen: der gemütliche, ruhige Mecki und Michael. Sie zeigten vor dem erhöhten Risiko keine Scheu.

In jener Zeit wurde der Staffel ein frisch aus den USA zurückgekehrter Oberleutnant, namens Markus Neumann, Sparte technischer Dienst, zugeteilt. Permanent lobte der Knabe alles, was von da drüben kam und wie viel in Husum deswegen geändert werden müsse.

Selbst vor dem Frühstückskaffee machte der Knabe nicht Halt. Mit der ihm scheinbar angeborenen Überheblichkeit ätzte er sogar beim »geheiligten« Pilotenfrühstück: »Das ihr so eine Brühe überhaupt trinken könnt – grauenhaft. Ich verstehe das nicht, wie kann man sich nur an so einer Plörre vergreifen. Habt ihr noch nie Kaffee aus einer amerikanischen Maschine getrunken? Das ist wie ein oraler Orgasmus!«, der Kerl führte sich auf, wie der Erfinder des Kaffees. »Außerdem«, setzte er seine Belehrung fort, »auch wesentlich gesünder!«

»Ist ja phänomenal, nur bitte schön, wo kriegen wir so ein Wunderding her?«

Auch hier hatte der Herr sofort eine Lösung parat: »Kein Problem, ich kenne einen Captain der ist mit mir aus den Staaten gekommen, schiebt jetzt Dienst in Bremerhaven. Da fliegen wir mal kurz rüber und ich besorge so ein Ding. Wo ist das Problem?«, lobte er sich vorsorglich gleich einmal selbst.

Michael, der mit den heimischen Bräuchen naturgemäß vertraut war, schüttelte ungläubig den Kopf. »Erstens existiert dort kein Flugplatz, außerdem dürfen wir in den PX-Läden der Amis nicht einmal eine Rolle Scheißpapier kaufen.«

»Das ist doch wirklich eine leichte Übung«, wusste der Herr Oberleutnant auch hier sofort Rat, »mein Bekannter, der Captain, kauft das Ding und schenkt es mir. Die 100 Dollar geben wir ihm eben in bar. Und was den Landeplatz anbelangt«, Michael hatte sofort registriert, dass er das Wort Flugplatz nicht verwendete, »da befindet sich in Bremerhaven ein riesiger Golfplatz der US-Air-Force, flach wie ein See. Da kann man mit einer DORNIER landen, wie auf einer fünf Kilometer langen Runway. Der Platz fungiert übrigens auch als Notlandeplatz.«

Der Klugscheißer wusste auf alles sofort eine Antwort – irgendwie bewunderte Michael ihn. Gut Ding braucht Weile, so war es nicht verwunderlich, dass der Staffelkommandant lange überredet werden musste, zur Operation »Kaffeemaschine« seinen Sanctus zu geben. Letztlich war es eine Bemerkung des Arztes, der meinte: »Schaden kann das sicher nicht.«

Als schließlich auch der Pfarrer, der gelegentlich an diesem Frühstück teilnahm, seinen Segen gab, erst da war die Sache in trockenen Tüchern.

Ganz förmlich kam der Befehl: »Hauptmann Faber, die DORNIER ist ja so etwas wie ihr Baby. Sie werden die Landung auf diesem Golfplatz durchführen. Alles klar?«

Der Oberleutnant Neumann strahlte, als er in einer roten Fliegerkombination nebst Helm und Schwimmweste gekleidet zum Abflug erschien. Dabei stolzierte er vor seinen Technikern herum wie ein Hahn am Misthaufen. Jedem war klar: Hier erfüllte er eine äußerst wichtige Mission!

»Veranstaltet mir keinen Unsinn; wenn etwas aus dem Ruder läuft, dann nichts wie ab nach Hause. So eine Kaffeemaschine kann der amerikanische Kamerad letztendlich auch mit der Post schicken.«

Kurz darauf stieg die DORNIER auf ihre Reiseflughöhe. Kurz nach dem Abheben wandte sich Copilot Markus im Cockpit seitwärts und winkte seinen Untergebenen zu. Ganz so, wie der Papst den Segen urbi et orbi erteilt. Munter schnurrte das Continental-Triebwerk vor sich hin.

»Bald werden wir hier mehr Windräder sehen als Bäume!«, seufzte der Oberleutnant, die unten vorbeiziehende Landschaft betrachtend.

»Vermutlich, aber das ist nicht nur ein optisches Problem. Wenn der Nebel so dick wie Buttermilch ist, und dies ist leider oft der Fall, dann wird es nicht lange dauern und eine Maschine streift so ein Ding. Die Folgen muss ich wohl nicht explizit aufzählen«, prognostizierte Michael düster und rief gleichzeitig über Funk die Marinestation in Cuxhaven und bat um die Einflugerlaubnis in die Flugzone Nordholz.

Nach der Freigabe überflog er den Marineplatz von wo nur wenige Seeaufklärer starteten. Kurz darauf kamen die riesigen Kasernengebäude der Amerikaner in Bremerhaven in Sicht. Eine Viertelstunde später lag die amerikanische Station Bremerhaven vor ihnen.

»Und wie sollen wir uns jetzt beim Tower anmelden, Herr Oberleutnant?«

»Was fragst du mich – du bist der Pilot!«

»Schau einmal runter … Auf dem Golfplatz geht es zu wie in einem Ameisenhaufen, ohne die Leute vorher zu warnen, kann ich die Kiste da nicht landen. Niemand rechnet mit so etwas auf dem Golfplatz. Das dürfte für dich kein Problem sein, du hast doch so viele Freunde hier, oder irre ich mich? Du hast deinen Amifreund doch angerufen und ihm gesagt, dass wir heute kommen, um diesen wichtigen Deal abzuschließen!«

»Natürlich, er erwartet uns pünktlich vor dem Shop«, verkündete Markus, »oder hast du gedacht, die breiten hier einen roten Teppich für uns aus?«

»Nein, aber die Golfspieler warnen … das hätte er können.«

Auch nach einer »Ehrenrunde« über dem Platz machten die Golfer keinerlei Anstalten, das Feld zu räumen.

»Jetzt werde ich den Kameraden einmal Feuer unterm Hintern machen!«, gelobte Michael und verstellte mit dem Gashebel das Treibstoffgemisch. Das Knallen der Fehlzündungen verfehlte seine Wirkung nicht. Es war erstaunlich, wie rasch die Herren Fersengeld gaben – der Golfplatz war im Nu menschenleer.

»Na also, geht doch, warum nicht gleich so, meine Herren?«

Mit ein paar heftigen Tritten in die Pedale schaukelte Michael die Maschine gen Erde.

Die gutmütige Dornier 27 reagierte wie erwartet und Michael setzte das Flugzeug sanft auf den gepflegten Rasen. Er rollte auf eine kleine Baumgruppe zu und parkte die Maschine dort, als sei dies eine normale Parkposition. Einige Umstehende schauten etwas konsterniert als Michael erklärte: »Sorry Gentlemen, wir haben einen wichtigen Auftrag und sind in Kürze wieder weg!«, die Kaffeemaschine erwähnte er wohlweislich nicht und die skeptischen Blicke der Golfer ignorierte er. Nachfragen wich er aus, indem er sich rasch entfernte. Eine besondere Aufregung war die ungewöhnliche Landung für die Amis aber sichtlich nicht – sie blieben »cool«.

Nun steuerten die beiden »Luftpiraten« den Ami-Shop an, wo sie erwartungsgemäß auf den Freund von Oberleutnant Markus Neumann trafen. Auch für einen Schwarzen war der von enormen »Ausmaßen« in jede Richtung. Hundert Green Bucks wechselten den Besitzer und der Hüne warnte: »Ihr dürft auf keinen Fall in den Shop! Mit eurer Maskerade«, damit meinte er vermutlich die rote Fliegerkombination, »seid ihr nicht gerade getarnt … die MP ist auf diesem Fuß empfindlich.«

Doch das Warten vor der gelben Linie brachte wenig. Zwei durchaus stattliche Militärpolizisten bauten sich unübersehbar vor den Deutschen auf und sagten wenig freundlich: »Seid ihr die beiden illustren Figuren, die mit dieser komischen Schüssel auf unserem Golfplatz gelandet sind?«

»Genau, das sind wir. Können wir euch helfen?«, gab Michael, ganz Unschuldslamm, zurück.

Doch der Ami ging auf das Angebot nicht ein und verlangte barsch: »Genau fünf Minuten und keine Sekunde mehr gebe ich euch, um zu verschwinden … und vergesst nicht, euer UFO mitzunehmen. Sollte ich von euch nach Ablauf der Frist auch nur noch ein Staubkorn sehen, buchte ich euch ein. Habe ich mich klar genug ausgedrückt?«

Er hatte. Michael, mit seinem Supercopiloten im Schlepptau, ging im Eilschritt auf den Golfplatz zu und überhörte das Gejammer wegen der Kaffeemaschine. Markus hatte wirklich Nerven – oder war er tatsächlich zu einfältig, um die Situation richtig einzuschätzen? »Der soll deine verdammte Kaffeemaschine mit der Post schicken, so wie es der Kommandant in Husum empfohlen hat! So und jetzt machen wir uns schleunigst vom Acker.«

Bei der DORNIER angekommen, bat Michael die Golfer ein letztes Mal das Feld kurzfristig zu räumen. Kurz darauf erhob sich die Maschine in den rettenden Himmel.

Kaum eine Woche später stand die Kaffeemaschine, derentwegen so ein Aufwand betrieben worden war, in der Kantine und die Qualität des Kaffees wurde allseits gelobt. Über die Golfplatzlandung samt Nebenwirkungen wurde der Mantel des Schweigens gebreitet. Niemand ahnte, dass es durchaus möglich war, diese Eskapade noch zu toppen.

Doch es stellte sich heraus: Alles ist möglich. Diesmal war es der Staffelkapitän höchstpersönlich, der einen eher bizarren Befehl erteilte.

»Morgen, meine Herren, beginnt das Manöver ›Blauer Horizont‹. Dazu folgendes: Wie allgemein bekannt, wird in Kürze die A7, die Autobahn Hamburg – Flensburg eröffnet. Jedoch …«, nun zeigte der Kommandant ein spitzbübisches Lächeln, während er verschwörerisch verkündete, »zuvor werden wir, die Luftwaffe, die Ersten sein, die diese Autobahn benutzen.«

Vor der ausgerollten Wandkarte zeigte der Major auf ein Teilstück dieser neuen Autobahn. »Exakt hier, zwischen diesen beiden Brücken, befindet sich ein gut vier Kilometer langes, schnurgerades Teilstück – und das werden *WIR, respektive sie,* benutzen, und zwar als Landebahn. Das kann keine Schwierigkeit sein bei dieser Länge, das sind de facto zwei Landebahnen. Außerdem erlaubt uns die Brückenhöhe darunter durchzurollen. Die Leitplanken werden für uns entfernt und der Mittelstreifen ist in diesem Bereich bündig mit der Fahrbahndecke betoniert. Insgesamt, also bessere Bedingungen, als sie der Flughafen hier bietet. Nur eben die Brücken und die vermutlich große Menge an Zuschauern, darauf müssen wir achten. Ach, Hauptmann Faber, Sie fliegen in der Formation als Zweiter hinter dem Kommandeur und übernehmen auch die Aufgaben des Presseoffiziers. Reden ist ja ohnehin Ihre Leidenschaft!«, stichelte er, bevor er die obligatorische, abschließende Frage stellte: »Noch Unklarheiten? Fragen?«

Ein Leutnant meldete sich: »Für den zweiten oder dritten Flug dürfen wir doch auch Formationsstarts und Landungen vorführen. Oder?«

»Aber selbstredend. Später kommt noch ein Geschwader der englischen Harrier GR7, dem mythischen Senkrechtstarter der RAF. Klarerweise werden die versuchen, uns die Show zu stehlen. Macht aber nichts, wir zeigen trotzdem, wozu wir in der Lage sind. Also jetzt recht viel Spaß, meine Herren«, damit verabschiedete er sich von seinen Piloten.

Gemächlich, fast wie in einer Prozession, rollten die ersten zwölf GI-NAs der ersten Staffel, gefolgt von ebenfalls einem Dutzend Maschinen der zweiten Staffel, zum Rollfeld in Husum. Oberstleutnant Meier, der Chef der fliegenden Gruppe und nicht unbedingt der beliebteste Vorgesetzte bei der Deutschen Luftwaffe, führte den Verband als »Leader« an. Denn Oberst Kommodore Limberg war kurzfristig nach Bonn beordert worden. Dies nicht nur, um zum General befördert zu werden, er sollte überdies Nachfolger von General Steinhoff werden, der in den Ruhestand ging. Alle Männer des Husumer Geschwaders waren stolz darauf, dass ihr Kommodore nunmehr zum höchsten Luftwaffenchef fungieren würde – auch wenn sie dadurch einen überaus geachteten und populären Chef verloren. Das war also der Grund, warum an diesem historischen Tag – erstmals landete ein Luftwaffengeschwader auf einer Autobahn – der Stellvertreter des Geschwaderkommandanten den Formationsflug anführte. Knapp vor der Destination »Autobahn«

löste sich der Verband in Viererketten auf. Über die Tragflächen abkippend, schwebten die Maschinen einzeln dem Landeplatz – sprich der Autobahn – entgegen. Ein bereits montiertes Verkehrszeichen, das eine 130 km/h-Beschränkung verkündete, wurde von den Fliegern ignoriert. Die maximale Landegeschwindigkeit der Fiat G 91 lag bei 220 km/h. Jedoch der Herr Oberstleutnant, möglicherweise an diesem Tag aufgeregter als sonst, landete mit weit überhöhtem Anflugstempo. Hauptmann Faber als direkt Nachfolgender erkannte und beobachtete mit Sorge die viel zu schnelle Geschwindigkeit. Er versuchte zu retten, was zu retten war – vergebens warnte er seinen Kommandanten über Funk: »*Go around*, durchstarten Boss, Sie sind viel zu schnell!«

Der beißende Rauch des Gummiabriebes der Reifen kündigte das bittere Ende dieses Landemanövers an. Dass der Bremsfallschirm reißen würde, war vorauszusehen – der Schirm reißt bei überhöhter Geschwindigkeit unvermeidlich an der Sollbruchstelle. Hinzu gesellte sich noch die Angst vor der in Front liegenden Brücke – einem ungewöhnlichen Hindernis für einen Piloten bei der Landung mit einem Düsenjäger. Instinktiv trat der Oberstleutnant heftig auf die Bremse, dies gab den Pirelli-Reifen aber den Rest. Qualmend, dabei laut vernehmlich knallend, explodierten die Reifen und der Vogel rollte nun auf den Felgen. Und in diesem lädierten Zustand rollte er zur Parkposition, ein beschämender Anblick. Dieses »Landemanöver« vor Hunderten von Schaulustigen und der Presse war dem Unglückspiloten sichtlich peinlich.

Die Feuerwehr, einige Techniker und sogar ein Sanitätsfahrzeug waren blitzschnell bei der rauchenden Maschine – es sah tatsächlich gefährlicher aus, als es war – die wirkliche Gefahr war zum Glück vorüber. Michael fiel die undankbare Aufgabe zu, den zahllosen Presseleuten – über dreißig Journalisten, sogar vom TV war einer dabei – zu erklären, was, warum und weshalb geschehen war. Die duftende Erbsensuppe aus der Gulaschkanone wurde zwar gern gegessen, stimmte die neugierige Meute aber auch nicht milder; sie überschütteten Michael mit Fragen.

»Warum bekommen wir heute keinen Starfighter zu sehen?«, wollte ein Zeitungsmensch unbedingt wissen und die anderen nickten zustimmend.

»Meine Damen und Herren, ich bitte wirklich um Verständnis. Sie konnten ja bereits bei der ersten Landung sehen, wie prekär die Bedingungen hier sind.«

»Aber Herr Hauptmann, das ist doch kein Argument!«, der Kerl vom Hamburger Abendblatt – Michael stieg es siedend heiß auf, als er daran dachte, dass auch er einmal ein »Fotograf« dieses Blattes gewesen war – war wirklich eine Landplage und zudem hatte er auch noch Recht. Michael blieb ein bisschen vage und erklärte: »Der Starfighter besitzt wegen der hohen Landegeschwindigkeit einen sogenannten Fanghaken und um das erforderliche Equipment am Boden zu installieren, wäre ein unverhältnismäßig großer Aufwand erforderlich gewesen ... auch die Luftwaffe unterliegt dem Diktat der Sparsamkeit. Ich bitte sie also diesbezüglich um Verständnis.«

Mit Steuergeld sorgfältig umgehen, dagegen konnten selbst die Bluthunde von der schreibenden Zunft nichts einwenden. Die Causa Starfighter ermöglichte es Michael, die Kurve zu kratzen, und er stellte die klassische Schlussfrage: »Haben Sie noch Fragen zur Fiat G 91?«

»Ja, indirekt«, meldete sich ein Vorwitziger. »Gibt es noch einen Nachschlag von der Erbsensuppe?«

Gelächter – und Michael konnte sich sicher sein, dass seine Aufgabe damit bestens erledigt war.

Kurz darauf vibrierte die Luft und auch die Erde schien zu beben. Die RAF ließ zwei Senkrechtstarter auf die Autobahn einschweben. Staub, Steine und alles was nicht nagelfest war, flog durch die Gegend und verhinderten so Foto- und Filmaufnahmen – was den Fernsehmenschen allerdings nicht daran hinderte, seinen Kameramann anzuweisen, wenigstens die enorme Staubwolke aufs Bild zu bannen. Vom Lärm nicht zu reden.

Die Hawker Siddeley Harrier ist ein einstrahliges, senkrecht startendes Kampfflugzeug aus britischer Produktion. Benannt wurde die Maschine nach der Greifvogelgattung Weihen (englisch harrier) und ihrem Entwickler Hawker Siddeley. Die Siddeley Harrier basiert auf dem Versuchsflugzeug und Erprobungsträger Hawker P.1127.

Eine umfassende Weiterentwicklung stellt die McDonnell Douglas AV-8B Harrier II dar. Sie wird auch als die zweite Generation der Harrier bezeichnet. In der Tagesschau war jedoch lediglich die beinahe Bruchlandung des Oberstleutnants zu sehen – die ungeteilte Schadenfreude der Piloten war dem sturen, unbeliebten Hund sicher. Besonders peinlich für diesen war eine Begebenheit, die sich kürzlich zugetragen hatte. Oberstleutnant Meier hatte es wieder einmal nicht lassen können, sich mit aller Kraft unbeliebt bei seinen Soldaten zu machen. Einen neuen jungen Piloten hatte er barsch angefahren: »Wenn ich noch einmal sehe, dass Sie so schnell von der Landebahn rollen und dabei eine Begrenzungslampe mit dem Fahrwerk ruinieren, dann bezahlen Sie diese Lampe. Bin ich verstanden worden, Herr Leutnant?« Abgesehen vom Inhalt, allein schon die Tonqualität in Verbindung mit dem anmaßenden Gehabe war eine unakzeptable Zumutung – erst recht unter »Kameraden«, wenn auch der Rangunterschied groß war.

Der Leutnant hatte versucht, sich zu rechtfertigen. Vermutlich wäre es aber klüger gewesen, wortlos abzutreten, stattdessen wagte er den Einwand: »Aber Herr Oberstleutnant, das kann doch jedem passieren. Die Bahn war extrem nass, dazu das Aquaplaning, da hatte ich kaum eine Chance und bin deshalb von der Rollbahn gerutscht.«

Empört nahmen die Piloten die unkameradschaftliche Art des Stabsoffiziers zur Kenntnis, der in seiner Arroganz entgegnete: »Wo gehobelt wird, da fallen Späne.«

In seinem Fall waren es Spott und Schädenfreude.

***

Der General, der nun als Chef der deutschen Luftwaffe in Bonn residierte, konnte nur mehr selten nach Husum kommen, und das, obwohl er dort einer »Sorgepflicht« nachkommen musste. Auf der Halbinsel Nordstrand, die vor Husum in die Nordsee hinein sticht, besaß der General eine Sommerresidenz, verkörpert durch eine dort in Ehren gealterte Windmühle. Irgendwann bekam er einige reizende und sehr anhängliche asiatische Bergziegen geschenkt, die nun dort ihr sorgloses Dasein fristeten – und was Wunder – sich auch vermehrten. Zwecks Betreuung dieser Ziegen besuchte nun auf Anweisung des Generals die Flughafenfeuerwehr des Geschwaders tagtäglich diese Tiere. Ein Umstand, der einige Bürger auf den Plan rief, die keinen Gefallen an diesem Treiben fanden. Was bitteschön haben Ziegen mit der Feuerwehr am Hut? Wird da Steuergeld verschwendet? Es dauerte nicht lange und die Presse griff die Angelegenheit auf.

Darauf reagierte der General prompt, er beauftragte den Oberstleutnant Meier in Sachen »Ziegen« aktiv zu werden.

»Sorgen Sie dafür, dass meine Ziegen auf dem Flugplatz untergebracht werden. Vielleicht neben dem Kontrollturm? Da können die Männer von der Feuerwehr die Tiere dann ungestört betreuen – und was auf der Basis vorgeht, das ist für diese Zivilisten tabu.«

Wenn ein General etwas wünscht, dann war das klarerweise ein Befehl und der Oberstleutnant spurte – nach oben gab es bei ihm wenig Widerstand. So gingen die Tiere noch am selben Tag auf die kurze Reise und fanden in ihrem neuen Domizil bei Schlechtwetter obendrein neben dem Tower angemessenen Schutz in einem Unterstand Bunker vor dem norddeutschen häufiger auftretenden Wetterunbill.

Als der Besuch des Generals angekündigt wurde, beschlossen die Piloten dem Herrn Oberstleutnant – verantwortlich für das Wohlergehen der Ziegen des Generals – ein sogenanntes »Le(e)hrspiel« zu gewähren.

Als der General auf dem Fliegerhorst Husum gelandet war – wie immer flog er eine Fiat G 91 – und auf dem Rollweg am Ziegenstall vorbeikam, musste er entsetzt feststellen, dass die Tiere verschwunden waren. Allerdings hingen acht Felle fein säuberlich aufgereiht am dahinter liegenden Zaun.

Oberstleutnant Meier, wie aus dem Ei gepellt, begrüßte den General mit einer Ehrenbezeugung und wartete, dass ihm der Handschlag angeboten werde. Allerdings ahnte er nicht, dass die Vierbeiner des Generals vorübergehend nicht sicht- und greifbar waren. Dies hatte zur Folge, dass Meier vergeblich auf den kameradschaftlichen Handschlag wartete. Stattdessen musste er sich vorwurfsvolle Fragen anhören: »Wo sind meine Ziegen? Soll das ein Witz sein, mir die alten Büffel oder welche Felle das auch immer sind, unterzujubeln, HERR Meier?«, polterte der General ungehalten, stieg in den bereitstehenden Dienstwagen und entfernte sich pikiert, nicht ohne dem überraschten Meier noch zuzurufen: »Sorgen Sie dafür, dass die Tiere in einer Stunde beim Bear Call vor dem Offizierskasino sind. Ich hoffe, dass ich verstanden worden bin!«, eine Antwort wartete der General nicht ab.

Und sie waren da, die Ziegen, pünktlich und labten sich am Grünzeug im Wintergarten. Von den Aufregungen um ihre Existenz hatten sie ja nichts mitbekommen. Die Piloten gaben sich unwissend, was den Verbleib der Ziegen betraf. Nur eine Vermutung wurde ausgesprochen: »Vielleicht waren sie beim Tierarzt, zwecks Gesundheitscheck ...«, das Gelächter auf diese ironische Bemerkung war keinesfalls verhalten.

Beileibe nicht wie ein strenger Vorgesetzter, eher wie ein verständnisvoller Vater, so wurde der General von »seinen« Fliegern empfangen und umringt. Sie trugen ihrem ehemaligen Kommandanten ihre Sorgen und Nöte vor – wobei die Überzahl dieser Anliegen den Oberstleutnant direkt oder indirekt betraf.

»Gut Ding braucht Weile«, besagt ein altes geflügeltes Wort – nicht so in der Angelegenheit des Oberstleutnants Meier. Den traf der Blitz aus heiterem Himmel – er wurde abkommandiert und durfte von nun an, mit oder ohne Ärmelschoner, die Besatzung einer Tintenburg in Köln verstärken. Das Wesentliche jedoch war, er wurde fortan im Fliegerhorst Husum nie mehr gesehen. Das Schicksal, möglicherweise vertreten durch den General, waltete gnadenlos seines Amtes.

Kapitel 15

Alpinisten sprechen von einem plötzlichen Wettereinbruch, wenn sich ein wolkenloser Himmel innerhalb von Minuten verdunkelt und ein Schneesturm hereinbricht. Es gibt Heimsuchungen aber auch im Leben, manchmal kündigen sie sich an; häufig werden Menschen aber von Tragödien völlig überraschend, heimgesucht, wie vom Blitz getroffen. Solch einen fatalen Schicksalsschlag musste Michael Faber hinnehmen. Ein Ereignis solcher Tragweite veränderte sein ganzes Leben.

Beißende Kälte und eine dicke Schneedecke überzogen das Land. Trotzdem fuhr Michaels Frau Brigitte mit den Kindern nach Neumünster, um ihre Eltern zu besuchen.

Vom Ehemann mit den obligatorischen Warnungen und Hinweisen versehen, machte sie sich auf den Weg. Eine kurze Umarmung, ein flüchtiger Kuss – und weg waren sie.

Dass sie sich bei diesen Wetterverhältnissen verspäten würden, war für Michael von vorne herein klar, doch als auch nach mehr als zwei Stunden nichts zu hören und schon gar nichts zu sehen war, wurde er unruhig. Besorgt blickte er immer öfter auf die Uhr. In dem Augenblick, in dem Michael zum Telefon griff, um bei seinen Schwiegereltern anzurufen, schellte die Klingel an der Tür.

Als er öffnete, stand er zwei uniformierten Polizeibeamten gegenüber. Die mussten nichts sagen – Michael wusste in dem Augenblick, dass etwas Schreckliches passiert war. Er fragte beinahe automatisch: »Die Kinder?«

»Die Kinder sind unverletzt – natürlich haben Sie einen Schock … aber Ihre Frau …«

Michael nickte, hatte noch nicht ganz realisiert, dass er nun Witwer war. Er bat die Beamten herein. Er war völlig abwesend … sagte wie im Trance: »Was oder besser wie ist es passiert?«

Nicht, dass ihn das wirklich interessierte, seine Brigitte war tot … das wie war sekundär.

»An einer Brücke über den Nord-Ostseekanal kam der Wagen ins Schleudern und prallte in der Folge gegen einen Baum … sie war auf der Stelle tot … niemand konnte ihr mehr helfen … Herr Faber, wir drücken Ihnen unser Beileid aus.«

Michael war froh, als die beiden wieder gingen – er wollte jetzt allein sein. Allein sein, während die Welt über ihm zusammenkrachte – doch er konnte und durfte sich nun nicht gehen lassen; er trug die Last der Verantwortung für seine beiden Kinder jetzt allein – die waren jetzt das Wichtigste. Letztlich war es ein Segen, dass Michael durch seine Verpflichtung den Kindern gegenüber in einem permanenten Stress war – so blieben ihm belastende Gedanken über Brigittes Schicksal erspart.

Es macht einen gewaltigen Unterschied, ob man am offenen Grab eines Kameraden, eines Verwandten oder der eigenen Frau steht. Michael war äußerlich gefasst, doch in seinem Inneren aufgewühlt wie nie zuvor in seinem Leben. In dieser schweren Stunde war er den Ärzten dankbar. Sie hatten die Kinder, die eigentlich – bis auf den natürlich erlittenen schweren Schock – unverletzt waren, in der Universitätsklinik behalten.

»Es ist ganz sicher vernünftiger, wenn die Kinder an der Beisetzung nicht teilnehmen«, empfahl die erfahrene Ärztin, und Michael war ihr dankbar deswegen.

Freunde, Nachbarn und Kameraden bekundeten ihr Mitgefühl, »mein Beileid« war in dieser Lage das geflügelte Wort. Michael hatte keine Zweifel, dass diese Menschen es ernst meinten, versuchten, ihn zu trösten – doch wie kann man Trost in Worten finden nach so einem schweren Schlag?

Der viel beschworene Alltag hatte ihn wieder, er flog die FIAT wie zuvor, doch er musste, was kein anderer bemerkte, seine Gedanken mit aller Gewalt an die Vorgänge im Cockpit bündeln – zu oft sah er die Bilder des Unfalls vor sich. Es vergingen Monate bis er wieder einigermaßen in die Routine vor dem Unglück zurückfand – ganz stellte sich der alte Zustand jedoch nicht mehr ein. Häufig dachte er auch an das folgende Gespräch, das er nicht nur einmal mit Brigitte geführt hatte: »Komm Brigitte, lass uns in den Süden ziehen, nach Bayern oder noch besser Sardinien. Dieses ewig graue Wetter hier, ich krieg noch Depressionen, glaub mir. Schnee, Berge und Sonne, das brauche ich! Komm, sei kein Frosch, ich kann mich problemlos versetzen lassen!«

»Ach, hör doch auf ... du willst nur diesen verdammten Starfighter fliegen ... Depressionen DU, dass ich nicht lache!«, ganz energisch hatte seine Frau den Wunsch ihres Gatten abgewehrt. »Ich weiß nicht, wie viele genau, aber jedenfalls eine ganze Menge von diesem Ungetüm sind schon abgestürzt. Ich habe nicht das Bedürfnis eine junge Witwe zu werden. Was willst du denn, wir sind doch glücklich hier an der Nordsee. Reicht dir die FIAT auf einmal nicht mehr? Du warst doch immer so stolz auf deine Halligmaus! Sind nicht ich, und natürlich auch die Kinder, genug an Sonnenschein für dich?«

Michael, stets zu Scherzen aufgelegt, immer fröhlich – er war zu einem verschlossenen, schweigsamen Mann geworden. Natürlich sprachen ihn die Kameraden deswegen nicht an – man wusste ja von der Tragödie, doch übersehen konnte seinen Zustand niemand. Bei scheinbar zufälligen Begegnungen, versuchte der Truppenarzt Michael therapeutische Hilfe zu geben – nur wirklich helfen konnte nichts und niemand.

»Sie wurde nicht zur Witwe, aber ich zum Witwer und die Kinder zu Halbwaisen«, philosophierte er melancholisch vor sich hin.

Die Kinder. Michael nahm erst einmal seinen Jahresurlaub ... doch es war keine Dauerlösung. Natürlich halfen auch Brigittes Eltern, doch der kränkliche Vater, die Entfernung zu ihrem Haus, all diese Umstände verhinderten eine langfristige Lösung. Also entschloss er sich per Zeitungsinserat, »Ersatzeltern« zu suchen. Als er die Annonce aufgab, war seine Erwartungshaltung eher bescheiden – doch einen

Versuch war es ihm wert. Der Umstand, dass er beim Kauf des Hauses nicht gespart hatte, erwies sich jetzt als hilfreich. Es war kein großer Aufwand, eine separierte, geräumige Einliegerwohnung einzurichten. So konnte er in der Anzeige schreiben: »Ersatzeltern dringend gesucht! Bundeswehrpilot, durch Unglücksfall verwitwet, sucht für seine zwei schulpflichtigen Kinder »Leiheltern« – Gegenleistung: kostenlose Wohnung (90m²).

In dieser nicht gerade vom Glück begünstigten Phase seines Lebens war Fortuna seltsamerweise zur Stelle. Es wurde eine etwas füllige, ältere Dame – rein optisch das Ideal einer Oma namens Olga – bei Michael vorstellig.

»Ja, für uns wäre das perfekt«, ihr sächsischer Dialekt war dominant. »Mein Mann war Bergmann und leidet unter der Staublunge. Die Luft im Ruhrpott ist sehr schlecht für ihn, die Verhältnisse hier an der Nordsee hingegen wären natürlich toll für seine Gesundheit.

Wenn Sie möchten, kommen wir sofort und kehren dem Ruhrpott den Rücken.«

Und so geschah es. So waren aus den gesuchten Leiheltern eben fast »echte« Großeltern geworden.

Olga war eine wunderbare Hausfrau und Köchin, ihr Mann Oskar ein geschickter Handwerker und Gärtner. Auch ihm war die Rolle eines Opas und Hausmeisters auf den Leib geschrieben. Er betreute Haus und Grundstück so, als ob es sein eigenes wäre. Wenigstens war Michael nun diese Sorge los. Die Lösung mit Olga und Oskar war einfach perfekt und das Verhältnis der Kinder zu den beiden war so innig, wie Michael es nie zu träumen gewagt hätte. Wenn es regnete, fuhr er die Kinder zur Schule und befasste sich auch so häufig mit Jens, der sehr an ihm hing. Obwohl er ein Jahr jünger war, überragte er seine Schwester um fast zehn Zentimeter. Erst nach geraumer Zeit begriff Michael, dass der große Raum, eigentlich als Wohnzimmer für die »Großeltern« gedacht, kurzerhand von den »Männern« umfunktioniert worden war: Eine nicht gerade zu klein geratene Modelleisenbahnanlage der Marke Märklin breitete sich dort jetzt hemmungslos aus. Als Michael Olga fragte, ob sie der Verlust des Wohnzimmers nicht schmerzen würde, sagte die nur mit einer wegwerfenden Handbewegung: »Da habe ich sie wenigstens unter Kontrolle!«

Carola »zog« mehr an »Oma« Olgas Nerven. Ob in der Küche oder im Supermarkt ... die Kleine wusste einfach alles besser.

Möglich, dass die Zeit nicht alle Wunden zu heilen vermag – aber vernarben tun sie sicher. Langsam erreichte Michael seine alte »Form« fast wieder. Unbestritten, sein Verhalten war anders geworden, das risikofreudige bei so manchem Flugmanöver geriet eher ins Hintertreffen. Das Verantwortungsgefühl den Kindern gegenüber saß tief in seinem Unterbewusstsein.

Von Seiten der Vorgesetzten und Kameraden wurde ihm jede erdenklich mögliche Unterstützung gewährt.

»Faber, wenn Sie wegen Ihrer familiären Lage Urlaub brauchen, wann auch immer, haben Sie keine Scheu ... ist doch auch ganz selbstverständlich!«, ließ ihn der Kommandant wissen.

***

Jahre waren ins Land gezogen und die »Kinder« flügge – auf jeden Fall konnten sie auf die Ansichten des »Alten« schon verzichten und machten daraus auch kein Hehl. Wenn Michael da an seinen Vater dachte ... na ja, das waren eben ganz andere Zeiten gewesen. Die Halligmaus, mittlerweile zu einem Auslaufmodell geworden, war immer seltener über dem Himmel von Husum auszumachen. Ein Nachfolgemodell, der schnittige französische Alpha-Jet, eine zweisitziger Düsenjäger. verdrängte die Fiat G 91. Ältere Piloten, Michael zählte mittlerweile zu diesen, wurden nicht mehr auf das neue Flugzeug umgeschult.

Der Kommandant versuchte daher, Michael mit einem verlockenden Angebot zu entschädigen.

»Faber, ich weiß, dass Sie schon immer von einer Stationierung irgendwo im sonnigen Süden geschwärmt haben. Jetzt gäbe es eine exquisite Möglichkeit für Sie«, der Kommandant ließ seine Worte wie eine Zugsalbe einwirken, bevor er die Einzelheiten erörterte. »Sardinien, na, was sagen Sie, Herr Hauptmann! Wir haben dort eine Position zu besetzen. Sie, als Flug- und Waffenlehrer bleiben auf der G 91 – allerdings nicht hier, sondern eben auf Sardinien. Dort wird ein spezieller Lehrer gesucht. Sie, Hauptmann, hätten alle Voraussetzungen. Es geht nämlich auch um den Lehrgang »Überleben auf See« … exakt ihr Metier. Der Wassersport ist doch auch eine Ihrer Domänen. Sie erfüllen alle Voraussetzungen für den Job … warten Sie nicht zu lange, es gibt jede Menge Bewerber.«

Kein Thema, dieses Jobangebot war ungemein verlockend für Michael. Nachdem er im Kreise seiner Kinder und den »Großeltern« die für und wider Argumente hören wollte, da war die Bandbreite der Meinungen doch sehr breit gestreut. Carola, mittlerweile eine junge Dame, zeigte Verständnis und riet dem Vater in den Süden zu gehen. Sie verkehrte in einem interessanten Freundeskreis und verbrachte ihre Freizeit meist auf dem Rücken von Pferden.

Jens, in den sogenannten Flegeljahren, dem Vater ein wenig entglitten, ließ an seinem Desinteresse am Schicksal des Vaters keinen Zweifel aufkommen. Unausgesprochen gab der seinem Vater eine Mitschuld am Tod der Mutter. Wie und warum auch immer – er entfremdete sich im Laufe der Jahre immer mehr von Michael.

Olga und Oskar waren natürlich um ihre Zukunft besorgt.

»Wir würden natürlich gerne hierbleiben, wir haben ja damals im Pott alles aufgegeben … oder willst du das Haus hier verkaufen?«

»Nein, wo denkt ihr hin, natürlich bleibt ihr hier und betreut die Hütte weiter, darauf baue ich. Sooft es möglich ist, werde ich euch besuchen … es bleibt alles beim Alten. Später werde ich in den vorzeitigen Ruhestand gehen … und dann hier Lokführer bei der »Märklin«

werden!«, während Oskar enthusiastisch, für ihn war die Eisenbahn bitterer Ernst, nickte, lachten die Damen begeistert auf.

Damit war die Entscheidung gefallen. Nun ging alles Schlag auf Schlag und Hauptmann Michael Faber nahm Quartier in einem angemieteten Haus bei Cagliari auf Sardinien, wo er die nächsten Jahre verbrachte.

Kapitel 16

Modisch in kaki, mit einem Wort schick, das war die Uniform des Hauptmanns Faber – aufgemotzt durch Auszeichnungen und Ehrenzeichen auf der Brust, die er beim Betreten des Marinezentrums am Hafen in Cagliari trug. Das Aufsuchen des Marinekommandeurs wurde in diesem Land zelebriert, da ging man nicht einfach hin und sagte: »Hallo, da bin ich!« Bereits beim Entree salutierte ein in fleckenlos weißes Tuch gekleideter Marinero den deutschen Offizier.

Ebenso war es mediterrane Manier, den Besuch erst einmal warten zu lassen. Mit dem Antichambrieren wuchs die Bedeutung des Empfangenden – so waren eben hier die Bräuche, die Michael nicht fremd waren. Mit der ihm eigenen Contenance harrte Michael aus.

Nach der angemessenen Frist von etwa zehn Minuten öffnete sich die Tür zum Allerheiligsten und mit überschwänglicher Geste, bedauernd, dass ein Gast warten musste, begrüßte der in eleganter Galauniform steckende Capitano den deutschen »Intimus«. Zugleich verabschiedete er sich von einem Offizier der RAF. Der Engländer trug auch eine Kakiuniform wie Michael, allerdings mit kurzen Hosen und kniehohen Stutzen – ein erheiternder Anblick, wenigstens für den, der mit den Sitten und Gebräuchen im Vereinigten Königreich nicht auf du und du steht.

»Avanti, Signore Faber, bitte treten Sie ein!«, kameradschaftlich reichte er Michael nach der zackigen Ehrenbezeugung die Hand.

»Domani, morgen schon wieder Seeausbildung?«

»Genauso ist es, Commandante. Morgen beginnt unser Survivalkurs. Gleicher Ort, gleiche Zeit – wir bitten um Genehmigung.«

»Und Sie beabsichtigen wieder Seenotraketen abzufeuern?«

»So ist es, Signore!«

»Wird selbstverständlich genehmigt«, gab sich der Commandante verbindlich.

»Bitte rufen Sie auf der Frequenz 20 und feuern Sie eine halbe Stunde vor Beginn der Übung Rauchmunition ab, damit kein richtiger Alarm ausgelöst wird. Also dann, viel Vergnügen – die Wassertemperatur beträgt übrigens 23 Grad.«

Dieses Gespräch fand vor jeder Übung statt und war so etwas Ähnliches wie ein Ritual. Zum Abschluss-Kommuniqué begab man sich in die naheliegende Cafeteria, wo bei Chianti und Kaffee wichtige Details, sowohl politischer wie auch sportlicher Provenienz, erörtert wurden. Michel nutzte diese Diskurse zum Verbessern seiner doch schon profunden Kenntnisse des Italienischen.

Tags darauf trafen sich die Lehrgangsteilnehmer am eher unbedeutenden Hafen von Marina Piccola. Bestückt mit modernen Außenbordmotoren lagen die klassischen deutschen Sturmboote zum Einsatz bereit. Diese schossen dann mit den Kursteilnehmern besetzt aufs spiegelglatte Mittelmeer hinaus. In gespannter Erwartung drängten sich die Aspiranten, um möglichst bald mit dem Paragleiterfallschirm in die Höhe gezogen zu werden. Das Gleitschirmspringen war in den letzten Jahren unter Surfern und Seglern, aber auch bei den Fallschirmspringern immer beliebter geworden – so war es nur allzu verständlich, dass die jungen Männer höchst erfreut über den Umstand waren, dass sie diesem Sport im Rahmen ihrer Ausbildung frönen konnten. Der Protagonist wurde dabei von einem Schnellboot sehr schnell gezogen und der umgeschnallte Fallschirm zog ihn rasch in die Höhe, eben so weit, wie es das Seil, an dem er hing, erlaubte. Und dann noch mit einem Helikopter ins Trockene befördert zu werden, war nicht zu toppen. Schon der Kosten wegen, durften sich das privat nur Privilegierte leisten. Im lauwarmen Wasser des Mittelmeers täglich Übungen dieser Art zu absolvieren, war natürlich eine Riesengaudi.

»Wenn ich mich zurückerinnere, wie wir im zehn Grad kalten Wasser der Nordsee diese Ausbildung hinter uns gebracht haben, dann frisst mich glatt der Neid«, meinte der Ausbildungsleiter Faber halb scherzend.

Die deutsche Marine hatte 15 Matrosen nach Sardinien abkommandiert. Offiziell zur technischen Unterstützung – in der Realität führten diese Matrosen Wartungs- und Reinigungsdienste durch. Insbesondere das Reinigen und Trocknen der gebrauchten Schwimmwesten sowie der Sturm- und Schlauboote fiel in den »Kompetenzbereich« der Matrosen.

Michael Faber hatte die Gelegenheit selbstverständlich nicht ungenutzt an sich vorüberziehen lassen und sich ein klassisches Segelboot, Marke »Alfa«, angeeignet. Alfa-Boote hatten einen ähnlichen Kultstatus wie »Riva« am Gardasee.

Wer jemals ein Boot sein eigen nannte, der weiß, wie viel Aufwand und Arbeit mit der Pflege eines Bootes verbunden ist. So gebot es die Gunst der Stunde, dass Hauptmann Faber sein Boot der Flotte »unterjubelte« und die Matrosen die notwendigen Arbeiten besorgten – und sie hegten und pflegten das Kuckucksei gerne mit Hingabe.

So oft sich die Gelegenheit ergab – meist an Wochenenden – vercharterte Michael sein Boot und bekam so einen erweiterten Spielraum für seinen privaten Budgetrahmen. Seine Klientel rekrutierte sich hauptsächlich aus den Offizieren der befreundeten NATO-Partner. Er, als Ausbildungsleiter und Offizier der deutschen Luftwaffe, konnte sich eben so manches Privileg »konzedieren«.

Allerdings gab es in der italienischen Bevölkerung nicht nur verhaltende Proteste gegen die arroganten Tedesci, die sich alles herausnehmen konnten und den Einheimischen die besten Liegeplätze wegschnappten.

Den Umstand, dass der deutsche Steuerzahler eine nicht unbeträchtliche Summe für diese Liegeplätze berappte, war nur von despektierlichem Interesse. Nach Dienstschluss trafen sich die Deutschen oft mit den Italienern in einer Strandbar – ein »Fluchtdrink« zum Feierabend.

Das beaugapfeln der vorwiegend weiblichen Badegäste stand zwar nicht explizit auf dem Dienstplan, war jedoch ausgesprochen beliebt bei den Männern – auch Hauptmann Faber war da keine Ausnahme.

So war es nicht verwunderlich, dass seine auf solche Objekte geschulten Jagdlinsen eine langhaarige Blondine mit ansprechendem Figürchen nicht übersehen konnten. Bevor irgend so ein dahergelaufener »Trapper« auf den gleichen Gedanken kam, pirschte sich Michael ziemlich unverfroren an das Objekt seiner Begierde heran. Bereits während des »Anschleichens« studierte er den »Eingangsdialog«, wie ein Schauspieler vor der Premiere, ein.

»Ciao, darf man die Bellezza vom Rio Grande wohl auf einen Drink einladen?«

Doch die Holde war auch nicht auf den Mund gefallen und konterte, wie aus der Pistole geschossen: »Du bist wohl der viel besungene schöne Cowboy aus Düsseldorf am Rhein? Nebenbei, der Rio Grande liegt 8000 Kilometer weiter westwärts!«, sie zeigte beim Lachen eine Reihe blitzblanker, weißer Zähne – die, wie das geschulte Auge sofort feststellte, kein Produkt eines begabten Dentisten waren.

Als sie sich ein Bicciere mit Rotwein wünschte, oder noch besser einen Rosé, der kommt aus meiner Heimat Oristano, war das Spiel für Michael bereits entschieden.

»Mein Vater betreibt dort Weinbau – der hier«, sie hob das Glas, »heißt Vino di Monica, probier einmal«, bewarb sie sogleich geschäftstüchtig ihres Vaters Wein.

»Wie kommt es, dass du blond bist … ist wirklich eine Seltenheit hier.«

Michael kostete und lobte den herrlichen Abgang des Weines.

»Ja, das mag schon sein, aber meine Haare sind so dunkel wie deine Gedanken!«, sie schloss spitzbübisch ein Auge, »natürlich gefärbt, die Haare meine ich – nicht deine Gedanken!«

Während Michael tief in die rehbraunen Augen schaute, nahm sein Gegenüber den Gesprächsfaden wieder auf. »Wie heißt du eigentlich? Ich bin Angelina.«

»Ich bin der Michael«, er erwachte aus seinem Tagtraum.

»Du bist doch sicher auf der Basis in Decimommanu stationiert …

was treibt ihr da eigentlich außer Paragleiten und im Wasser herumtollen? Und sich dafür auch noch bezahlen lassen! Muss ja ein ganz toller Job sein, könnt ihr mich da nicht auch gebrauchen?«, lachte Angelina.

Damit hatte sie Michaels Nerv getroffen, der sofort mit einem Vortrag über die oft unterschätzte Relevanz des Überlebenstrainings der Kampfpiloten referierte und dabei nicht vergaß einzuflechten, dass er es war, der diesen Lehrgang leitete.

»Du bist also ein ganz wichtiger Mann im militärischen Getriebe hier …«, Michael konnte keine Ironie in ihren Worten heraushören – eher bewundernde Anerkennung.

»Sag einmal, wie kommt es eigentlich, dass du so gut italienisch sprichst, wo du doch erst ein paar Wochen hier bist?«

»Das ist eine andere Geschichte … meine Mutter wollte eigentlich, dass ich Priester werde … da war damals noch Latein eine Grundvoraussetzung. Ich habe mich aber nicht nur dem Theologischen zugewandt, sondern auch den Mädchen … und so war meine geistliche Laufbahn eigentlich schon beendet, bevor sie noch richtig begonnen hatte. Die einzige Verbindung zum Sakralen, die mir erhalten blieb, war jene, dass ich manchmal die Tasten der Orgel bediente.«

Angelina erzählte noch, dass sie als Friseurin arbeitete und das Gespräch dauerte noch ein Weilchen und endete mit einer Verabredung am Strand für die folgende Woche. Was also lag näher, als das Wiedersehen vorzuverlegen und den Frisiersalon aufzusuchen. Natürlich fassonierte Angelina höchstpersönlich die Haare auf Michaels Kopf, und er erinnerte sich daran, dass er schon einmal ein Techtelmechtel mit einer Friseuse gehabt hatte. Das Déjà-vu war absehbar. Als er anschließend zur Kasse ging, rief sie dem dort sitzenden Mädchen zu: »Dieser Herr bezahlt nichts … er ist ein Bekannter von mir!«

»Alles klar, Chefin!«, rief die Kassiererin zurück.

Nun war Michael wirklich überrascht, denn Angelina war fast die Jüngste im Salon.

»Ich muss schon feststellen, der Laden hat nicht nur eine sehr attraktive, sondern auch eine besonders junge Chefin! Da komme ich einfach nicht umhin, dieses Geschöpf zum Dank zum Abendessen auszuführen.«

In einer gegenüberliegenden Bar wartete Michael geduldig, bis seine neue Flamme den Laden verließ und versperrte. Versperren war eigentlich ein Hilfsausdruck – sie »versiegelte« das Geschäft regelrecht mit Gitter, Scherengitter und zahllosen Schlössern wie ein Heiligtum.

»Hallo, du hast tatsächlich so lange auf mich gewartet!«, gab sie sich scheinbar überrascht, als sie das Lokal betrat, wobei klar war, dass sie keine Sekunde wirklich daran gedacht hatte, dass Michael nicht warten würde.

»Leider ist es wieder einmal spät geworden … aber ich kann nie abschätzen, wie viele Kunden noch knapp vor Geschäftsschluss kommen und ich kann es mir nicht erlauben, jemanden wegzuschicken. Wir leben hier in keiner wohlhabenden Gegend, wie du an meinen Sicherheitsmaßnahmen unschwer erkennen kannst – da sind Einbruch und Diebstahl keine Seltenheit. Industrie gibt es keine mehr, seit Alfa Süd seine Pforten geschlossen hat, und Touristen gibt es fast nur im Norden der Insel, an der Costa Smeralda. Deswegen sind wir froh, dass es die Militärbasis gibt, so kommt wenigstens etwas Geld in diese arme Gegend hier. Allerdings seid ihr mit euren auffälligen AFI Kennzeichen am Auto leider ebenfalls häufig Opfer von Autoeinbrechern …«, erklärte Angelina und bestellte sich einen Café Latte. »Was bedeutet das AFI eigentlich?«

»Allied Force Italy«, antwortete Michael, »weiß aber kaum jemand von den Leuten hier, wie ich schon festgestellt habe.«

Sie verließen die Bar kurz darauf und sie meinte: »Lass deinen Audi hier stehen … in der Bar verkehren viele Carabinerie … da ist der Wagen sicher. Wir nehmen meinen.«

Sie schritt auf einen Cinquecento zu und Michael war erfreut. Während er sich den Beifahrersitz zurechtrückte, erzählte er: »Ich hatte in Deutschland auch einen Fünfhunderter! Bitte, ich bin froh, wenn du ein Restaurant aussuchst, nur keine Pizzeria, ich habe Lust auf etwas Besonderes, vielleicht eine Cacciucco. Einmal habe ich auf Elba eine gegessen, werde es niemals vergessen! So ein tolles Fischgericht habe ich vorher und nachher nirgendwo mehr bekommen!«

Und tatsächlich bekam Michael an diesem Abend den berühmten Livorno-Fischeintopf auf den Tisch. Während der kurzen Fahrt im Fiat erzählte Michael von seinen Kindern und dem reetgedeckten Haus in Husum.

Beim Essen fragte Angelina dann unvermittelt: »Bist du womöglich ein Sfruttatore (Heiratsschwindler)? Du hast zwar von deinen Kindern und dem Haus erzählt, aber deine Frau mit keinem Wort erwähnt oder bist du geschieden?«

Michael schüttelte bedächtig den Kopf.

»Nein, meine Frau kam vor Jahren bei einem Autounfall ums Leben ...«

»Entschuldige, das tut mir Leid, es kam mir nur komisch vor, aber jetzt verstehe ich es natürlich.«

»Eigentlich wollten mich die Kinder hier besuchen, sie haben selbstverständlich ihre eigenen Interessen ... Carola kommt auch. Sie ist in den Pferdesport vernarrt. Na ja natürlich auch in Discos. Sie will italienisch lernen ... würde aber sicher nicht für ständig hier bleiben wollen; ihre Freunde in Deutschland würde sie zu sehr vermissen. Der Junge hat sich komplett abgenabelt ... ein schwieriges Alter, da muss ich Geduld haben. Es ist nicht einfach für mich, auf die Kinder zu verzichten«, seufzte Michael und Angelina nickte schweigend. Es blieb nicht der einzige Abend, den die beiden miteinander verbrachten. Es verging keine Dekade und ein besonderes Treffen der beiden »legalisierte« die Liaison.

Kapitel 17

Tische und Bänke bogen sich sprichwörtlich; die Kapelle hätte locker einen mittleren Orchestergraben gefüllt. Die Menschenmasse, allesamt festlich gekleidet, tanzte und sang, wenn man nicht gerade aß oder trank – manche waren auch damit beschäftigt, die nächste Trauung in die Wege zu leiten. Eine Hochzeit in einem italienischen Dorf ist nur allzu selten eine begrenzte Familienfeier; jedoch erst recht nicht, wenn sich dieses Dorf auf Sardinien befindet. Solch ein Ereignis wurde sofort zum Anlass genommen, ein ausgedehntes Dorffest zu feiern … und da blieb kein Auge trocken, kein Magen leer und erst recht keine Kehle unbefeuchtet.

Wenn nun der Brautvater, wie im vorliegenden Fall, auch noch der Bürgermeister ist, dann sind die Folgen kaum absehbar. Die Braut, in ein sichtlich kostbares, weißes, raffiniert geschnittenes Satinkleid gehüllt und Hauptmann Faber in seiner neuen, maßgeschneiderten Pilotenuniform, verstärkt durch diverse Verzierungen an der linken Brustseite – auch ein Eremit hätte erkannt, dass sich hier eine bedeutende Szene abspielte. Besonderer Beliebtheit, vor allem bei Gästen, die vom Festland angereist waren, erfreuten sich die sardischen Volkstänze. Diese, von jungen Paaren in der farbenfrohen sardischen Tracht vorgeführt, lösten wahre Begeisterungsstürme aus.

Irgendwann, als das Fest einmal kurz durchatmete, fragte Michael seinen Schwiegervater: »Wie kann ich mich denn an dieser grandiosen Feier beteiligen?«

»Poveri Soldati! (arme Soldaten)«, antwortete er im Scherz. »Es ist eine ehrenvolle Aufgabe für den Brautvater, die Hochzeit auszurichten, seit Menschengedenken ist das hier so, und wir wollen an dieser Tradition nichts ändern.« Damit war dieses Thema für ihn abgehakt! Vielleicht doch etwas voreilig, denn der Schwiegervater kam gleich noch einmal auf Mikels (auch hier nannten ihn alle nur so) Angebot zurück: »Da gäbe es schon etwas, wo du dich erkenntlich zeigen könntest …« Jetzt war Michael wirklich neugierig, was denn da gemeint sein könnte. Er wurde nicht lange auf die Folter gespannt, denn der Schwiegervater ging gleich in medias res.

»Wir haben da einen kleinen Sportclub … untere Liga … Fußball. Da könnten wir einen Referee brauchen … einen wirklich Unparteiischen … du als Tedesco, du wärst doch neutral?« Um die Frage der Neutralität ein für alle Mal zu klären, stellte der Schwiegervater gleich klar, dass etwas anderes als der Pokalsieg für seinen Verein gar nicht zur Diskussion stand; dazu bedurfte es keiner langen Deklaration.

Niemand vermochte später noch zu erzählen, wann der letzte Gast den Ort des Geschehens verlassen hatte – jedenfalls lieferte dieses Fest in Gonnostramatza noch jahrelang Gesprächsstoff bei diversen Diskursen; sogar in der gesamten Provinz von Oristano erregte das Fest Aufmerksamkeit. Unbestätigte Gerüchte besagten, dass der Patrone zum ersten Mal in seinem Leben bei einer Bank ein Darlehen aufgenommen habe, um das Gelage zu finanzieren. Es sei jedoch angemerkt, dass dies tatsächlich nur ein Gerücht blieb.

Hier darf, neben dem Bürgermeisterschwiegervater, der an sich schon ein eigenes Kapitel wert wäre, auch eine zweite Person nicht verschwiegen werden, nämlich der Pfarrer Don Casula-Casula. Selbstverständlich einer der wichtigsten Personen bei der Hochzeitszeremonie und erklärter Widersacher des Bürgermeisters. Eine Assoziation zu Don Camillo und Peppone war in diesem Fall beinahe zwingend.

Fernand Joseph Désiré Contandin, nur Fernandel genannt, wäre sicherlich vor Neid erblasst, wenn er sein Pedant noch hätte bewundern können. Ob es Absicht oder bloße Intuition war, vermag niemand mit Sicherheit zu sagen, jedenfalls waren Körpersprache und Gestik unverkennbar mit dem Protagonisten in der Poebene ident. Außer seinem Dienst am Herrn und der Kirche betätigte sich der Geistliche auch mit Hingabe als Amateurfunker.

Die Amateurfunkstation von Hochwürden war nach außen hin durch zwei, weithin sichtbare funkelnde Antennen auf der Kirchturmspitze manifestiert. Außerdem neigte der geistliche Herr dazu, immer dann seine Botschaften in den Himmel, oder weiß der Geier wohin, zu senden, wenn seine Schäfchen gebannt vor den Fernsehgeräten saßen und am Sonntagvormittag einer Sportveranstaltung ihre gesamte Aufmerksamkeit schenkten, anstatt in der Kirche den Worten des heiligen Evangeliums zu lauschen. Nun hatten aber die gebenedeiten Funksignale die Eigenschaft, andere umherschwirrende Frequenzen empfindlich zu stören. So kam es, dass anstatt grünem Fußballfeldrasen nur weiße Schneegestöber über die Bildschirme des Dorfes flimmerten; das Kirchlein allerdings füllte sich deswegen auch nicht. Es war zum letzten Mal – seit langem – wieder gefüllt, als Michael geheiratet hatte. Da half auch der himmelwärts gerichtete Blick des Stellvertreters Gottes auf Erden nicht, der scheinheilig erklärte, dass er mit den Engeln kommunizieren musste.

Wieder einmal lag es an Michael, den Parlamentär zu geben. Doch die Differenzen – die eigentlich gar keine waren – zwischen den Streithähnen schienen unüberwindbar. Auch Michaels Bemühungen, um einen dauerhaften Burgfrieden blieben fruchtlos – die Streithähne unversöhnlich.

Doch wie so häufig war es auch hier der Zufall, der dann die Wende schaffte. Nicht ganz ohne Häme hatte ein lieber Mitbürger dem Pfarrer erzählt, dass sich im Büro des Bürgermeisters neuerdings eine hypermoderne Gasheizung aus Deutschland befinde und es dort (nicht nur in Sibirien ist es im Winter kalt, sondern auch auf Sardinien) im Winter heimelig warm sei … niemand auf der ganzen Insel habe so eine komfortable Heizung. Was also lag für Don Casula näher, als sich an den deutschen Hauptmann heranzupirschen und ihn mit salbungsvoller Stimme anzusprechen. Freundlich schenkte der Capitano Aleman der Stimme Gottes sein Ohr.

»Cavaliere (der Titel kann nur an verdiente Offiziere der italienischen Armee zu Pferd verliehen werden, aber wie heißt es: der Zweck heiligt die

Mittel), Sie haben, und bitte, ich sah und hörte es, ihrem Bürgermeister aus Deutschland ein Öfchen besorgt. Wäre es nicht nur recht und billig, auch in der Kirche so eine Heizung zu installieren … Sie selbst waren Zeuge wie ihr Fräulein Braut bei der Trauung vor Kälte gezittert hat. Ist es verwunderlich, dass die Gläubigen dem Haus Gottes fernbleiben, wenn sie darin erfrieren oder sich zumindest eine gefährliche Erkältung holen? Capitano Faber!« Jetzt war es an der Zeit und die Geste kam auch prompt. Don Casula hob beide Hände, ganz so, als wolle er wie der Heilige Vater den Segen spenden und sprach weiter: »Was denken Sie wohl, wir in diesem kleinen unbedeutenden Dorf, wir haben dann die erste beheizte Kirche auf ganz Sardinien … ein Wallfahrtsort würden wir werden, die Gläubigen würden in Massen hierher strömen!« Der Pfarrer redete sich in einen Begeisterungsschwall hinein, der ihn beinahe den ursprünglichen Sinn seiner Mission hätte vergessen lassen.

»Un momento, Pastore!« Michael gelang es in dem Augenblick, in dem der Gottesmann nach Luft schnappte, etwas einzuwenden. »Die Heizung im Büro des Bürgermeisters hat nur geringe Kapazität … damit können Sie Ihren Beichtstuhl wärmen, aber nicht die Kirche. Es gibt allerdings auch größere Anlagen … Wenn ich das nächste Mal nach Deutschland fliege, dann besorge ich Prospekte.«

Der Prokurist Gottes auf Erden war hocherfreut über diese erfreuliche Entwicklung und harrte der Dinge – Michael Faber hingegen hatte sich eine neue Aufgabe aufgebürdet. Um das Maß vollzumachen, fügte er noch hinzu: »Und wenn es dann zu Weihnachten schön warm in der Kirche ist, dann spiele ich wieder einmal etwas auf der Orgel. Nur der alte Teil Ihrer Einrichtung bedarf einer Renovierung … Sie wissen schon – kein Bild, kein Ton!« Damit war auch das Phänomen »Bildstörung« während der Sportübertragungen aus der Welt geschaffen. Allerdings war damit auch der Aufgabenbereich des Tausendsassas Faber noch nicht restlos abgedeckt. Ein tatsächlich gravierendes Problem galt es noch zu eliminieren: Die Mittelmeerkrankheit. Die Beta-Thalassämie (β-Thalassämie) oder Sichelzellenanämie ist eine Gruppe von Erbkrankheiten des Blutes. Sie werden durch eine verminderte oder fehlende Synthese verursacht … Beta-Ketten von Hämoglobin, die zu unterschiedlichen Folgen führen können, bis hin zu einer schweren Anämie in einem klinisch asymptomatischen Zustand. Die Schwere der Krankheit hängt von der Art der Veränderung im Erbgefüge ab.

In Sardinien (ebenso wie auf den anderen Inseln des Mittelmeers) war diese Krankheit weit verbreitet. Die betroffenen Kinder, allein auf der Insel über 1.000, besitzen eine Lebenserwartung von maximal 12 Jahren. Bereits der Anblick eines erkrankten Kindes macht die Diagnose unfehlbar. Der Alterungsprozess, besonders im Gesicht, ist bei den Betroffenen so deutlich, dass man erkennen kann, dass das Leiden dieses armen Geschöpfs bald zu Ende ist. Eine Ansteckungsgefahr besteht grundsätzlich nicht.

Es war die deutsche pharmazeutische Industrie aus dem Kölner Raum, die in diesem Fall Hilfestellung leistete. Diese erfolgte in der Form, dass blutreinigende Pumpen beim Patienten über Nacht angeschlossen wurden. Besonders effizient waren Bluttransfusionen mit Spendern aus entfernten Gebieten.

Leider war auch ein Kind in der angeheirateten Verwandtschaft von Michael von diesem Schicksal betroffen. Die kleine Valeria war gerade einmal acht Jahre alt. Angelinas Bruder war der Vater des betroffenen Kindes. So war es eine Selbstverständlichkeit, dass Michael sich als Blutspender zur Verfügung stellte. Doch nicht nur das, er organisierte, vorerst nur unter seinen Kameraden, später »großräumiger« eine Aktion »Blut für kranke Kinder«. So wurde er zum Schirmherrn der Aktion »Blut gegen die Seuche der Sichelzellenanämi« in Südsardinien. Dadurch ist es gelungen, die Lebenserwartung der Betroffenen auf ein Vielfaches zu verlängern. Die Krankheit ist mittlerweile zwar zurückgegangen – ausgerottet ist die Plage allerdings nach wie vor nicht.

Auch die natürlichen Folgen der Festa nuziale (Hochzeit) blieben nicht aus. Zwei Mädchen, Anna und Theresa, tummelten sich im trauten Heim der Fabers, falls sie nicht gerade den Kindergarten unsicher machten.

Kapitel 18

In Michaels Hinterkopf nistete schon seit längerem ein ambivalentes Gefühl. Der Betrieb auf dem Fliegerhorst reduzierte sich laufend und immer mehr Piloten wurden abkommandiert – meist nach Deutschland; fallweise aber auch an andere NATO-Stützpunkte.

Nichtsdestoweniger überraschte es Michael doch, als er völlig überraschend zum Staffelchef, einem Oberstleutnant, befohlen wurde. Der hielt auch nicht lange hinunter dem Berg, sondern stellte gleich klar: »Sie haben es sicher schon gehört, Hauptmann, unsere letzte G 91 wurde verkauft ... an die Portugiesen. Damit ist auch Ihre Zeit hier abgelaufen ...« Michal konnte nur ergeben nicken, er hatte es geahnt. Doch wie würde nun seine berufliche und private Zukunft aussehen?

»Nun zu Ihnen ... ich weiß natürlich, was es für Sie bedeutet, schließlich haben Sie hier eine Frau und Kinder ... wie auch immer, auf solche Dinge kann eine Armee keine Rücksicht nehmen, auch die Luftwaffe nicht. Also um es kurz zu machen: Sie überstellen die Maschine nach Portugal und schulen dort die Piloten auf der G 91 ein ... Sie sind ja Spezialist im Verzögern!«, das verschmitzte Lächeln im Gesicht des Staffelchefs war nicht zu übersehen, »aber auch das wird irgendwann in absehbarer Zeit vorbei sein. Ja, mein lieber Faber ... und dann beginnt der Ernst des Lebens auch für Sie. Der Abschied vom Cockpit, bitter, aber nicht zu ändern. Der Beamtenfriedhof in Köln erwartet Sie ...Flugunfälle am Schreibtisch bearbeiten und solchen Kram eben ... leider. Es wird Sie kaum trösten, aber auch mir steht der Aufenthalt in diesem Beamtenfriedhof bevor.«

Obwohl Michael diesen Augenblick ständig vor Augen gehabt hatte, es war trotzdem, als habe ihm jemand mit dem Vorschlaghammer vor den Kopf geschlagen. Da war nicht nur, dass er seiner Leidenschaft als Pilot nicht mehr frönen konnte ... vor allem was würde Angelina zu alldem sagen? Auch ihr stellte sich nicht nur die Frage, ob sie überhaupt nach Deutschland wollte, sondern sie musste auch an ihr Geschäft denken. Sie konnte nicht einfach den Kittel an den Nagel hängen und den Laden zusperren. Zutiefst betrübt begab sich Michael auf den Heimweg, um das bevorstehende Desaster im engen Familienkreis zu besprechen.

Dabei gestand sich Michael ein, dass es Angelina bei einem Besuch im »kalten« Norden so gar nicht gefallen hatte – und dies nicht nur des Klimas wegen. Für ein paar Wochen war die Trennung ohnehin nicht zu vermeiden, aber er würde entgegen der »Empfehlung« seines Oberstleutnants die Zeit in Portugal nicht mutwillig verlängern. Im Unterbewusstsein hatte er es schon beschlossen – er würde abrüsten. Noch ein paar Monate und dann konnte er sich pensionieren lassen; und genau das würde er tun, um dann mit seiner Frau eine geruhsame Zeit auf Sardinien zu verbringen. Damit wäre auch das Problem der Kinder vom Tisch, die ja hier mit Begeisterung den Kindergarten besuchten.

Für die Jetpiloten hatte das Ministerium eine Sonderregelung geschaffen. Wer mindestens 20 Jahre fliegerisch tätig war, konnte in den frühzeitigen Ruhestand treten. Natürlich nicht mit den ganzen Pensionsansprüchen . 60 % wurden geboten und für jedes weitere Jahr 2 % mehr dazu. Wenn ich also meine 25 Dienstjahre abgesessen habe und später meine Segelschule eröffnen kann, dann sollte ich für die Zukunft ausgesorgt haben.

Und genau das würde er tun. Unabhängig davon liebte seine kleine Sardin ihren Friseursalon mehr, als es dem Herrn Gemahl lieb und recht erschien.

Kapitel 19

Das Leben geht weiter seinen Gang, auch für einen Piloten, dem eine düstere Zukunft am Schreibtisch bevorsteht.

Also lud Michael einige seiner Kameraden und einige der jungen Phantom-Piloten zu einem Abschiedssegeltörn ein. Das Segeln war stets ein willkommener Ausgleich zur Fliegerei im Jet gewesen, bei der man ständig mit voller Konzentration bei der Sache sein musste. Es hat seinen berechtigten Grund, warum Verkehrspiloten nur eine gewisse Anzahl von Flugstunden am Stück fliegen dürfen, und dass Pilot und Copilot sich abwechseln müssen. Nach einer gewissen Zeit lässt die Konzentration nach … niemand vermag das zu verhindern.

Eine leichte Brise vom Festland herüberwehend, spielte leicht mit den Haaren der »Besatzung«. Vollzählig waren die Kameraden Michaels, trotz der frühen Stunde an diesem Sonntagmorgen, am Pier versammelt. Allgemein war die Erwartungshaltung keineswegs unbescheiden … der »Abschiedstörn« sollte jedem in Erinnerung bleiben. Das Gleiten mit einem Motor unabhängigen eleganten Boot war einfach eine Episode, die sich niemals wiederholte, aber eine Entspannung für Geist und Körper brachte, die nicht in Worte zu fassen ist. Stille, nur im Background säuselte die glatte See, verleitet die Männer, in Gedanken zu schwelgen, während sie träge an Deck lagen. Das Boot glitt gemächlich vor der sardischen Küste dahin.

Die Besatzung war aufgekratzt und nahm eine Bemerkung Michaels über die brütende Hitze sofort zum Anlass, die Kardinalfrage zu stellen: »Ich bin Pilot, kein gottverdammter Schinakelfahrer, aber eines weiß ich verlässlich, so eine Barkasse, oder was auch immer, und sei es noch so klein, das Ding muss auf jeden Fall NASS dahinrauschen!«, bemerkte einer der geladenen Gäste lautstark. Michael konterte sofort: »Nur der Ordnung halber, du Ignorant, das ist KEIN Schinakel, sondern ein Boot, verstanden! Ich bin nicht nur ein ausgezeichneter

Kapitän, der sein Schiff auch bei Stürmen noch sicher durch die Meere manövriert, sondern ich habe auch beim Bunkern mein Augenmerk darauf gerichtet, dass ausreichend ›Flüssignahrung‹ an Bord kommt!«

Mehr bedurfte es nicht. In Kürze waren alle Kehlen kräftig benetzt. Um auch äußerlich nicht auszutrocknen, lotste Michael das Boot in eine Bucht, ging dort vor Anker und die Horde sprang ins Wasser.

Es vergingen kaum fünf Minuten und Robert brüllte wie am Spieß: »Meine Fliegeruhr ... sie ist weg, wahrscheinlich ist sie noch zu finden. Michael hast du eine Taucherbrille an Bord?«, er war aufgeregt wie ein Schuljunge, »ich muss die Uhr wiederfinden, ist eine sau teure Breitling!«

Die Kameraden lachten. »Du bist ein schöner Heini, glaubst du, dass du mit einer Taucherbrille ausgestattet, so ein kleines Ding wie eine Uhr hier auf Grund findest? Herr Kapitän, du kennst dich doch hier aus wie in deiner Hosentasche, wie tief ist es hier ungefähr?«

»So ungefähr um die 60 bis 80 Feet ... An sich kein Problem, da ich euch leichtsinnigerweise auch das Überleben auf See beigebracht habe, ist eine Taucherausrüstung samt Sauerstoffflaschen an Bord ... wie heißt es so treffend in Schillers Ballade ›Die Taucher‹ ... Na ja, so wie es bei euch Helden aussieht, werde ich mich wohl selbst ins alles verschlingende Nass stürzen müssen. Doch da fällt mir ein, Markus, du hast ja auch einen Tauchschein, also wirst du mich in die Tiefe begleiten! Und du Robert ... für den Fall, dass wir deine Zwiebel finden, darfst auf deine Kosten den Fehlbestand an Getränken ›Beheben‹ – alles klar!«, der so zum Zahlen Verurteilte nickte in seiner Euphorie begeistert.

Und so geschah es. Lachend katapultierten sich die beiden rücklings über die Rehling in die Tiefe, während Robert zitierte: »Wer wagt es, Rittersmann oder Knapp, zu tauchen in diesen Schlund?«

Die Küste war vielleicht 1 ½ Meilen entfernt – ein Katzensprung könnte man eigentlich denken und annehmen, dass die beiden Taucher auf Grund außer Sand und Müll, der von Touristen achtlos über

Bord geworfen worden war, nichts erwartete – ausgenommen vielleicht eine Breitling.

In bester Feierlaune wartete die »Restbesatzung«, dass auf der Oberfläche zwei Wasserleichen auftauchen würden. Und tatsächlich, kaum eine Viertelstunde war vergangen und ein paar Hände tauchten auf, rasch kam auch der Rest des Körpers an die Oberfläche und der zweite Taucher an das Boot geschwommen. Dicke Luftblasen hatten das Ereignis angekündigt.

Laut lachend hielt Michael Roberts Uhr in die Höhe und rief: »Sauft so viel ihr könnt ... es ist alles frei, wir haben ja eine sauteure Breitling als Pfand!«, ein bisschen schnaufend, allerdings sichtlich zufrieden, kletterten die Taucher an Bord und entledigten sich der Taucherausrüstung. Michael berichtete, was sich da unten abgespielt hatte: »Erst einmal, es war der Markus, der diesen verdammten Wecker gefunden hat ... ihm gebühren Ehre und Finderlohn. Ich muss wirklich sagen ... ein Profitaucher. Nur der Ordnung halber, damit du weißt, was du mit deiner Breitling für einen Dusel hattest. Wir ankern genau über einer Sandbank ... wie eine Insel, wenn uns dieser Zufall nicht geholfen hätte, könntest du dein wertvolles Stück für alle Zeiten abschreiben. Ein paar Meter weiter, wenn wir den Anker geworfen hätten, keine Chance. Aber das ist bei weitem noch nicht alles ... ich habe in der Tiefe etwas Interessantes gefunden«, eine dramaturgische Pause folgte und alles starrte gebannt auf Michael.

»Eine Kiste mit Whiskey? Goldbarren? Nun red schon ... oder scheiß Buchstaben!«, verlangte einer aus der Meute lautstark. Die gesamte Meute drängte nun.

»Ein Wrack!«, erlöste er die Kameraden endlich. Markus, inzwischen mit Bier bewaffnet, lachte hell auf: »Lasst euch nicht veralbern; Wrack, dass ich nicht lache, das ist ein vergammeltes altes Motorboot oder etwas in der Art. Zeitgenossen, die kein Geld für den Liegeplatz haben, entledigen sich ihres Sprit schluckenden Bügelbretts gern auf diese Art«, verkündete der Experte in Sachen Bootversenken fachmännisch. Das Bier ging zwar nicht zur Neige, trotzdem wurde auch Wein und später Härteres inhaliert. Natürlich wurde auch kräftig »Fliegerlatein« gedroschen. Irgendwann kam der verrückte Rust, der mit seiner CESSNA auf dem roten Platz gelandet war, zur Sprache. Dieses Bravourstück war damals unter den Piloten natürlich das Topthema. Selbst die jungen Phantom-Piloten, die grundsätzlich »allwissend« waren und die Technik vergötterten, konnten sich nicht erklären, wie das möglich gewesen war. Gegen die PHANTOM war die CESSNA so etwas wie eine Postkutsche gegen einen Formel 1 Boliden. Michael war einer der Wenigen, die diesen Rust persönlich kannten, und der auch seinen fliegerischen Werdegang verfolgt hatte. Nun gab es kein Entrinnen, die Kameraden bedrängten ihn, die Rust-Story zu erzählen, und Michael ließ sich gern darauf ein.

»Die Kernfrage war nicht die Distanz nach Moskau mit einer CESSNA zurückzulegen, sondern die russische Flug- und Grenzsicherung zu täuschen … und da hatte der Kerl wirklich einen guten Einfall.« Michael angelte sich eine Bierflasche – schließlich war es nicht Sinn und Zweck der Veranstaltung, dass seine Kumpane den gesamten Biervorrat alleine vernichteten. Er köpfte die Flasche und setzte seine Erzählung fort: »Ohne Zweifel gehört diese aufregende Geschichte zu jenen, die, zumindest in der Fliegerei, niemals vergessen werden.«

»Mein Gott, lass die Ausschmückungen … komm endlich zur Sache!«, wurde Robert ungeduldig.

»Entspann dich … wir sind ja hier nicht auf der Flucht … Nebenbei, du musst nicht mit Gewalt saufen … es geht alles auf DEINE Rechnung!« Da brüllten die Kameraden vor Schadenfreude mit Begeisterung … auch Robert selbst und Michael fuhr fort: »Also, der Rust, ich glaube sein Vorname war Matthias, über den sagt man zwar er sei verrückt … mag sein; aber was die Fliegerei angeht, da hat er was auf dem Kasten. Er hat sie ausgetrickst … und zwar alle! Ich kannte den Knaben aus Husum eigentlich bereits in Uetersen.

Heutzutage mit den ganzen hoch technisierten Einrichtungen in den Flugzeugen wie zum Beispiel in der PHANTOM könnt ihr euch das nicht mehr vorstellen, aber schon der Starfighter war in Bezug auf die Hi-Tech-Ausstattung ein Quantensprung. Die PHANTOM allerdings ist da noch einmal hoch zehn. Allerdings war alles, was die Medien damals berichtet haben, Bockmist! Doch die Masse hat ja keine Ahnung und den Quatsch unbesehen gierig gefressen. Ich, da ich ja faktisch Tuchfüllung mit dem Kerl hatte, kenne die Hintergründe genauestens.

Also zurück nach Uetersen – ich habe dort meinen ersten Alleinflug absolviert, heute ist dort der Hamburger Aeroclub angesiedelt. Dort hat der Rust – sein Vater war finanziell ordentlich gepolstert – seinen Pilotenschein erworben. Er hat dann des Öfteren vom Club eine CESSNA gemietet und ist damit irgendwo herumgeflogen, auch größere Distanzen. Es muss, ich glaube irgendwann 1986 gewesen sein, da haben wir uns näher kennengelernt. Wie ich heute weiß, keineswegs so zufällig, wie es den Anschein erweckte. Ich, Michael, ich war kein Engel … wie ihr wisst!« Michael lachte ausdauernd, »bin ich so quasi der Erzengel Michael. Rust besuchte also mit einer Reisegruppe Moskau, das war lange vor seinem Husarenstück, ich denke mindestens ein Jahr früher. Dabei hat er, wie heute klar ist, sich nicht nur für die Ikonenmalerei interessiert, sondern vor allem für Hochspannungsleitungen und ähnliche Dinge. Dass der rote Platz zum Landen für ein Sportflugzeug bestens geeignet ist, war ihm sofort klar geworden.«

Eine Bierflasche fiel jetzt dem Redner in die Hände, und er verleibte sich gleich einen kräftigen Schluck ein, bevor er weiterredete.

»Genau kann ich nicht sagen, wann es war, auf jeden Fall im Frühjahr oder Sommer 1987, da charterte er wieder eine Maschine. Diesmal eine etwas größere mit Zusatztanks. Er gab an, etwa eine Woche wegzubleiben; Skandinavien oder so, das Wetter sei ja prächtig, war seine Rede. Eigentlich interessierte das die Verantwortlichen des Fliegerclubs nicht … bei Rust stimmte die Kasse immer. Jedenfalls wäre niemand auf die Idee gekommen, welchen Unfug er da vorhatte.

Der Flugplan, den er einreichte, gab als erste Destination Sylt an, dann Reykjavik, Dänemark, Schweden und schließlich Helsinki. In Finnland landete er auch wie vorgesehen problemlos. Auch sein nächstes Ziel, Oslo, gab er ganz korrekt bei der Leitstelle in Helsinki an. Doch die schwedische Flugsicherung stellte bald fest, dass da etwas im Busch war, denn der Kerl flog nicht wie angegeben nach Westen, sondern nach Süden – ins sowjetische Sperrgebiet. Alle Versuche ihn über Funk zu erreichen, schlugen fehl – er antwortete nicht, und bald war die Maschine überhaupt vom Radar verschwunden. Der Grund war einfach, aber wirkungsvoll. Rust flog so tief über die Ostsee, dass ihn das Radar gar nicht erfassen konnte … mit etwas Glück hätte er einen Fisch fangen können … ihr kenn ja alle meinen ›Fischfang‹ damals auf Sylt. Jetzt wurde der ›Sonderflug‹ aber interessant. Na was denkt ihr, wie es diesem Bengel gelungen ist, durch die gesamte sowjetische Flugabwehr samt Radarüberwachung unbemerkt bis Moskau zu kommen?«

»Genau, das kapieren wir nicht … das ist faktisch unmöglich, bei solchen Sicherheitsmaßnahmen!«, meinten sie aufgeregt.

Michael nickte verstehend und erklärte: »Man hat tatsächlich lange Zeit gerätselt, wie er das gedreht haben könnte. Die Zeitungsschmierer behaupteten, er hätte ein ›Antiradargerät‹ installiert … So etwas gibt es zwar, aber ganz sicher nicht für ein Sportflugzeug, absoluter Schwachsinn. Doch die Leute haben es halt gefressen.

Der Haudegen bediente sich einfach der guten alten Eisenbahn. Er hängte sich an einen Schnellzug von Leningrad nach Moskau. Da konnte der Radarmensch noch so genau schauen: Zug und Flieger waren nicht zu unterscheiden – am Schirm gab es nur ein Objekt zu sehen. Wenn der Zug in einem Bahnhof hielt, dann drehte er ein paar Runden und flugs ging die Fahrt weiter. Ihr dürft auch nicht vergessen, dass in der UdSSR zahllose kleine Flugzeuge unterwegs waren, die im Auftrag der Kolchosen alle möglichen und unmöglichen Chemikalien über den endlosen Feldern versprühten. Wer kümmert sich da schon um ein Sportflugzeug, das am Radarschirm ja nicht als fremdes auszumachen ist – einen Kampfjet, ja, den hätten sie erkannt und mit Sicherheit auch heruntergeholt, dessen bin ich sicher.

Den Powers mit seiner U2, den haben sie aus 20.000 Metern Höhe abgeschossen ... der Sportflieger Rust, der wurde – für mich nachvollziehbar – nicht ›belästigt‹. So gelangte er unbemerkt bis Moskau und war dann im Nu beim Kreml und konnte unbeschadet am roten Platz landen – eine fliegerische Glanzleistung, zur Nachahmung nicht empfohlen. Resümee: Knast und später Begnadigung unter Gorbatschow. Breschnew hätte ihn sicher nach Sibirien verpflanzt und dort erst einmal vergessen. Jedenfalls war er dann komplett aus der Spur, der Superflieger, und kam auch in Deutschland nicht mehr so recht auf die Reihe.«

Die Männer diskutierten über den Moskauflieger noch länger, bis einer der jungen Phantom-Piloten sich meldete und fragte: »Darf ich euch eine unglaubliche Story über einen unserer Piloten erzählen?« »Nur zu!«, ermunterte die Meute.

»Also Michael, du hast doch einmal davon erzählt, dass einer von euch mit einer FOUGA MAGISTER ohne Sprit vom Bodensee bis Landsberg ›gesegelt‹ ist. Mir hat ein Ami, und ein paar andere haben es bestätigt, verklickert, dass im Vietnamkrieg das Triebwerk einer PHANTOM brannte und sie haben den Vogel tatsächlich in der Luft abgeschleppt! Um die brennende Mühle aus dem Feindgebiet auf das offene Meer zu kriegen, haben sie folgendes gemacht: Die Piloten wollten gerade mit dem Schleudersitz aussteigen und wussten, dass ihnen nun eine harte Zeit in einem nordvietnamesischen Gefangenenlager bevorstand. Keine besonders angenehme Perspektive.« Mittlerweile machte eine Flasche Chivas Regal die Runde, die ständig ausgelassener wurde ... jedoch niemand war sturzbetrunken – noch nicht.

Nach einem kräftigen Schluck erzählte der junge Phantom-Pilot weiter: »In diesem Moment meldete sich der zweite Bomberpilot, der ihrem Gespräch bisher gefolgt war, zu Wort und schlug über Funk vor: ›Fahrt euren Fanghaken aus … wir schieben euch auf die offene See hinaus, dann springt ab, unsere Freunde von der Hubschrauberstaffel fischen euch dann raus und bringen euch in den freundlichen Süden – na Freunde, was ist?‹ Und es gelang tatsächlich! Die zweite PHANTOM zündete den Nachbrenner und bohrte ihre Nase in den Fanghaken der beschädigten Maschine … so erreichten sie im Tandemflug das offene Meer, wo die Helikopter schon auf ihre »Beute« warteten, die sich mit dem Schleudersitz aus der brennenden Maschine katapultiert hatte. Ein paar Stunden später waren die Piloten, die sich schon im Lager der Vietcong gesehen hatten, wieder auf ihrem Flugzeugträger … das war vielleicht ein Bravourstück!«

Wenn Piloten sich Fliegergeschichten erzählen, ist Münchhausen mit seinen Erzählungen auch nicht weit entfernt.

Was planst du eigentlich Michael, wenn deine Segelschule mit dem alten Boot nicht so richtig zum Zuge kommt? Fragte ein sinnlicher Pilot

Ach. Wenn ich so hier die Bierleichen sehe dann wäre ein schwimmendes Beerdigungsunternehmen eine Alternative. Aber lasst uns den Anker lichten und die Heimfahrt beginnen.

Kapitel 20

Während Michael das Boot wieder in seinen »Heimathafen« manövrierte, lagen die »Gäste« kreuz und quer an Deck und ließen sich die untergehende Sonne auf Bauch oder Rücken scheinen.

In Michaels Kopf allerdings formte sich ein Plan … das auf Grund liegende Bootswrack ging ihm nicht aus dem Kopf. »Da muss doch etwas zu machen sein … Touristen auf einem Tauchausflug mit Besichtigung eines Wracks; wenn das kein Knüller war!« Im Hinterkopf spann er den Faden weiter, ein Motorbootführerschein, nicht nur ein Segelschein – das war das Ei des Columbus!

Wenige Tage später tauchte Michael mit anderen Gästen an Bord noch einmal zu dem Bootswrack hinunter. Jetzt konnte er sich mehr Zeit nehmen und die Überreste des Bootes genauer in Augenschein nehmen. Das Wrack lehnte backbord an einem Riff, und schien erst einmal, bis auf die zerborstene Frontscheibe und eine größere Delle auf dem Deck, unbeschädigt zu sein. Nur warum war es dann auf Grund gelaufen? Am Rumpf entfernte Michael mit seinem Handschuh die Algen und wurde bald fündig. Die Registriernummer war ohne Schwierigkeiten zu erkennen. »CA-618-D«. Keine Frage, der Kahn war in Cagliari registriert.

»Na, das ist ja eine leichte Übung – den Eigner werde ich bald wissen«, war Michael überzeugt. Und bereits während des Auftauchens spann er seinen Plan weiter.

Unmittelbar nach seiner Rückkehr an Land meldete er sich, dienstlich adjustiert, beim Marinekommandanten an und bat um eine Unterredung.

Wie immer salutierte der Marinero zackig und sein Chef ließ Michael die obligatorische Wartezeit absitzen. Doch endlich war es dann soweit – Michael wurde mit ausgebreiteten Armen und der Frage: »Bon Giorno Capitano, steht wieder einmal ein Ausbildungstag an?«, empfangen.

»Nein, nein, Commandant, diesmal ist es eigentlich, wie soll ich sagen, ja, es handelt sich im Grunde um etwas Privates.«

»Das ehrt mich, dass Sie sich an mich wenden … bitte treten Sie doch ein.« Der alte Fuchs und Schauspieler hätte sich beinahe selbst übertroffen, so konziliant gab er sich.

Michael schob ein Stück Papier über den Tisch – die Registriernummer des gesunkenen Bootes. »Nun meine Bitte, könnten Sie für mich herausfinden, für wen dieses Boot registriert wurde?«

Der Commandante kniff die Augen ein bisschen zusammen, drehte sich gemächlich um, als wolle er Zeit gewinnen. Seine Finger glitten über zahllose Buchrücken im Regal hinter seinem Schreibtisch, ganz so, als lese er in Blindenschrift die Lettern, die da eingeprägt waren.

»Mein lieber Freund«, es war zum ersten Mal, dass er Michael diese Bezeichnung zubilligte, »wir wissen es beide, im Grunde darf ich Ihnen diese Auskunft nicht erteilen … Was ist denn Ihr Interesse an dem Boot? Haben die wilden Deutschen im Zuge einer Übung möglicherweise das Boot beschädigt und quält euch nun das schlechte Gewissen?«, halb im Scherz halb auch ernst hakte der Kommandant listig nach und grinste mit prüfend, zweifelndem Blick ein bisschen schadenfroh Michaels Reaktion. Er wäre wirklich eine Bereicherung für jede Bühne im Land gewesen.

»Nein, nein ganz sicher nicht … das wäre ja auch keine große Sache … wir sind doch versichert! Es ist wirklich rein privater Natur … ein Freund möchte den Kahn erwerben, und er findet den Besitzer nicht. Niemand scheint zu wissen, wer das ist. Kommandante, das ist doch wirklich »piccoleza«, eine Kleinigkeit für Sie.«

Nun nickte er endlich und es schien, als ob alle seine Zweifel ausgeräumt wären. »Also gut, dann verstoße ich eben für einen guten Freund« – das »auch, wenn er ein Deutscher ist« verschluckte er gekonnt – »gegen die Vorschriften.« Er hauchte einen filmreifen Seufzer, als bräche er erstmalig in seinem Leben eine Regel.

»Nun«, er blätterte konzentriert in einem der Folianten. Dann verging keine Minute und Michael wusste Name, Anschrift und sogar die Telefonnummer des Bootseigners. Der Besuch endete, wie üblich, in der kleinen Bar bei einem Gläschen Frascati.

Eine rauchige Saxophonstimme sprach ein kurzes »pronto«, als Michael die Telefonnummer gewählt hatte.

»Guten Tag ... Herr Cortis?«, vergewisserte sich Michael.

»Wer sind Sie, was möchten Sie von mir?«, die markant tiefe Stimme hob sich etwas, woraus Michael schließen konnte, dass sein Gesprächspartner nicht unbedingt ein umgänglicher Zeitgenosse war.

Doch Michael blieb ganz ruhig, auch wenn es im Bereich des Möglichen lag, dass Signore Cortis von den Neuigkeiten so gar nicht angetan war, und sagte emotionslos: »Ich habe Ihr abgesoffenes Boot gefunden.« Und um zu verhindern, dass Cortis gleich den Hörer auf die Gabel knallte, ergänzte er rasch: »Ich will das Wrack kaufen.«

»Lassen Sie mich mit dem Kahn in Ruhe, nichts als Ärger! Ich schenke Ihnen das Ding!«, echauffierte sich jedoch der Eigner stattdessen.

»Das ist ja sehr freundlich, haben Sie die Papiere?«, blieb Michael am Ball. »In diesem Fall könnten wir uns ja in der Via Roma auf einen Kaffee treffen.«

Und sie trafen sich bereits eine Stunde später in einer Bar am Ufer des Stagno di Molentargius in der Via Guiseppe Mercalli – dort ganz in der Nähe besaß der Eigentümer des Bootes nämlich ein Haus. Bei einer Flasche Vesuvio – einem raren Wein, der nur am Lavaboden des Vesuvs gedeiht – wurden sie sich rasch einig. Cortis war nicht mehr so reserviert, wie zuvor am Telefon und erklärte frei von der Leber weg, warum er sich des Bootes entledigt hatte.

»Wissen Sie, Herr Faber, dieses Boot wurde von einem Achtzylinder-Motor angetrieben ... Sie können sich gar nicht vorstellen, welche Summen da in den Tank geronnen sind. Der Besuch des exklusivsten Fischrestaurants samt Familie und Freunden wäre nicht so teuer gewesen, wie mit diesem angeln zu fahren. Jetzt setze ich mich zum Angeln einfach auf die Kaimauer. Wenn ich das Boot abgemeldet hätte, dann wäre auch noch der Zoll gekommen ... und für den Mercury-Motor hätte ich eine schöne Stange Geldes berappen müssen ... also habe ich den einfacheren und vor allem billigeren Weg gewählt. Übrigens, es ist nur die Dichtung am Boden des Hecks beschädigt ... das ist wirklich eine Kleinigkeit und der Dampfer schwimmt wieder«, pries der Mann das Wrack jetzt auch noch an.

»Den Benzinschlucker ... abgesehen davon, dass dem das Salzwasserbad sicher nicht bekommen ist, brauche ich auch nicht. Ich habe die Absicht, einen kleinen Diesel einzubauen ... ich will das Boot nur zu Schulungszwecken verwenden. Da benötige ich kein Rennboot.«

»Kurz und gut, wenn Sie die Angelegenheit mit dem Zoll erledigen, die Notarskosten übernehmen und den Vesuvio bezahlen ... dann sind Sie Bootseigner, hier sind die Papiere ...«, er übergab Michael einen Umschlag und streckte ihm die Rechte hin, Michael schlug ein und der Deal war perfekt.

»Zur Jungfernfahrt sind Sie eingeladen, mit oder ohne Angel«, legte Michael noch einen drauf. Noch ein paar Gläschen des blumigen Vesuvio und zum Abschied umarmten sich Verkäufer und Käufer bereits wie zwei alte Kriegskameraden nach jahrzehntelangem Wiedersehen.

Kapitel 21

Ein Bergeschiff zu ordern, um das Boot zu heben und es in eine Werft zu schleppen – das wäre nicht nur töricht, sondern auch zu kostspielig gewesen. Die Gedanken Michaels schweiften in eine andere Richtung.

Am Flugplatz des Geschwaders lagen große aufblasbare Gummitanks bereit. Im Falle einer Fahrwerkshaverie, oder hatte der Pilot vergessen das Fahrwerk auszufahren so wurden diese mobilen Tanks schnell unter die Tragflächen deponiert, mit Pressluft aufgeblasen und die Maschine von der Rollbahn zur Werft geschoben.

Zwei dieser Tanks fanden sich nun auf wundersame Weise im Kofferraum von Michaels Auto wieder und gelangten dann mit seinem Segelboot an jene Stelle, an der das Bootswrack auf Grund lag.

In einer beschwerlichen Nachtfahrt, der schwache Motor des Segelbootes stöhnte zweifelsfrei unter dieser ungewohnt schweren Last ,so wie die Flugzeuge zur Werft schleppte Michael das an die Wasseroberfläche getriftete Bootswrack – das noch ein halbes U-Boot war – ans rettende Ufer. Erst in den Morgenstunden erreichte er den Hafen von Cagliari.

Prosecco, ein üppiges Buffet, mit einem Wort ein aufregender Stapellauf fand etwa ein halbes Jahr nach der nächtlichen Bergung statt. Töchterchen Anna nahm die Taufe vor, natürlich hörte das Boot fortan auch auf den Namen ANNA. Schlaue, aber auch lustige Reden wurden gehalten, es wurde gesungen und sogar getanzt. Das frisch überholte Boot stand die gesamte Zeremonie tapfer durch. Es war der Kapitän und Eigner Michael, der diesmal nach Hause geschleppt werden musste.

Die Schiffstaufe wurde zwar allseits gewürdigt, war aber leider doch leichtsinnigerweise ohne den »Burocratiso«, den »Amtsschimmel«, veranstaltet worden. Möglicherweise ein irreparabler Fehler.

»Signore Faber, Sie sind vermutlich ein erstklassiger Pilot, das räumen wir gerne ein, aber eines sind Sie ganz sicher nicht, nämlich ein lizensierter Schiffsbauer. Mi dispiace …«

Michael zog alle Register, legte seinen nordischen Charme in die Waagschale, er kramte in seinem Wortschatz nach jeder nur erdenklichen Schmeichelei, allein es nutzte nichts. Der Ärmelschonerträger blieb beinhart, eine Zulassung des Bootes war »indiscutibile!« – mehr war nicht zu hören. Selbst der Hinweis, dass selbst im gesetzesverseuchten Deutschland jeder ein Boot bauen konnte, ob Pilot, Zahnarzt oder Räuberhauptmann, vermochte die gestrenge Miene des Bürokraten nicht aufzuweichen. Als sich zu Michaels Überraschung auch noch herauskristallisierte, dass dieser Spießer nicht einmal bestechlich war, da zweifelte er ernsthaft an der genetischen Herkunft dieses Philisters.

Nur eines stand auch fest: Aufgeben würde Michael höchstens einen Brief auf dem Postamt, aber niemals eine Sache wie diese. Nicht bei ihm. Nur der Tüchtige und Fleißige hat auch einmal ein Quäntchen Glück, und vor allem frei nach dem chinesischen Sprichwort »Der Vogel sucht den Baum, niemals der Baum den Vogel« muss man auch das Glück suchen, denn auch hier gilt das Prinzip wie bei Baum und Vogel.

So klapperte Michael mehrere kleine Werften in der Umgebung ab und bat um Unterstützung. Doch Erfolg war ihm nirgends beschieden. Die Leute wollten ein Geschäft machen, ein Boot bauen, auch restaurieren, aber nur den Papierkrieg zu erledigen, daran hatten sie kein Interesse.

Auf dem Heimweg, rat- und auch ein bisschen hoffnungslos, sah er noch eine kleine Bootsagentur mit angeschlossener Werkstätte. Doch ein Schild am Eingangstor »di mezzogiorno«, also Mittagspause, komplettierte seine Pechsträhne. Missmutig genehmigte er sich an der einer Tankstelle angeschlossenen Bar einen Coretto. Ungewollt, weil ziemlich laut geführt, wurde er Zeuge eines Gesprächs über Boote. Der Mann von gegenüber, mit gigantischen Ausmaßen, verbrachte seine Mittagsruhe offensichtlich in dieser Bar. Michael empfand es wie einen Wink des Schicksals – er war überzeugt: das war sein Mann.

Er trat an den kleinen Tisch, stellte sich vor und fragte, ob er sich einen Augenblick hinsetzen dürfe. Er durfte. Überdies wusste er, wer Michael war und teilte ihm das auch sofort mit: »Unsere Carolina, sie ist heute 14 Jahre alt, ist leider eine Betroffene der Mittelmeerkrankheit und Sie, Capitano, Sie haben diese Hilfsaktion und die Blutspenderkartei ins Leben gerufen … ich werde Ihnen das niemals vergessen!«

Michael war fast beschämt und hatte jetzt Hemmungen, sein Anliegen vorzutragen. Es war ihm einfach peinlich. Doch der dankbare Vater ließ nicht locker: »Aber bitte, was war denn der Grund, dass Sie sich zu mir gesetzt haben, Sie hatten doch etwas auf dem Herzen.«

Nun klagte Michael doch noch sein Leid und der Zuhörer nickte verstehend.

»Capitano … wie konnten Sie nur, hätten Sie gesagt, ich habe das Boot renoviert, neu lackiert, anderer Motor oder was auch immer … aber eine Neuzulassung! Kein Wunder, dass der Inspektor das abgelehnt hat. Aber ich werde es hier und nicht in Cagliari noch einmal versuchen … ich kenne die Pappenheimer. Geben Sie mir die Unterlagen. Und unterstehen Sie sich, hier im Lokal zu bezahlen. Sie sind mein Gast, das ist ein Befehl!«, lachte der Bär und legte seine Tatzen auf den Umschlag mit den Bootspapieren.

Kapitel 22

Mit wässrigen Augen legte Michael, Hauptmann Michael Faber, seinen Pilotenschein auf den Tisch des Staffelkommandanten. Doch damit nicht genug, auch der Abschied von den Kameraden fiel ihm schwer – auch vom Flugplatz Decimomanno, auch den würde er wohl kaum jemals wiedersehen. Im Hafen werkte bereits sein Nachfolger und bereitete eine Seenotübung vor. Er versprach, auf Michaels private »Bootsflotte« acht zu geben.

Das Härteste allerdings war die Trennung von der Frau und den Kindern. Die Mädchen besuchten die deutsche Schule in Cagliari. Die Sprache und die akkurate deutsche Pünktlichkeit fiel ihnen dort am sichtlich schwersten. Insbesondere Letzteres ist im italienischen Dunstkreis ebenso unbeliebt wie unbekannt.

Mit sichtlichem Grausen meldete sich der sonnengebräunte Michael in seiner neuen Dienststelle, einem grauen, trostlosen Neubau in Köln. Zweck des Monstrums war die Beherbergung der sogenannten Flugunfallskommision – eine »Tintenburg« wie sie im Buche steht.

Kaum hatte er sein Büro betreten, da »belästigte« ihn auch schon ein Oberst.

»Hauptmann, hier ist die Akte zu einem Auftrag, den Sie bitte übernehmen.« Allein bei diesem Vorgang lief es Michael schon kalt über den Rücken. »Begeben Sie sich zur Firma Auto-Flug in Hamburg. Dort werden die Schleudersitze und sonstiges Rettungsgerät für die Luftwaffe produziert und falls erforderlich auch repariert. Es ist unsere Pflicht, die dortigen Abläufe detailliert zu beobachten beziehungsweise zu beurteilen.« Ein paar gute Wünsche zum Einstand und weg war er, der Herr Oberst. Zweifelsohne brachte Michael reichlich Erfahrung in all diesen Dingen mit; schließlich waren das Angelegenheiten des täglichen Brotes eines Jet-Piloten und damit erst recht deren Ausbilder. Nichtsdestoweniger er war zwar ein »Schrauber«, aber kein Konstrukteur oder Ingenieur – doch er nahm sich vor, sein Bestes zu geben. In der Praxis stellten sich da jede Menge Fragen, die Michael sofort einfielen. Liegt eine havarierte Maschine zertrümmert auf der Erde, dann eilen Rettungskräfte zu Hilfe. Die erste Frage, die sich stellt ist, ob der tote Pilot auf seinem Sitz angegurtet oder eingeklemmt ist. Wie erfahren ist der Retter? Achtet er darauf und ist es für ihn erkennbar, ob der Schleudersitz scharf ist? Die Rettung ist nicht nur eine unangenehme Aufgabe, sondern auch eine bedrohliche. Wenn sich der Schleudersitz dabei aktiviert, kann es gut und gern eine zweite Leiche geben. Nicht jeder war bereit, dieses Risiko einzugehen – dabei war es von entscheidender Bedeutung, wie der Mechanismus konstruiert und letztlich technisch in der Produktion umgesetzt worden war. Die Abneigung zu helfen war daher nur verständlich, wer wollte schon an so einer Zeitbombe arbeiten und dabei mit einem toten Kameraden permanent auf Tuchfühlung sein?

Bald fand er die Arbeit interessant und stürzte sich mit Begeisterung in sein neues Betätigungsfeld. Hauptsächlich autodidaktisch eignete er sich die erforderlichen Kenntnisse an und ging mit Hausverstand und dem nötigen Know-how an die Sache heran. Verschiedentlich setzte er Modifikationen – und niemand kam auf die Idee, seine Kompetenz in Frage zu stellen!

Allerdings gab es einen anderen Bereich, der Michael Sorge bereitete: die allgegenwärtige Bürokratie. Zwar stand ihm Oberleutnant Schuster als Adjutant zur Seite und nicht zu vernachlässigen die Frau Trude – kurz, die Schreibliesl. Eine waschechte Kölnerin, etwas ausgeprägt in der Optik, aber eine Seele von einer Frau. Nicht nur die Schreibmaschine beherrschte sie, auch die sonstige Versorgung, vom Kaffee aufwärts, händelte sie bravourös. Mental herrschte bei ihr grundsätzlich immer der Karneval – schlechte Laune oder Ressentiments gab es nicht und das färbte auf alle Beteiligten ab. Dabei hatte sie den Ganzen »Saftladen«, wie sie den Dienstbetrieb gerne nannte, fest im Griff – und wenn man es recht betrachtete, Untergebene und Vorgesetzte ebenso.

Michael war kaum zwei Monate in »Amt und Würden«, da kündigte sich ein hoher Besuch aus dem Nahen Osten an. Ein »Sgen Aluf«, vergleichbar mit einem Oberst im Generalstab. Der Zro'a HaYabasha, kurz MAZI (israelische Armee) war angesagt. Er war der Protagonist des Meetings, andere hohe Offiziere aus der NATO waren ebenfalls eingeladen. Der Israeli würde über ein absolut neuartiges Ortungssystem berichten, da die Israelis unbestritten zu den führenden in Bezug auf militärische Belange gelten, denn hier gilt *size does matter* nicht.

Niemand weiß, ob es gottgewollt war, doch wie auch immer, der nicht allzu beliebte Oberstleutnant Meier aus Husum, nunmehr zum Oberst avanciert, war jetzt der Vorgesetzte von Hauptmann Michael Faber. Wenn er vielleicht auch sonst nicht besonders viel auf dem Kasten hatte, der Herr Oberst, aber nachtragend war er. Er konnte die Ziegengeschichte einfach nicht vergessen … und er ließ keine Gelegenheit aus, um sich zu revanchieren – und dabei führte er keineswegs eine feine Klinge. Und der Adressat seiner Grobheiten konterte stets gekonnt auf Augenhöhe.

Michaels Büro war provisorisch zu einem Konferenzzimmer umfunktioniert worden. Alle Teilnehmer, Oberst Meier natürlich in »Front«, betraten den Raum und Michael begrüßte die zwölfköpfige Delegation militärisch kurz. Oberleutnant Schuster, als Adjutant, derzeit auf Urlaub hatte den »Befehl«, täglich dafür zu sorgen, dass die BILD-Zeitung zwecks Aufrüstung des Wissensstandes des Obersten in aller Herrgottsfrüh auf dessen Schreibtisch lag. Wegen Schusters urlaubsbedingter Abwesenheit fiel diese verantwortungsvolle Aufgabe nun Michael zu. Der hatte jedoch am Tag des Meetings andere Sorgen, als das »Dokument«, den Namen des gedruckten Elaborates nahm man nur ungern in den Mund, zu besorgen. Mit der BILD ist es wie mit dem Bordell, millionenfach vorhanden, aber keiner gibt zu, es zu benutzen.

Die gute Fee namens Traudl kredenzte Kaffee und selbstgebackene Plätzchen, ein heimeliger Duft verbreitete sich in der ansonsten trockenen Amtsstube. Hingegen rügte der Oberst erwartungsgemäß sofort das Fehlen besagten Blattes vor den versammelten Konferenzteilnehmern: »Hauptmann, ich vermisse das heutige Dokument!«

Michaels Rechtfertigung ließ den Meier kurz erröten: »Bedaure, Herr Oberst, aber die Bildzeitung war heute um 07:30 Uhr bereits gänzlich ausverkauft. Für Ersatz wird gerade gesorgt!«

Dass die Zeitung wohlverwahrt in seiner Aktentasche lag, verschwieg Michael vornehm … er war im Zuge der Ereignisse nur nicht mehr dazu gekommen, die Gazette auf den Schreibtisch des Obersten zu legen.

Natürlich eine dreiste Lüge, aber der Zweck heiligt bekanntlich die Mittel. Beim Mittagessen im Offizierskasino nutzte Meier die Gelegenheit und stieß Michael gegen den Fuß: »Faber, das heute Morgen, da können Sie versichert sein, das vergesse ich nicht … das wird Folgen haben!«

Michael setzte nur kurz ein süffisantes Lächeln auf und bemerkte: »Lieber Herr Oberst«, bei dieser Ansprache zogen sich Meiers Eingeweide bereits zusammen, »damit kann ich leben. Ich habe Sie in Husum ja auch schadlos überstanden!«, seine Rückenfront präsentierend, entfernte sich der Hauptmann von seinem Oberst, der es nicht lassen konnte und zischte: »In Ihrem Dienstzeugnis werde ich Ihre andauernden Frechheiten entsprechend würdigen!«

»Sehr gut, ach ja, und da vergessen Sie dabei bitte nicht, auch die Belobigung durch General Steinhoff zu erwähnen, wenn Sie sich mit dem Schrieb schon solche Mühe geben!«

Jetzt allerdings schwieg er, der Oberst, wenngleich sein Blutdruck sichtbar angestiegen war.

Die restlichen Wochen bei der Luftwaffe, am Boden in Köln, waren nicht unbedingt ein Honiglecken für Michael, dafür sorgte schon sein Vorgesetzter. Doch Michael besaß ein dickes Fell – und was in seinem Dienstzeugnis stehen würde, das kümmerte ihn eigentlich wenig – er hatte nicht vor, noch einer unselbstständigen Beschäftigung nachzugehen.

Kapitel 23

Endlich war es soweit, lange genug hatte er sie missen müssen, seine Angelina. Jetzt war sie gekommen. Er, Michael, bewohnte eine unpersönliche abgewohnte Wohnung am Stadtrand von Köln. Kein gutes Entree, aber es war auch nur für kurze Zeit. Angelina hätte die Möglichkeit gehabt, einen kostenlosen Deutschkurs – extra von der Armee für Angehörige, die mit fremdsprachigen Partnern verheiratet waren, eingerichtet – zu besuchen. Doch ihr stand der Sinn nicht nach lernen.

Es dauerte nicht lange und sie hatte eine italienische Familie – zu allem Überfluss aus Sardinien – gefunden. Die Morganis betrieben eine Eisdiele, und das mit ziemlichem Erfolg.

Michael konnte es nicht fassen. »Was treibst du den ganzen Tag in dieser Lokal?«, fragte er verständnislos.

»Was denkst du? Soll ich mich auf deinem Deutschkurs dumm und dämlich ärgern? Ich habe kein Gefühl für diese harte Sprache. Und in vier Wochen kann sowieso niemand Deutsch lernen – das bringt nichts außer Frust für mich!«, protestierte sie mit mediterraner Vehemenz energisch.

Was sollte Michael da noch einwenden? Er fügte sich den Wünschen der Frau Gemahlin, die munter weitererzählte: »Die ganze Familie wird in nächster Zeit nach Sardinien zurückkehren … der Eissalon hat ab 1. Januar schon einen neuen Besitzer. Eigentlich sind sie nur noch hier, weil Graziella, ihre ganz entzückende Tochter, in einem der besten Salons von Köln als Friseurin arbeitet und vertraglich noch bis Ende des Jahres gebunden ist. Und damit du es als erster erfährst … ich habe sie für meinen Salon engagiert!«

Michael konnte nur den Kopf schütteln. Er hatte sich erhofft, dass Angelina den Deutschkurs besuchen würde, während er in der Tintenburg seine Zeit absaß und die Freizeit gedachte er mit seiner Frau zu verbringen – doch die hatte anderes mit ihm vor, wie er in einem Atemzug erfuhr.

»Wir dachten überhaupt, dass ihr euren Umzug nach Sardinien gemeinsam planen und abwickeln könnt. Da fällt mir ein … es wäre sicher von Vorteil, wenn du mich am Abend nach Dienstschluss dort aufsuchen könntest, da lernt ihr euch kennen und ihr könnt ausloten, ob das mit dem gemeinsamen Umzug Sinn macht«, schloss Angelina ihre »Befehlsausgabe« ab.

Das abendliche Treffen war wirklich ein Erfolg, Michael und die Familie Morgani besaßen die gleiche Chemie – sardisch eben. Und Michael machte kein Hehl daraus; Graziella war wirklich – und das in jeder Hinsicht – eine Wucht und das gab er ehrlich zu. Abgesehen von dem Umstand, dass sie neben Italienisch und Deutsch auch fließend Englisch sprach – für Angelinas Salon ohne Zweifel ein unbezahlbarer Glückstreffer.

»Michael, wann ist denn Ihre Dienstzeit hier in Köln beendet? Wann haben Sie Ihren Umzug geplant?«, wollte Vater Mario wissen.

»Ich beende meine Dienstzeit Anfang Oktober – mein Zeug wollte ich dann eben in den folgenden Wochen versenden. Geplant war von mir, einen Kleinlastwagen anzumieten.«

»Das trifft sich zeitlich gut ‚wir schließen den Eissalon am 30. September. Bleiben dann aber noch etwa 2 – 3 Wochen hier, um den neuen Besitzer einzuführen. Aber mit einem Kleinlastwagen können wir nichts anfangen. Wir haben jede Menge an Hausrat, Eis- und Kühlmaschinen; vielleicht eröffne ich in Sardinien doch noch eine kleine Eisdiele.«

Hier unterbrach Frau Morgani brüsk: »Unterstehe dich, dann lasse ich mich nach 30 Jahren Ehe scheiden, nichts da!«

»Ja, ja, ich weiß«, er nahm das Gezeter nicht ganz ernst und wandte sich wieder Michael zu. »Ich wollte einen Eisenbahnwaggon chartern – reichlich Platz und über das mögliche Gewicht brauchen wir erst gar nicht zu reden.«

»Möglich, aber über den Preis schon … kostet vermutlich ein kleines Vermögen!«

Herr Morgani lachte.

»Ja, das dachte ich auch, aber ich habe mich erkundigt. Sie werden staunen, denn Köln – Genua – Livorno, alles inklusive, kostet genau 3.000,00 Mark! Und Ihr Lastwagen samt Fahrer, Tagegeld und den ganzen Schmus? Ich sage es Ihnen … mindestens das Doppelte, wenn das überhaupt reicht!«

Michael war tatsächlich mehr als erstaunt – kein Wunder, dass die Bahn jährlich ein Milliardendefizit einfuhr, doch das war nicht sein Problem. »Also wenn das stimmt, dann beteilige ich mich mit der Hälfte. Allerdings brauche ich nicht mehr, als ein paar Kubikmeter – so eine Art Beiladung.«

Ein paar Stunden später duzte man sich und auch bezüglich des Umzuges war alles in trockenen Tüchern. Michael war heilfroh, dass er sich nun um diesen Part nicht mehr kümmern musste.

Kapitel 24

25 Jahre. Ein Vierteljahrhundert; ein Gutteil des Lebens. Diese Zeitspanne hatte Michael nun bei der Luftwaffe gedient. Die Zugfahrt nach Hamburg, die Streiche und Episoden des Alltags, all das erschien ihm als sei es gestern gewesen. Seine Gefühle zum unmittelbar bevorstehenden Abschied waren ambivalent – zum einen die Vorfreude auf ein unbeschwertes Leben auf Sardinien: Frau, Kinder, Segelschule und die fünf Sinne in der Sonne braten lassen, zum anderen die spannende Fliegerei, die jetzt wohl endgültig der Vergangenheit angehörte. Selbst kleine Störfaktoren wie ein Oberst Meier, vermochten die schönen Erinnerungen an die im wahrsten Sinne des Wortes beflügelten Stunden nicht zu zerstören. Die faszinierenden Bilder, die man nur aus einem Cockpit erhaschen kann, die Streiche mit den Kameraden, all diese Dinge waren nun graue Vorzeit. Das Gespräch mit dem Schriftsteller Konsalik, der inzwischen übrigens den Bestseller »Mayday«, eine spannende Flieger-Story, geschrieben hatte, wurde ebenfalls lebendig und lief vor Michaels geistigem Auge noch einmal ab.

»Ich habe an keinem Krieg teilgenommen, Herr Konsalik!«, murmelte er an die Worte des Autors denkend und sprang mit seinen Gedanken zu einer anderen Sache, die ihn am Rande auch beschäftigte. Sein Abschied. Am unkompliziertesten würde es sicherlich sein, die Kameraden ins Offizierskasino einzuladen.

»Und den Herrn Oberst Meier auch«, grinste er, »einmal hat jede Vendetta ihr Ende, egal wie berechtigt die Gründe für diese Blutrache sind!«

Just in diesem Moment ging die Tür des Büros auf, und da stand er: Oberst Meier.

»Hauptmann, Sie müssen nach Griechenland – sofort. Auf Korfu ist eine F 104 von uns havariert. Die TRANSALL ist startbereit. Die Techniker sind bereits auf dem Weg zur Maschine, man wartet nur mehr auf Sie! Ja, damit sind Sie ja wieder in Ihrem heiß ersehnten

Mittelmeer ... viel Vergnügen«, und weg war er – und Michael zehn Minuten später auch.

Eine knappe Stunde später war die Flugunfallkommision unter Hauptmann Fabers Führung, obwohl auch ein Major mit von der Partie war, in der Luft. Major Schulte galt als einer der erfahrensten Piloten am Starfighter bei der Luftwaffe und sein Urteil: »Ich kenne den Oberleutnant Platzek, er hat die Maschine geflogen, an sich ein eher besonnener Mann.«

Die TRANSALL schaffte knappe 350 Meilen/h. Michael überschlug, dass die Flugzeit für die 1.600 Meilen knappe fünf Stunden betragen würde und suchte sich, soweit dies in diesem »Gerät« möglich war, eine bequeme Position. Doch erst einmal war nichts mit einem Nickerchen. Ein Techniker übergab ihm einen ersten, lückenhaften Bericht über den Absturz.

Ein Starfighter war auf dem Flugplatz von Kerkyra über die viel zu kurze Landebahn hinaus geraten und anschließend in einem Teich gelandet. Der Pilot lebte – das war wenigstens eine freundliche Nachricht. Es waren sich alle einig, dass diese Geschichte bereits jetzt seltsam klang, man würde sehen. Erst einmal war man nur gespannt und harrte der Dinge.

Die Sache warf mehrere Fragen auf: Erstens, warum landete ein Starfighter auf einem Zivilflugplatz? Zum Zweiten war auf jeden Fall bekannt, dass die Landebahn in Kerkyra um Längen zu kurz für eine Landung mit diesem Flugzeugtyp war und darüber hinaus gab es auf einem Zivilflugplatz niemals eine Hakenfanganlage mit der ein Starfighter bei zu kurzer Landebahn, wie auf einem Flugzeugträger, abgebremst werden kann. Warum war das alles geschehen?

Das Bild, welches sich ihnen schließlich bot, hätte aus einem Katastrophenfilm stammen können. Die Maschine lag mit einem Neigungswinkel von etwa 40° in einem mehrheitlich aus Schlamm bestehenden Tümpel einer Lagune. Nur das Heck und das Leitwerk ragten aus dem Dreck heraus.

»Mein Gott, wie ist der Pilot da nur herausgekommen?«, fragten sich die Mitglieder der Unfallkommission, die über dieses Bild staunten – so etwas hatten auch die ältesten Mitglieder der Kommission noch nicht gesehen. Der Kommandant der Feuerwehr vor Ort wusste genaueres und berichtete über einen Dolmetscher.

»Der Mann hat noch unter Wasser den Schleudersitz betätigt. Hier«, er zeigte auf eine Gebüschansammlung, »haben wir ihn aufgefunden und aus den Gurten geschnitten. Wir haben ihn, obwohl er behauptete ihm fehle nichts, ins Krankenhaus von Korfu gebracht. Die Ärzte meinten, dass der Kerl mit dem Schrecken davongekommen sei. Er ist nur noch zur Beobachtung in der Klinik.«

»Das ist ja wirklich ein Ding«, Michael war perplex. »Ein Unterwasserausstieg mit dem Schleudersitz, totaler Wahnsinn … ich muss mit dem Knaben reden – sofort. Fahrt mich in dieses Krankenhaus. Hier kann ich ohnehin im Augenblick nichts tun!«

Die Techniker trafen bereits die ersten Vorbereitungen für die Bergung der Maschine, oder besser, deren traurigen Rest.

Ein Fahrer und ein Wagen waren sofort aufgetrieben und Major Schulte rief: »Faber, ich begleite Sie … ich bin wirklich neugierig, was Platzeck erzählt, warum er überhaupt auf einem Zivilflughafen landen wollte. Warum er im Teich endete, darüber müssen wir ja nicht groß spekulieren! Das liegt ja auf der Hand.«

Kopfschüttelnd kletterte der Major ins Fahrzeug.

Das Krankenhaus war eher ein etwas zu groß geratenes Krankenrevier – sehr übersichtlich und jeder vor Ort war sofort im Bilde, worum es ging. Eine Crashlandung war hier nicht alle Tage zu sehen. Der Kaffee war türkisch, das vor allem weibliche Personal jung und hübsch und das Englisch gewöhnungsbedürftig. Doch man »raufte« sich zusammen. Eines war unbestritten, Platzeck hatte ein Riesenschwein gehabt. Ein paar Schrammen, ein etwas größerer Schreck und das war es auch schon.

»Nur wegen der Wirbelsäule, zur Vorsicht. Wirklich nichts Gefährliches, aber wenn er nach Deutschland transportiert werden soll, dann nur liegend!«, darauf bestand der Arzt.

»Das sind ja gute Nachrichten, aber jetzt bitte Doktor, lassen Sie uns bitte mit dem Helden sprechen.«

Im Krankenzimmer lag Oberleutnant Platzeck in einem schneeweiß bezogenen Bett, die Farbe passte hervorragend zu seiner Hautfarbe und der neuen Haarfarbe.

»Gott zum Gruße, Herr Kamerad!«, der Major begrüßte seinen »Helden« mannhaft scherzend. »Hauptmann Faber, er leitet die Flugunfallkommission, und ich, wir sind gekommen, um Sie abzuholen. Der Arzt meint, es sei kein Problem Sie liegend zu transportieren. Ich glaube auch, dass Sie zu Hause besser aufgehoben sind.«

»Ja, das wäre ganz toll, ich will auf jeden Fall so schnell wie möglich zu meiner Familie!«

»Na ja, das Endergebnis haben wir bereits gesehen …«, der Major wollte auf keinen Fall den Eindruck erwecken, dass er ein Verhör führen würde, abgesehen von dem Umstand, dass der Mann sichtlich noch unter Schock stand. Jedoch begann der ganz von sich aus zu berichten: »Beim Start in Kreta verlief alles problemlos, ich erreichte die Flughöhe und wollte den Nachbrenner deaktivieren. Da bemerkte ich Störungen an der Schubdüse!«, er unterbrach kurz und hustete, das bereitete ihm allerdings sichtlich Schmerzen. Ganz so ohne war die Sache doch nicht abgelaufen, das war nun offensichtlich.

»Das Handbuch ist da eindeutig«, fuhr er nach einer kleinen Verschnaufpause fort, »den nächsten, möglichen Landeplatz ansteuern und landen. Das war eben Korfu, also bin ich runter, war ja schon auf 7000 Fuß abgesackt, richtig gesegelt. Das ging auch besser als erhofft. Doch dann, die Bremsen sind leider nicht die besten, dann das Gewicht der fast vollen Tanks dazu … da war die Katastrophe perfekt. So endete die Landung schließlich in diesem Bach.«

»Verstehe«, mischte sich Michael ein, »aber bitte WIE sind Sie rausgekommen?«

»War eigentlich ganz einfach … dachte ich wenigstens. Es war mit einem Schlag verdammt finster um mich, dazu die wirklich sehr unangenehme Schräglage. Allzu tief kann der kleine Fluss ja nicht sein, sagte ich mir. Sauerstoff war auch ausreichend vorhanden, also kein Grund zur Panik. Ich aktivierte meine Schwimmweste , nachdem ich mich abgeschnallt hatte und wollte das Kabinendach über das Notsystem absprengen … das hat aber nicht geklappt. Anscheinend war der Außendruck mit dem Schlamm zu hoch. Die Kartuschen zündeten, aber das Kabinendach hob sich nur wenig an … jetzt begann die Scheiße. Wasser, viel mehr Schlamm, drang in die Kabine ein. Auf die Feuerwehr warten? Bis dahin war ich vermutlich schon abgesoffen – da blieb mir nur die Option mit dem Schleudersitz. Dazu musste ich mich wieder anschnallen. Das war nicht ganz einfach, doch das ansteigende Wasser machte mir Beine! War wirklich unheimlich anstrengend in der Schräglage. Ich setzte einen letzten Hilferuf ab und dann zog ich den oberen Abzugsgriff. Das gab vielleicht einen Knall! Der Schall konnte ja nicht weichen.«

»Und dann?«, kam es wie aus einem Munde von Schulte und Faber.

»Ja und dann … ich flog samt dem Sitz durch das Kabinendach und landete an der Wasseroberfläche. Zuerst war ich richtiggehend geblendet. Erst jetzt sah ich, dass die Feuerwehr bereits hier war … aber es war eben die Feuerwehr und nicht die Wasserrettung. Sie standen mehr oder weniger hilflos am Ufer und ich schwamm angeschnallt mit meinem Sitz auf dieser elenden Brühe.«

»Mussten Sie an Land schwimmen?«, wunderte sich der Major.

»Nein, wie auch, ich war ja angeschnallt … aber da kam einer, ich glaube ein Fischer mit einem Schlauchboot … so haben Sie mich an Land gebracht und in einem Gebüsch so quasi abgeladen. Und jetzt bin ich hier …«

»Ja, sie hätten es auch schlimmer treffen können … mit einem Leichenschauhaus beispielsweise. Übrigens meine Gratulation, Sie haben den zweihundertsten Starfighter versenkt … im besten Sinn des Wortes.«

»Ehrlich gesagt, ich bin den Griechen natürlich dankbar, dass Sie mich rausgefischt haben, aber ist es nicht sonderbar. Ein Flugplatz, rundherum diese Kloake und dann kein Boot vor Ort?«

»Ich bitte Sie, Herr Oberleutnant«, wandte Michael ein, »so ein kleiner Flugplatz, schauen Sie sich nur die kurze Runway an ... was denken Sie, gibt es da an Rettungsequipment? Aber eines würde mich brennend interessieren, haben Sie bemerkt, ob das Raketenpaket unter dem Sitz funktioniert hat, hat es gezischt, gefeuert?«

»Das glaube ich kaum, die Dinger waren genauso nass wie ich, die Kabine stand ja mindestens einen halben Meter unter Wasser!«

Michael nickte und bemerkte trocken: »Wäre Ihnen sicher nicht gut bekommen. Wenn sie funktioniert hätten, dann wären sie ungefähr 50 Meter durch die Luft geschleudert worden. Abgesehen von der geringen Höhe, der Schirm hätte sich niemals geöffnet bei all dem Dreck. Das war großes Glück ... bei allem Unglück, Oberleutnant. Ich mache mich sofort auf den Weg, um die Raketen zu entschärfen, bevor der Bergemannschaft noch etwas zustößt. Kann sein, dass die scharf sind, wenn das Zeug getrocknet ist. Das muss ich unbedingt verhindern, nicht dass jetzt, wo alles glimpflich abgelaufen ist, noch jemand zu Schaden kommt!«

Der Major wandte sich vor dem Gehen nochmals an den Glücks- und Pechvogel: »Sie haben auf jeden Fall in dieser prekären Lage die Nerven behalten und das absolut Richtige getan, meine Anerkennung. Und in ein paar Tagen fliegen wir Sie nach Koblenz in die Heimat an den ehelichen Herd!«, lachte Schulte. Dann fügte er noch hinzu: »Ich hoffe, dass wir in zwei bis drei Tagen die Arbeit an der havarierten Maschine, damit meine ich die Bergung, abgeschlossen haben ... Hauptmann Faber und ich, wir kümmern uns derweilen schon um den ganzen Papierkram ... also ein bisschen Geduld, wir werden das Kind schon schaukeln«, beruhigte der Major den angeschlagenen Piloten.

Auf der Fahrt zurück zum Unfallort fragte der Major den Hauptmann: »Haben Sie eigentlich den Starfighter einmal geflogen?«

»Nein, als Pilot niemals … ich war nur Kutscher auf der Fiat G 91. Aber als ich die letzte GINA in Portugal abgeben musste, da beschlich mich doch ein wenig Wehmut. Eine wirkliche Überraschung war jedoch, dass mich der Kommandant von Deci persönlich mit einer TF 104 (zweisitziges Starfighter Schulungsflugzeug) in Beja abholte und nach Sardinien flog. Das war eine sehr nette Geste fand ich. Nebenbei, es war mein letzter Flug in einem Düsenjäger … dann kam Köln mit seinen Bürohengsten … und jetzt sind wir hier gelandet. Wird wohl mein letzter Auftrag gewesen sein, den ich für die deutsche Luftwaffe ausgeführt habe. Diese Geste betrachte ich als Abschiedsgeschenk – ich denke, so war es vom Kommandanten auch angedacht.«

Michael schwieg einen Moment und ließ die Zeit noch einmal an sich vorbeiziehen. Auch der Major schwieg und wartete bis Michael den Dialog wieder aufnahm.

»Es ist schon bezeichnend, dass so viele Kameraden ihr Leben lassen mussten, bis der Starfighter endlich mit dem modernen Schleudersitz von Martin Baker ausgerüstet wurde – ohne den wäre der Platzek vermutlich abgesoffen wie eine Maus …« Dem stimmte der Major zu und Michael ergänzte: »Wenn wir ankommen, werde ich mich sofort mit dem Sitz beschäftigen. Die Raketen müssen raus … wäre ja ein Witz, wenn jetzt noch jemand zu Schaden käme. Dieser Sitz gehört ins Museum – als Aushängeschild meine ich!«

Kapitel 25

Michael hatte sich in Schale geworfen und seine beste Uniform angezogen. So meldete er sich beim Oberst, um den Unfallbericht vorzulegen und sich gleichzeitig zu verabschieden.

Der Oberst war außergewöhnlich konziliant und kehrte keinesfalls den Vorgesetzten heraus.

»Möchten Sie nicht doch vielleicht eine Wehrübung an Ihre Dienstzeit anhängen. Sehen Sie, Herr Faber«, Michael konnte sich nicht erinnern, dass Meier ihn jemals anders als mit Hauptmann angesprochen hatte, »wir haben bedauerlicherweise schon wieder einen neuen Unfall zu untersuchen. Leider fehlt es uns an einem adäquaten Nachfolger für Sie … Ihr Adjutant, der Oberleutnant Schuster, nimmt sich zur Zeit der Sache an.«

Erwartungsvoll sah der Oberst seinem Hauptmann in die Augen, doch der war nicht willens, dem Vaterland noch länger zu dienen – er hatte sich geistig schon verabschiedet und seine Gedanken weilten schon auf Sardinien, bei Familie und den künftigen Aufgaben.

»Tut mir aufrichtig leid, Herr Oberst, aber ich habe schon anders disponiert … und ich habe Oberleutnant Schuster, den ich nebenbei bemerkt für sehr kompetent halte, alles erläutert, was ich weitergeben konnte. Das Entschärfen des Schleudersitzes beherrscht er zweifelsfrei besser als ich – und das Verfassen von Berichten geht ihm auch leichter von der Hand als mir.«

Der Oberst nahm dies enttäuscht zur Kenntnis und Michael ergänzte seine Entscheidung noch mit den Worten: »Jeder Mensch ist ersetzbar … rückblickend betrachtet, würde ich heute auch so manches vielleicht anders entscheiden, wer kann das schon genau sagen. Allerdings will ich nicht verhehlen, dass ich im Laufe meiner Dienstzeit auch sehr schöne und gelegentlich auch besinnliche Stunden erlebt habe.«

Michael ging nicht näher darauf ein, doch der Oberst dürfte die kleine Spitze wohl verstanden haben, wenngleich er in diesem Augenblick versöhnlich gestimmt war.

»Bei dieser Gelegenheit, darf ich Sie, Herr Oberst, morgen Abend zu einem kleinen Umtrunk anlässlich meines Ausscheidens aus dem aktiven Dienst ins Kasino einladen?«

Der Oberst kam, und die beiden »Streitparteien« begruben ihre diversen Differenzen der Vergangenheit und verabschiedeten sich als gute Kameraden.

Kapitel 26

Die Sonne war gerade einmal über den Horizont geklettert – da war er auch schon da, der »Eismann«, und klingelte Sturm an Michaels Wohnungstür. Der Umzug wurde vom Patrone Morgani eingeläutet.

»Auf geht's Kamerad Schnürschuh! Die Deutsche Bahn gibt uns zwei Tage Zeit, den Waggon zu beladen. Der steht bereits auf einem Nebengleis am Bahnhof Porz-Wahn.«

»Aha, Wahn wie Wahnsinn«, erläuterte Michael lachend und bat seinen Umzugspartner Mario in die Wohnung.

»Schau, ich habe nur ein wenig Hausrat … einzig und allein das Piano, auf das müssen wir achten. Wenn von dem Geschirr etwas zu Bruch geht, egal. Irgendwann heiraten sowieso unsere Töchter, dann kommen die Scherben gerade recht. Wenn wir überlegt laden, dann hat mein ganzer Kram auf deinem Minisprinter auf einmal Platz.« Michael verwies auf ein paar aufgestapelte Kartons und erklärte stolz: »Ich habe schon alles verpackt!« Dabei griff er mit Elan nach einem Karton … und prompt brach der Boden der Box durch – die ersten Scherben waren fabriziert. Klirrend fielen ein Dutzend Teller auf den Boden.

»Das kann ja heiter werden! Hoffentlich stimmt das mit dem Glück«, schüttelte Mario den Kopf und suchte eine Handschaufel samt Besen.

»Herr Hauptmann, hast du überhaupt eine Hausratversicherung, denn wie ich das sehe, werden wir die dringend brauchen.«

»Na klar hab ich eine Versicherung! … und wir melden die Teller auch als Schaden, denen schenke ich nichts! Ich weiß gar nicht, wie viele Jahre ich geblecht habe und nicht ein einziger Schaden … ist ja direkt eine Schande! Nebenbei, wann soll denn die Fracht in Sardinien sein?«

»Also da haben sich die Eisenbahner nicht festgelegt. Sie meinten aber, dass der Transport so zwischen zehn und vierzehn Tagen dauern wird. Warum sorgst du dich deswegen … du wirst doch von deiner Frau erwartet und wir werden von Verwandten erwartet … es ist also egal, ob wir das Zeug ein paar Tage früher oder später bekommen werden. Graziella hat übrigens angerufen. Sie ist ganz begeistert und freut sich jeden Tag von neuem auf die Arbeit mit deiner Frau. Tagtäglich kommen jetzt neue deutsch sprechende Kunden, hauptsächlich Nato-Soldaten, nachdem sie gehört haben, dass jetzt im Salon deiner Frau Deutsch gesprochen wird!«

Michael war nicht so überzeugt davon, dass die Soldaten wegen der Sprache in Graziellas Salon kamen. Er hatte Graziella schließlich gesehen, und sie hatte einen bleibenden Eindruck bei ihm hinterlassen.

Der fürsorgende Vater hingegen war überzeugt, dass Graziellas deutsch Kenntnisse den Ansturm verursachten. »Ich freue mich wirklich. Es war uns eine gewaltige Sorge, du kennst ja die Zustände auf dem Arbeitsmarkt der Insel. Tag und Nacht haben meine Frau und ich überlegt, wo Graziella Arbeit finden wird, wenn wir zurückkehren und jetzt hat sich alles so wunderbar gefügt!«

Obwohl die beiden Männer mit größter Umsicht den Waggon beluden, die »Schadensfälle« häuften sich. Doch der Versicherungsagent schrieb sich fleißig die Finger wund. Doch nicht nur das – auch die Regulierung durch die Versicherung wurde ihrem Slogen »Ihre Sorgen möchten wir haben!« gerecht.

In nur scheinbar karger Umgebung, inmitten eines gut, vermutlich wild eingewachsenen weitläufigen Grundstücks – das bei genauerer Betrachtung auch als von einem begabten Landschaftsgärtner angelegter Park durchgehen konnte – zwischen Pinien, Palmen, Oliven- und Mandelbäumen sowie ausgewachsenen Sträuchern wie der Bougainvillea, gerahmt von der typisch sardischen Maccia, stand ein in dieser gewaltigen Flora fast nicht mehr auszumachendes Häuschen. Teils aus Steinen, die man vor Ort gebrochen hatte, und einem Gutteil Holz war das Kleinod vermutlich vor mehr als 150 Jahren errichtet worden. In unmittelbarer Nähe dieses Schmuckkästchens, in dessen

Hintergrund wie in einem fulminanten Bühnenbild sich ein bizarrer Felsen, ja beinahe ein Berg, breitmachte, stand Michaels neues Domizil. Hinter dem historisch ganz gewiss wertvollen Häuschen fand sich ein Teich, der zum Gutteil zugewachsen war.

Dieser Ort war das Juwel, in dem jetzt Michaels Hausrat aus Köln, zum Teil noch verpackt, stand. Bereits wenige Wochen später bevölkerte allerlei Getier das Grundstück. Angefangen bei Schildkröten über Hunde und Katzen – fast konnte man von zooähnlichen Zuständen sprechen. Sogar eine Bergziege erinnerte symbolisch an den Oberst Meier in dem weitläufigen abseits gelegenen Anwesen.

Die Kinder waren in wahre Begeisterungsstürme ausgebrochen, als sie zum ersten Mal hier waren. Angelina dagegen bevorzugte die Stadt, ihren Frisiersalon und ihre Freunde und Bekannten. Nur am Wochenende ließ sie sich breitschlagen, das »Exil in der Pampa«, wie sie es nannte, aufzusuchen. Die Mädchen hingegen hegten und pflegten den »Viehbestand« mit aufopferungsvoller Hingabe. Doch dann kam der große Tag unaufhaltsam näher: Annas Geburtstag und damit verbunden war die Einweihung von Haus und Boot, das bereits den Namen ANNA trug und inzwischen auch über eine amtliche Registrierung verfügte, die der nette Bootsbauer von der Tankstelle für Michael »durchgezogen« hatte. Er war natürlich samt Familie zum Fest geladen. Anna und Teresa verwirklichten – selbstverständlich ohne den Vater zu fragen – eine wunderbare Idee. Sie brachten im Dorf Zettel an, auf denen bei freiem Eintritt zu dem Fest jeder eingeladen wurde, der dazu Lust verspürte.

Nicht nur der antiquierte Ofen in der Küche, auch ein überdimensionaler Grill und Unmengen an Trinkbarem mussten notgedrungen beschafft werden. Zu allem Überfluss hatten es die Mädchen auch geschafft, das Piano ins Freie zu stellen, so war Michael gezwungen, zwischen Fleisch am Grill wenden und Flaschen kühlen, auch immer wieder Musik zu »erzeugen«. Einzig und allein die Tiere hatten sich an diesem denkwürdigen Tag, schließlich trafen drei Ereignisse zusammen, zurückgezogen und beaugapfelten die Fete aus sicherer Entfernung.

Nachdem dieser in den Köpfen der Dorfbewohner noch lange präsente Tag den imaginären Stapellauf der ANNA gewissermaßen ersetzt hatte, stand der Errichtung und Eröffnung der Bootsführerscheinschule, in dem natürlich auch ein Tauchlehrgang möglich sein sollte, nichts mehr im Wege.

Kapitel 27

Wieder war ein Jahr vergangen. Michael hatte die deutsche Luftwaffe nun auch mental »abgeschrieben«. Die Mädchen besuchten nicht mehr den deutschen Kindergarten, sondern wurden in der regulären »Scoula Elementare«, zu Deutsch der Grundschule, in italinsicher Sprache unterrichtet. Braun gebrannt, aber mit eher zurückhaltender Begeisterung. Was konnte eine Schule schon gegen das heimatliche Paradies nebst dessen zahlreichen Bewohnern bieten? Absolut nichts von wirklichem Interesse. Wehmütig dachten sie an den letzten Segeltörn rund um Sardinien, den ihnen der Vater als »Abschiedsgeschenk« von der Freiheit spendiert hatte.

Drei mittelalterliche Herren, natürlich in Bezug auf ihr Lebensalter, erwarteten Michael an der Mole, wo die ANNA lag. Seine Schüler oder Kunden, ganz egal, wie man diese Menschen nannte, auf jeden Fall sorgten sie für Butter auf Michaels Brot.

»Nachdem ihr das Anlegemanöver beim letzten Mal so schnell erlernt habt, werden wir heute das ›Mann-über-Bord-Manöver‹ üben«, klärte Michael seine Kunden gleich zu Beginn auf. »Wir fahren aus dem Hafen und dann geht es auch schon zur Sache … Wer opfert sich freiwillig und springt ins Wasser? Nur so können wir einen Abgesoffenen realistisch bergen.« Die ernste Miene ließ den Verdacht, er könnte spaßen, erst gar nicht aufkommen.

Diese Frage löste höchstes Erstaunen aus und provozierte eine ängstliche Nachfrage: »Gehört das wirklich unbedingt zur Ausbildung dazu?«

Michael grinste und beruhigte: »Nein, meine Herren, keine Angst.« Während er das sagte, warf er einen Rettungsring über Bord. Den Steuermann befahl er, diesen schnell wieder einzusammeln. Kein einfaches Manöver, es sieht leichter aus, als es ist. Vor allem bei bereits leichtem Seegang erforderte es großes Geschick, das Boot an den Rettungsring heran zu manövrieren und an Bord zu nehmen.

»Dieses Manöver ist wirklich wichtig … nicht nur bei der Prüfung. Im Ernstfall, der schneller eintreten kann, als sie denken, ist es von elementarer Bedeutung, ob Sie in der Lage sind, jemanden zu bergen. Es ist wahrlich kein Vergnügen, meine Herren, tatenlos zuzusehen, wie einer hilflos absäuft, nur weil man nicht imstande ist, ein Manöver auszuführen. Das war jetzt kein Spaß, sondern eine Erläuterung! Und«, fügte er erklärend hinzu, »Sie müssen gegen den Wind ansteuern, rechtzeitig stoppen und dann ist es ein Leichtes, den Schiffbrüchigen an Bord zu hieven!«

Einer der Lehrgangsteilnehmer kniff seine Augen zusammen und starrte angestrengt auf den Horizont hinaus. »Was kommt denn da angedampft?«, rief er erstaunt und zeigte in Richtung Westen. Und tatsächlich, Michael konnte es mit dem Fernglas sofort ausmachen, da zuckelte ein Schlepper auf die Küste zu. Im Grunde nichts Ungewöhnliches, allerdings war es nicht Usus, dass auf offener See ein Schlepper ein kleines Boot im Schlepptau hatte, und erst recht keines, das unter deutscher Flagge unterwegs war. Die Besatzung der ANNA, samt Lehrgangsabsolventen war ratlos – und noch stärker wie die Ratlosigkeit war die aufgekommene Neugierde. Michael gebot seinem Steuermann Kurs auf den Hafen zu nehmen. Der reagierte nur mit einem knappen: »Eye-eye, Käptn.« Diese Art der Verständigung gebrauchten sie nur, wenn Schüler dabei waren – es hob einfach die Authentizität und erhöhte den Respekt der »Grünlinge«. Die Wende des Steuermannes war inzwischen bilderbuchmäßig ausgefallen und der Ausführung des neuen Befehls stand nichts im Wege.

»Wie kommt ein kleiner deutscher Hafenschlepper in diese Gewässer … und jetzt hatte er scheinbar auch noch eine Havarie – sonderbar. Da bin ich jetzt wirklich neugierig«, murmelte Michael.

Im Hafen, an der Kaimauer, bildete sich schon ein Menschenauflauf. Welch eine Abwechslung im grauen Inselalltag. Ein deutsches Boot im Schlepptau! Was der Tedesco wohl verbrochen hat, fragte man sich sensationslüstern.

»So, Sie kommen jetzt an die Kette, Signore Aleman!«, ordnete der Hafenkommandant streng an. Gemeint war selbstverständlich der Schlepper und nicht die Person an sich. In seiner eleganten weißen Uniform strahlte er ganz bewusst eine Autorität aus, die jedes Gegenüber einschüchterte … und das wusste der Knabe natürlich, als er fortfuhr: »Ihr Schlepper ist nicht seetüchtig.« Er wirkte jetzt tatsächlich aufgebracht, »und was denken Sie, was eine Rettung beziehungsweise Bergung kostet!«

Sein englisch eingefärbtes Italienisch war auch bei viel gutem Willen nicht zu verstehen. Doch zu seinem Glück erblickte er Michael, den er ja seit fünf Jahren gut kannte. Den vergatterte er sogleich als Dolmetscher und stellte ihm den Unglückskapitän, der erleichtert war, jetzt wenigstens in seiner Muttersprache zu erfahren, was er denn verbrochen hätte, vor. Dazu reichten seine Fremdsprachenkenntnisse aus, sodass der Deutsche verstand, wer und was Michael war.

Mit gestrengem Blick verkündete der Commandante, welche Dokumente erforderlich waren, damit der kleine Schlepper seine Fahrt fortsetzen konnte. Michael, der schon des Öfteren als Dolmetscher in solchen Situationen geholfen hatte, nicht nur sprachlich, sondern auch die Wogen glättend, bei einem Problem, das nicht immer wirklich eines war.

Der Deutsche stellte sich vor: »Schuhmacher, Horst Schuhmacher. Meine Frau und ich, wir möchten in der Türkei eine Tauchschule eröffnen. Jetzt aber ist uns die Wasserpumpe verreckt … Aber bitte kommen Sie doch an Bord, Herr Faber«, lud er Michael, der den Ausführungen Schuhmachers mit Skepsis gefolgt war, ein. Er wusste, dass das Projekt Tauchschule in der Türkei nicht türkisch, sondern tückisch war. Schuhmacher war nicht der Erste – und würde vermutlich auch nicht der Letzte sein – dem er versuchte zu helfen. Allerdings so ein waghalsiges Projekt war Michael in all den Jahren noch nicht untergekommen.

In der Kombüse lag eine ausgebaute Wasserpumpe, die schon bessere Tage gesehen hatte, auf dem Tisch, an dem eine Frau saß.

»Else, meine Frau … darf ich Ihnen ein deutsches Bier, kalt, anbieten?«

»Gern«, Michael war gespannt, was sich das Ehepaar bei diesem Abenteuer gedacht hatte.

»Wie Sie sehen, ist uns die Wasserpumpe auf hoher See eingegangen. Wir lagen mehr als 24 Stunden ungefähr zehn Meilen von hier vor Anker bis uns ein Fischerboot entdeckte und zu Hilfe kam. Ich bat den Fischer, uns in den Hafen zu schleppen. Der wollte aber nicht und meinte, sein Motor sei zu schwach. Er war überzeugt, dass uns nur ein richtiger Schlepper in den Hafen hier bringen könnte. Er funkte die Küstenwache, oder wen auch immer an, und es klappte. Der Schlepper kam und nahm uns an die Leine. Jetzt sind wir hier.«

»Ja, Sie sind im Hafen von Cagliari. Haben Sie eine Vorstellung, was so eine Bergung kostet? Sind Sie versichert?«

»Ja, ja, natürlich, warten Sie«, er kramte in einem Fach und zog schließlich einen Umschlag hervor, in dem sich Dokumente einer deutschen Versicherung befanden.

Michael sah sich diese Polizze an und war bass erstaunt. »Das ist eine Haushaltsversicherung«, stellte er ernüchtert fest.

»Ja, ich weiß, aber der Versicherungsschutz gilt weltweit!«

Michael setzte sich jetzt an den Tisch, er konnte es nicht glauben. »Damit können Sie einen Wasserschaden begleichen, das ist aber schon das Einzige, was mit Wasser und dieser Versicherung zusammenhängt. Selbst bei Nachsicht aller Taxen … eine Schiffshavarie wird auch die kulanteste Assekuranz nicht aus dem Titel einer Hausratversicherung liquidieren, ich fass es einfach nicht! Haben Sie überhaupt einen Schimmer, was so eine Bergung kostet?«

Schuhmacher hatte nun eine etwas hellere Gesichtsfarbe und schüttelte ängstlich den Kopf.

Michael klärte ihn auf: »Genau weiß ich es nicht, aber so um die 20.000 werden es schon sein.«

»Zwanzigtausend Mark, um Gottes willen!«

»Nein Dollar«, berichtigte Michael den ohnehin schon angeschlagenen Skipper.

»Das können wir niemals aufbringen ... ich muss so rasch wie möglich in die Türkei, um unsere Pläne umzusetzen!«

»Wie stellen Sie sich das eigentlich vor ... mit einem Hafenschlepper eine Tauchschule zu betreiben? Sollen die Leute dann mit den schweren Sauerstoffflaschen und den Bleigürteln auf diesem verrosteten Stahldeck herumtanzen? Also bei allem gebotenen Respekt ... das ist eine Schnapsidee. Lieber Herr Schuhmacher, ich bin seit Jahren hier auf der Insel und war beruflich ... ich war Pilot bei der Bundeswehr und auch Leiter der Lehrgänge für Seenotrettungsübungen. Sie dürfen mir also glauben, dass ich genau weiß, wovon ich rede. Wie auch immer, also was Sie da bei den Türken vorhaben, ich wünsche Ihnen viel Glück und ein schönes Wetter«, Michael gab dem Neoglobetrotter etwas Zeit, um sich zu sammeln, bevor er weiterredete, »aber erst müssen wir einmal den gordischen Knoten hier in Cagliari durchschneiden ... da werde ich versuchen, Ihnen zu helfen soweit es in meiner Macht steht. Leider habe ich kein Schwert wie der große Alexander! Wenn ich die Wasserpumpe hier so betrachte ... ich weiß nicht recht, aber versuchen kann ich es ... die Italiener sind da Künstler«, bot Michael an.

»Das wäre toll, vielen Dank, Herr Faber!«

»Sag einfach Michael zu mir.«

»Danke ... ich bin der Horst.«

»Angenehm, und ich werde noch parallel bei Deutz in Köln anrufen und eine Pumpe bestellen. Falls sie deine wirklich instand setzen können habe ich eine Wasserpumpe in Reserve.«

Während Horst und Michael noch eine Strategie für das weitere Vorgehen besprachen, kam der Kapitän des italienischen Schleppers an Bord und legte Schuhmacher einen Vordruck hin, den der unterschreiben sollte.

»Was ist das Michael?«, bat er um Hilfe.

»Das ist lediglich eine Bestätigung, dass Sie dich auf See geborgen haben und anschließend vier Stunden in den Hafen geschleppt haben ... Rechnung folgt ganz sicher! Morgen um zehn treffen wir uns beim Hafenkommandanten. Der will euch sehen. Die Capitaneria wird dann die Einklarungspapiere ausfertigen.«

Michael warf einen Seitenblick auf Elsa, die Frau war sichtlich am Ende ihrer Kraft. Er konnte das gut nachvollziehen. Erst die lange Reise von Duisburg über Flüsse und Kanäle über Ärmelkanal und die Meerenge von Gibraltar ins Mittelmeer und nun auch noch eine Hiobsbotschaft nach der anderen.

»Horst, ich sage es dir gleich, wenn wir nicht in spätestens einer Woche weiterfahren können, dann fliege ich nach Hause ... du musst dann deine Träume von der osmanischen Tauchschule allein verwirklichen. Du hast uns da ohne zu überlegen, in eine ausweglose Lage gebracht. Ich weiß es und du weißt es auch; du hast mich zwei Jahre lang überredet, bis ich nachgegeben habe ... was offensichtlich ein schwerer Fehler war, wie ich heute erkannt habe!« Die Stimmung war mit diesen Worten auf dem Tiefpunkt. Doch dann fragte sie völlig übergangslos: »Michael, dürfen wir dich zum Abendessen einladen? Du kennst doch sicher ein nettes Lokal hier in der Gegend.«

Michael hatte erstens wirklich keine Zeit, die Mädchen erwarteten ihn und nebenbei war sein Interesse die Fortsetzung von Elses Frustballade anzuhören gering. »Es tut mir leid, ich habe Familie, das geht wirklich nicht. Wir treffen uns morgen, keine Frage, ich helfe euch soweit ich dazu in der Lage bin. Da vorne, die bereite Straße, das ist die Via Roma, dort gibt es zahlreiche Restaurants, auch in den Seitengassen. Also, trotz allem, herzlich willkommen in Sardinien.« Es kam wie es kommen musste. Ein langes Telefonat mit der Versicherung in Deutschland ließ keinen Zweifel aufkommen. Die Versicherung, die Horst abgeschlossen hatte, würde die Bergekosten unter keinen Umständen tragen. Der Schlepper wurde in der äußersten Ecke des Hafens »geparkt« und Schuhmacher versuchte, seine Ausrüstung zu verkaufen. Seine Vorstellung, davon die Bergekosten zu bestreiten, war eine totale Illusion. Else war zurück nach Deutschland geflogen. So vegetierte Horst einsam und verzweifelt wartend dahin, er wartete allerdings nicht mehr auf eine Wasserpumpe, sondern auf bessere Zeiten.

Michael versuchte, ihm Mut zuzusprechen: »Sei froh, dass sie dein Boot hierher gebracht haben, wenn du auf dem Gästepier liegen würdest, müsstest du täglich die nicht geringe Liegegebühr bezahlen … hier kostet es wenigstens nichts. Vielleicht kannst du den Schlepper eines Tages verkaufen.«

Manchmal konnte Horst irgendwo einen Kurzzeitjob ergattern und ein paar Lire verdienen. Michael, den die Einheimischen oft als den »Engel von Cagliari« bezeichneten, konnte dem armen Teufel auch nicht weiterhelfen. Außerdem war Horst dickköpfig und ließ sich kaum etwas sagen. Ein Umstand, der es nicht gerade erleichterte, ihm zu helfen. Michael lud ihn manchmal auf ein Bier oder eine kleine Mahlzeit ein. Indessen war es nicht mehr zu übersehen, Horst ließ sich gehen und sein ungepflegtes Äußeres vermasselte ihm so manche Chance, wieder auf die Beine zu kommen.

Kapitel 28

Es war wenig später, die Mädchen gingen wieder zur Schule, Angelina ging in ihrem Laden auf und Michael stellte fest, dass sein Wunsch, als Pensionär eine ruhige Kugel zu schieben und nur fallweise, so rein zum Spaß, seiner Nebenerwerbstätigkeit nachzugehen, auch nicht der Realität entsprach. Sein kleines Unternehmen war ganz einfach ein Fulltime-Job. Doch er hatte Spaß an der Sache.

Mehrfach hatte er schon versucht, einen patenten Helfer zu finden, denn sein Aufgabenbereich war mannigfaltig geworden: Proviant besorgen und bunkern, kleine Reparaturen, Segelmacher, Segelnähen und noch andere Dinge mehr. Aber wo so einen Tausendsassa finden, der dazu passte? Zu allem Überfluss musste der Mann auch noch mindestens Englisch, besser wäre außerdem noch Deutsch sprechen.

An Tagen, an denen nichts Dringendes anstand, kehrte er gerne in sein Stamm Café in der Via Roma ein und gönnte sich einen Caffè Latte. Während er den genoss, las er die einzig verfügbare deutsche Tageszeitung mehr oder weniger bis auf den letzten Buchstaben aus. Ein Bericht stach ihm ins Auge, weil es sich dabei um die Insel drehte:

»Deutscher Fremdenlegionär auf Korsika entflohen!«

Der Deutsche war in Bonifacio im Lazarett wegen einer Beinverletzung behandelt worden und hatte dort das Weite gesucht. Michael versuchte sich vorzustellen, wie der Mann, vermutlich ohne Geld und Pass, weiterkommen wollte. Nach Frankreich konnte er nicht zurück, Deserteure wurden ziemlich hart bestraft und auch in Deutschland war er straffällig geworden. Das Dienen bei einer fremden Macht gilt noch immer als Verbrechen. .

»Vermutlich will er nach Nordafrika«, murmelte Michael in Gedanken versunken. »Na dann viel Glück, Herr Kamerad, das wirst du brauchen!«

Ziemlich früh am Morgen, wenigstens für italienische Verhältnisse, so gegen acht, schlenderte ein Kerl die Straße zum Hafen hinunter. Als Michael ihn sah war klar: ein geeichter Soldat, das sah er sofort. Der Bursche war lange in einer Armee gewesen, Gang und Haltung verrieten ihn, obwohl er ein bisschen hinkte, sofort. Michael musste nicht lange nachdenken, mit ziemlicher Sicherheit war es der Deserteur aus Korsika. Fremder Soldat, hier, mit Beinverletzung – kein Zweifel, das war er.

Schon mehrfach war der Mann die Straße auf und ab gehumpelt. Michael wartete, bis er wieder auf der Höhe des Cafés war und rief ihm in deutscher Sprache zu: »Komm einmal her zu mir, ich weiß, dass du abgehauen bist aus dem Lazarett. Aber keine Sorge, von mir droht dir keine Gefahr!«

Der Mann erstarrte, schien einen Moment zu überlegen. Sah sich um und kam, vorsichtig um sich blickend, näher. Michael bot ihm einen Stuhl an seinem Tisch an und eröffnete das Gespräch mit einfachen Worten: »Hunger? Durst? Keine Scheu. Ich war lange genug Soldat, um deine Lage zu verstehen.«

Michaels neue Bekanntschaft nickte und schöpfte Hoffnung – und Michael bat den Cameriere Kaffee, Brötchen Butter und Prosciutto zu bringen. Er ahnte, dass seinen Gast ein leerer Magen quälte.

»Wie heißt du denn?«, fragte Michael seinen Gast.

»Meier, Günther Meier«, kam die Antwort rasch, ob der Allerweltsname erfunden war oder ob der Bursche tatsächlich so hieß, darüber philosophierte Michael nicht lange, es war eigentlich nicht von Belang – vorerst wenigstens. Der Kellner hatte inzwischen das Frühstück gebracht und der Deserteur stürzte sich mit Heißhunger auf Brot und Schinken. Als Michael das sah, orderte er gleich Nachschub.

Meier dankte es ihm.

»Jetzt erzähl einmal … wie bist du in diese missliche Lage gekommen?«

»Gleich, aber bitte zuerst, das ist sehr wichtig für mich. Woran haben Sie mich so rasch und vor allem so sicher erkannt?«

»Das war wirklich nicht schwierig. Doch du musst wissen, dass ich 25 Jahre lang bei der Bundeswehr war, da bekommt man einen sicheren Blick dafür, wie ein Soldat geht. Der Gleichschritt geht im Hinterkopf immer mit. Dann habe ich vor ein paar Tagen einen kurzen Bericht über die Flucht eines deutschen Fremdenlegionärs aus dem Lazarett in Bonifacio gelesen. Beinverletzung und dein Hinken, deine Stiefel beseitigten letztendlich die letzten Zweifel.«

»Jetzt ist mir alles klar …«, irgendwie schien Meier nun beruhigt zu sein. Er befürchtete offenbar, dass die Fahndung nach ihm so intensiv war, dass ihn jedermann auf der Straße erkennen würde. Er war so mit dem Vernichten des Frühstücks beschäftigt, dass die Unterredung ein Weilchen unterbrochen war. Michael drängte ihn nicht, und bald begann der Ex-Legionär zu erzählen. Nur fallweise stellte Michael eine Zwischenfrage.

Meier, er versicherte tatsächlich so zu heißen, hatte sich in Deutschland dazu hinreißen lassen, fotokopierte D-Mark Scheine unter das Volk zu bringen. Er war mit diesem Vorhaben nicht lange beschäftigt, denn er fand sich in der Zelle einer JVA wieder. Ein gnädiger Haftrichter setzte ihn bis zu seinem Prozess auf freien Fuß. Diesen Leichtsinn des Juristen nutzte Meier, um sich – die U-Haft war ihm in die Knochen gefahren – dem Zugriff der deutschen Gerichte zu entziehen. Eine flüchtige Bekanntschaft brachte ihn auf die Idee mit der Fremdenlegion.

»Sie waren bei der Bundeswehr, aber, Herr Faber, glauben Sie mir, die Legion ist mit einer normalen Armee, auch der französischen, nicht vergleichbar. Ich habe den Tag, an dem ich in die Legion eintrat tagtäglich verflucht … wir litten, richtig und ständig. Auch wenn es nicht notwendig war, traktierte man uns rücksichtslos. Irgendwann wurde ich dann zu einem Einsatz in Madagaskar abkommandiert. Dort habe ich mir dann eine Kugel eingefangen und kam ins Lazarett – musste operiert werden und das war vor Ort nicht möglich, so kam ich nach Bonifacio, wo die Legion ein großes Krankenhaus betreibt.

Den Rest kennen Sie ja ...«

»Ich bin der Michael, lass die förmliche Anrede. Aber sag einmal, wie bist du denn aus Korsika weggekommen ohne Geld, ohne Papiere?« Michael war nicht so naiv, alles, was Meier da erzählte, für bare Münze zu nehmen, doch erst wollte er sich die Geschichte einmal anhören.

»Man kann das Lazarett nicht so ohne weiteres verlassen, da braucht man einen Urlaubsschein. Der war nur schwer zu bekommen, für mich aussichtslos. Doch ich war fest entschlossen abzuhauen. So eine Gelegenheit würde sich so schnell nicht wieder bieten. Ich nutzte den Müllwagen ... zwischen Küchenabfällen und sonstigem Dreck, es stank erbärmlich, kam ich erst einmal aus dem bewachten Gelände weg. Bevor der LKW die Müllhalde erreichte, sprang ich ab – mit meinem kaputten Bein gar nicht so einfach. Trotzdem gelang es mir, mich bis zu einem Campingplatz durchzuschlagen. Mein Ziel war ein Schlauchboot ... nur leider fand ich keines, das ich hätte benutzen können ... letztlich riskierte ich es mit einem herrenlosen Surfbrett.«

Wie weit der Begriff »herrenlos« von Günther strapaziert wurde, beleuchtete Michael nicht weiter. Allerdings gab ihm das verletzte Bein zu denken.

»Es sind doch zehn oder fünfzehn Kilometer ... mit deinem Bein? Wie war das möglich.«

»Es lief besser, als ich gedacht hatte. Ich legte mich am Abend auf das Brett ... die Lichter von Santa Teresa di Gallura wiesen mir den Weg . Am nächsten Morgen erreichte ich Sardinien.«

Michael war äußerst skeptisch, nur möglich war es. Was hatte er nicht alles schon an unwahrscheinlichen Erlebnissen gehabt. Er dachte kurz an den Fisch auf seinem Flugzeug.

»Ich besorgte«, Günther musste das Wort nicht näher definieren, »mir von einer Wäscheleine die Klamotten, die ich jetzt noch trage. Hierher nach Süden bin ich über Olbia und Oristano getrampt. Über Wasser gehalten hab ich mich hauptsächlich mit Orangen und Weintrauben … Kannst du mir helfen?«, der Blick sprach mehr als tausend Worte es gekonnt hätten.

»Ich will es versuchen … versprechen kann ich gar nichts«, er entnahm seiner Börse einen 5.000 Lire Schein und sagte: »Morgen früh hier. Schreib mir deine Daten auf, Geburtsdatum. letzter Wohnort in Deutschland et cetera.« Michael hatte nämlich in diesem Moment eine Idee, die Conclusio ergab sich aus Günthers Namen.

»Keine gute Tat, ohne schlechten Hintergedanken!«, murmelte Michael grinsend und machte sich auf den Weg nach Hause.

***

»Ich verbinde mit dem Herrn Oberst!« Innerhalb weniger Sekunden war Oberst Meier in Köln »zur Stelle«.

»Faber, das ist aber eine wirkliche Überraschung. Nett, dass Sie anrufen, sind Sie in Köln?«

»Nein, Herr Oberst, ich bin in Sardinien und habe ein Anliegen.«

»Nur raus mit der Sprache, wo drückt der Schuh?«

Michael erzählte von seinem neuen »Pflegefall« und bat den Oberst im Rahmen seiner Möglichkeiten, die Angaben von Günther Meier zu überprüfen.

»Faber, ich hoffe das ist nicht einer Ihrer Streiche, die Sie mir spielen wollen!«, lachte er.

»Nein, Herr Oberst, ganz sicher nicht, versprochen, wenn seine Angaben richtig sind, werde ich versuchen, ihn wieder auf die Beine zu kriegen.«

»Ich mach, was ich kann. Rufen Sie morgen früh wieder an.«

»Danke, Herr Oberst.«

Michael, der mittlerweile die mediterrane Schlafgewohnheit angenommen hatte, stellte sich den Wecker auf halb acht, um der Aufforderung, in der Früh anzurufen, folgen zu können. Meier saß um sieben am Schreibtisch, das war bekannt.

»Also, der Knabe hat nicht fabuliert. Außer seinen ›Differenzen‹ mit der Bundesbank ist er ein unbeschriebenes Blatt … Natürlich ist seine Zugehörigkeit zur Fremdenlegion amtsbekannt. Diese Blütenaffäre ist übrigens verjährt … von dieser Seite droht ihm keine Gefahr.« Soweit die Rechercheresultate Meiers über Meier.

Der verzweifelte Kerl humpelte schon auf der Straße auf und ab, als Michael in der Via Roma ankam. Als er Michaels Cinquecento erkannte, hob Günther erkennbar erfreut die Hände zur Begrüßung.

Sie setzten sich an denselben Tisch wie am Vortag. Wieder verzehrte der ausgehungerte Ex-Fremdenlegionär Caffè Latte und Panini mit Begeisterung.

»Also ich habe mich ein bisschen schlau gemacht … alte Freunde beim Bund haben für mich bei den deutschen Behörden vorgefühlt. Zuerst einmal das Wichtigste, deine ›Blütenzeit‹ ist verjährt. Gegen dich läuft in Deutschland zurzeit kein Verfahren. Doch dein Ausreißer zur Legion ist bekannt.«

»Mein Gott, das hast du alles in der kurzen Zeit herausgefunden? Ist ja super!«

»Ja, und ich habe auch schon mit dem Konsulat telefoniert … ein alter Kamerad von mir hier auf dem Fliegerhorst arbeitet dort. Er ist übrigens auch wie ich mit einer Sardin verheiratet. Er wird uns behilflich sein. Denn das Wichtigste ist, dass du zu ordentlichen Papieren kommst. Wir brauchen Bilder von dir. Ich werde meine Frau, sie hat einen Frisiersalon, bitten, dich optisch etwas aufzurüsten. Eine Jean und ein T-Shirt werde ich wohl haben. Müsste ungefähr passen. Dann auf nach Cagliari.«

Das Tempo, das Michael vorgab, überraschte Günther, doch er sputete sich nur allzu gern.

Erst fuhr Michael einmal zu seiner »Hazienda« und klärte Günther über die Usancen auf. »Wasser ist knapp auf der Insel, bitte denk beim Duschen daran. Wir haben zwar einen Brunnen, leider sprudelt das Wasser aber nur spärlich. Auf dem Dach gibt es eine Zisterne, die das

Regenwasser sammelt – aber es regnet im Sommer selten. Die Leute in Cagliari haben täglich bloß für zwei Stunden Leitungswasser!«

»Toll, wie du hier haust … und die Tiere erst …«

Während Günther sich duschte, betätigte sich Michael als Koch. Also die Wiener Küche war es nicht, was da zelebriert wurde, daran gab es keinen Zweifel. Er öffnete zwei Dosen mit Erbsensuppe und buk in der Mikrowelle ein gefrorenes Brot auf. Günther allerdings lobte Michaels Kochkünste und verputzte den Doseninhalt bis auf den letzten Löffel.

»Du kannst dir gar nicht vorstellen, wie lange ich so etwas Gutes nicht gegessen habe!«, pries er Michaels vermeintliche Kochkünste. Der jedoch schluckte das Lob anstandslos.

»Jetzt spüre ich wieder das Heimweh … auch wenn es hier ganz toll zu leben wäre.«

»Wir werden sehen …«, gab sich Michael kryptisch wage.

Angelina war zwar ein bisschen verwundert, als der Herr Gemahl mit seinem neuen »Adjudanten« bei ihr auftauchte, doch sie »therapierte« Günther an Haut und Haaren. Ein Mädchen machte sich über seine Hände her und sie legte selbst Hand an seinen buschigen, blonden Haarschopf. Beim Verlassen des Ladens war Günther Meier nicht mehr als marodierender Deserteur zu erkennen, sondern verkörperte einen Menschen, nachdem er auch noch einer Rasur unterzogen worden war. Nebenbei veränderte das Rasierwasser auch Günthers »Dunstkreis«. Jetzt stand der Herstellung von Passfotos nichts mehr im Wege.

Die Via Garzia Raffa in Cagliari besteht fast nur aus Hochhäusern mit Wohnungen und Michael dachte schon, er sei falsch. Aber tatsächlich auf Nummer 9 verkündete eine eher bescheidene Messingtafel, dass hier das Konsulat der Bundesrepublik Deutschland residierte.

Michaels ehemaliger Kamerad empfing das ungleiche Duo freundschaftlich und kredenzte »due Espressi«, die seine Sekretärin, die aussah als sei sie direkt dem Catwalk entstiegen, gekonnt zubereitete.

Günther verrenkte sich fast die Augen und Michael musste ihn unter dem Tisch anstoßen, damit er seine unübersehbaren Gedanken in eine andere Richtung lenkte.

»Ein Glück, dass Graziella heute ihren freien Tag gehabt hatte … sonst hätte er die Arme auch noch mit den Augen ausgezogen!«, sinnierte Michael und setzte seinen Bericht über den Deserteur Günther Meier fort. Michaels Kamerad hörte sich die ganze Story schweigend an und meinte nur trocken, nachdem Michael geendet hatte: »Sonst noch Leichen im Keller?«

Günther schüttelte rasch den Kopf und Michael ergänzte: »Soweit es mir möglich war, habe ich – wie ich dir schon am Telefon sagte – das Ganze gecheckt.«

»Wir haben ein Problem, und das verzögert die Ausstellung der Personaldokumente, der Identitätsnachweis. Ich weiß, Michael, du würdest die bedenkenlos bestätigen … dein lockeres Verhältnis zu Behörden ist ja legendär, aber ich habe keine Lust in des ›Teufels Küche‹ zu geraten. Nebenbei wären zwei Zeugen erforderlich. Daher werde ich einen Pass und den Führerschein beantragen … hier«, er reichte Günther ein Endlosformular und forderte ihn auf, »ausfüllen. Ich schicke den Antrag samt den Bildern nach Deutschland. Die Heimatgemeinde muss die Richtigkeit bestätigen und dann gibt es ordnungsgemäße Personaldokumente … claro?«

Es war klar und Günther bekam so etwas wie einen »vorläufigen« Personalausweis ausgestellt, damit er sich im Notfall ausweisen konnte.

Auf der Rückfahrt unterbreitet Michael seinem neuen Freund einen Vorschlag. »Pass auf, ich kann dir nicht viel bezahlen, aber du kannst bei mir wohnen und wirst mit Erbsensuppe gefüttert … Du versorgst die Tiere und das Haus, hilfst mir auch bei meiner Tauchschule und wirst fallweise auch mein »erster Offizier« auf See sein. Die Geschichte betreibe ich nicht mit tierischem Ernst … es ist, wie soll ich sagen, ja, es ist Hobby und Nebenverdienst. Was meinst du?«

»Im Ernst? Das würdest du machen … ich weiß gar nicht, was ich sagen soll. Zuerst will ich mich einmal bedanken für alles, was du für mich getan hast! Wenn du das wirklich willst, Michael, ich wüsste nicht, was ich lieber täte.«

Als Michael am Abend vom Hafen zurückkam, war das Haus in einem Zustand, in dem es noch nie gewesen war, seit Michael dort residierte. Bereits am nächsten Tag nahm Günther das Grundstück in Angriff. Das dauerte etwas länger, aber das Resultat war sehr ansprechend … nun folgte noch das Boot. Es war anschließend in einem Zustand, den man getrost als »klinisch rein« bezeichnen konnte. Michael hatte bei der Wahl seines »Butlers« ein goldenes Händchen bewiesen.

Diese Ergebnisse zogen natürlich für Günther auch pekuniäre Folgen nach sich. »Warum tust du das alles für mich?«, wunderte er sich, als ihm Michael ein paar Banknoten in die Hand drückte.

»Ich bin kein Sklavenhalter … und keinesfalls will ich deine verzwickte Lage ausnutzen. Du machst deine Sache wirklich gründlich … ich sage es dir ehrlich, meine Sache ist diese Putzerei wirklich nicht. Allerdings habe ich es gern sauber! Also ich finde, wir ergänzen uns ganz toll!«

Mit Genugtuung hatte Michael beobachtet, wie Günter auf dem Segelboot beim Halsen herumturnte. Seine Schussverletzung am Bein war scheinbar komplett ausgeheilt. Den Umstand, dass Günther ihn schmerzhaft an seinen »verlorenen Sohn« Jens erinnerte, den verschwieg Michael, der seine Emotionen niemals gerne offenbarte. Vergeblich hatte er all die Jahre auf ein Zeichen, einen Brief, einen Anruf von Jens gewartet. Es schmerzte – mehr als eine noch so schwere Schussverletzung dies jemals tun könnte.

Carola hingegen war noch jeden Sommer nach Sardinien gekommen. Dabei wurde allerdings niemals über Jens gesprochen – es war eine stillschweigende Übereinkunft zwischen Vater und Tochter, dieses Thema nicht zu berühren. Michael fraß den Gram darüber in sich hinein – nur manchmal, in einer schlaflosen Nacht, überkam ihn die

Wehmut. Nicht einmal Angelina gegenüber offenbarte er sich, sondern hinterfragte seinen Part. »Was habe ich bei dem Jungen falsch gemacht. Diese Aversion gegen mich ... das kommt doch nicht von ungefähr.«

Michael war nicht imstande, seine Fehler zu erkennen. Jens blieb ihm weiterhin fremd, und er musste es akzeptieren.

Der »Portalettere« expertisierte Günthers vorläufigen Ausweis mit ungewöhnlicher Skepsis. Er war nicht recht willens, Günther das Einschreiben des Konsulates auszuhändigen in Cagliari. Aber als Michael ihm erklärte, dass sich die Originaldokumente des Empfängers im Umschlag befinden würden, ließ sich der gestrenge Postler erweichen und war letztendlich befriedigt, als Günther ihm seinen nagelneuen Pass unter die Nase hielt. Dann erst schlich der Postillion beschämt von dannen.

Kapitel 29

Schuhmacher saß am Kai, sein unrasiertes Kinn in die Rechte gelegt, der Resthaarbestand wirr zu Berge stehend, und die Augen beschämt auf den Boden gerichtet. Ein Häufchen Elend, wie es elender nicht werden konnte. Günther betrachtete ihn vom Boot aus und schüttelte unmerklich den Kopf – er entschloss sich, mit Michael zu sprechen. Es konnte doch nicht sein, dass der Mann total in seiner Misere versank, auch wenn er die zu einem Gutteil selbst heraufbeschworen hatte.

Michael hörte sich die Bitte von Günther, doch irgendetwas für Schuhmacher zu unternehmen, schweigend an und sagte dann: »Sei so nett und hol ihn rein. Vielleicht ergibt sich bei einem Gespräch irgendetwas.«

Wenig später saß Schuhmacher am Tisch in der Kombüse. Wortlos stellte Michael drei Dosen Bier auf den Tisch und sagte: »Prost«. Günther trank einen ordentlichen Schluck, Schuhmacher nippte zaghaft an der Dose. Sein Blick war auch jetzt zu Boden gerichtet.

»Sag einmal«, richtete Michael das Wort an Schuhmacher, »wie hast du dir vorgestellt, dass es weitergehen soll?«

Der Angesprochene hob nur den Blick, sah Günther an und dann Michael.

»Wie es weitergehen soll? Ich weiß es nicht … ich bin am Ende.«

»Am Ende bist du, wenn du in der Grube liegst!«, stellte Günther trocken fest.

»Ja ja, du hast leicht lachen, DICH hat Michael ja aus der Scheiße gezogen.«

Wenn das ein Vorwurf war, dann war er wenigstens versteckt … oder war da gar so etwas wie Eifersucht im Spiel? Jedenfalls ging Michael nicht auf die unqualifizierte Stichelei ein. Aus seiner Sicht hatte er dem Unglückskapitän wirklich genug geholfen. Trotzdem wollte er den Mann auch jetzt nicht seinem Schicksal überlassen. Man musste kein

Prophet sein, um zu erkennen, dass er fix und fertig war. »Wenn er sich aufhängt, was nicht auszuschließen ist, dann mache ich mir ewig Vorwürfe. Also muss ich wenigstens einen Versuch wagen«, beschloss er. Angestrengt dachte er nach, während Schuhmacher und Günther wortlos an ihrem Bier nippten.

»Hast du dir überhaupt nichts überlegt, was man aus der verfahrenen Situation machen könnte?«

»Mir ist der Gedanke gekommen, wenigstens die Taucherausrüstung, die Maschine und das Notstromaggregat zu verkaufen, um damit die Bergekosten zu bezahlen.«

Da mischte sich Günther ein: »Bist du komplett bescheuert? Scheiß auf die Bergekosten! Bitte erkläre mir einmal, was die gegen dich unternehmen könnten? Wollen sie deine Badehose pfänden? Nichts können die tun! So sieht es aus … Abgesehen von dem Umstand, dass die Bauern hier das Zeug nicht brauchen. Und wer, bitteschön, soll es dann kaufen!

»Trotzdem werde ich mich umhören«, versprach Michael. »Im Norden an der Costa Smeralda werden einige neue Häfen für Touristen gebaut. Vielleicht wäre es dort möglich, Interessenten zu finden.«

»Ja, das wäre möglich … übrigens ich habe gehört, dass oben bei Alghero nach Korallen getaucht wird … auch eine Möglichkeit«, wusste Günther noch.

»Ist ja alles gut und schön, nur die Nordküste ist weit weg … wie sollen wir da an Leute kommen?« Schuhmacher klang hoffnungslos.

Der Plan wurde so schnell wie er entstanden war, wieder ad acta gelegt. Doch dann jagte völlig überraschend eine Meldung durch die Insel. Sogar die »La Stampa« berichtete darüber. Auf der Isola die Cavoli, der Blumenkohlinsel, in der Nähe vom Touristendorf Villasimius hatten Hobbytaucher eine gesunkene griechische Galeere entdeckt. Nach übereinstimmenden Berichten war der Kahn vor Hunderten von Jahren abgesoffen. Eine Bergungsfirma ist schon vor Ort und hat auch schon Silbermünzen und Amphoren gefunden. Natürlich wurde der Fundort sofort für alle Hobbytaucher und »sonstige Interessenten« gesperrt.

»Das ist 15 Meilen von Cagliari entfernt … dort probieren wir es. So eine Chance wird nie mehr kommen. Schaut euch einmal diese Bilder an.« Michael reichte die »La Stampa« herum, in der eine mehrseitige Reportage abgedruckt war.

»Was denkst du darüber, Horst?«

Horst war natürlich sofort euphorisch und mit Feuer und Flamme dabei. Bekanntlich ist es die Hoffnung, die zuletzt stirbt.

Günther gab auch seine Beteiligung bekannt, merkte aber an: »Ich will natürlich dabei nichts verdienen, stelle aber eine Bedingung!«

»Aha, und die wäre?«, Michael war jetzt wirklich neugierig.

»Dass keine einzige Lira vom Erlös an die Bergungsfirma des Schleppers geht. Das würde gegen die guten Sitten verstoßen!« Er war und blieb eben ein Schlitzohr, aber ein menschliches.

»Also abgemacht, wir fahren morgen mit meinem Motorboot da hinunter. Vor Ort sehen wir dann weiter. Auf jeden Fall brauchen wir von allem, was möglicherweise das Interesse der Leute findet, gute Fotos … meine Herrn, an die Arbeit!«

Es war noch früh am Morgen, für mediterrane Verhältnisse ist sechs Uhr beinahe Mitternacht, als sie das Motorboot beluden bis an die Grenze des Machbaren. Deswegen blieb Günther dann zurück.

Michael und Horst hatten an Bord: eine nagelneue Tauchflasche samt Rechnung, die Tauchflaschenfüllstation und ein Notstromaggregat. Für alles existierten Prüfbescheide und Rechnungen. Zum Schluss kletterte Horst ins Boot.

»Hast du die beiden Taucherausrüstungen vom Segelboot umgeladen? Wenn wir schon da runterfahren, dann wollen wir auch einen ganz besonderen Tauchgang machen«, orakelte Michael.

Vor Monaten hatte eine kirchliche Organisation vor Villasimius eine Marienstatue ins Meer versenkt und dann den zwölf Meter unter dem Meeresspiegel liegenden Platz zum Wallfahrtsort erklärt. Zur Eröffnung des Spektakels fand am Meeresgrund eine Trauung statt. Der sportliche Herr Pfarrer tauchte samt dem Brautpaar zur Marienstatue hinunter, um das Jawort zu dokumentieren. Ob die Ehe deswegen länger als üblich halten würde, wagte niemand zu prophezeien. Unklar war auch den meisten, wozu dieses Spektakel letztlich gut sein sollte. Wie auch immer, zahlreiche Taucher besuchten die heilige Maria in ihrem nassen Grab.

Fakt ist, dass zahllose Sporttaucher nur mit Brille und Flossen die Statue besuchten. Denn sie zu berühren, sollte dem Glück förderlich sein. Ob dem so war? Zumindest waren die Getränkeverkäufer in der Umgebung glücklich über diesen Einfall.

Nach etwa einstündiger rascher Fahrt änderte Michael den Kurs von Süd auf Südost.

An der Küste schmiegten sich wie auf einer Postkarte die weiß getünchten Villen aneinander. Michael hatte damit begonnen, gut sichtbar die deutsche Flagge auf seinem Dach zu hissen, und die Nachbarn kopierten es. Jetzt wehten französische, deutsche, englische und auch ein Paar italienische Fahnen im morgendlichen Wind. Auch ein Holländer und ein Österreicher hatten offensichtlich in der südlichsten Ecke Sardiniens ihr Exil gefunden. Die Sarden konnten über die verrückten Fremden, die ihre Gärten wie ein Kleinod pflegten und sogar den Müll trennten – auch noch, als längst bekannt war, dass dieser Müll von der Müllabfuhr wieder zusammen an einem Ort abgeladen wurde – nur den Kopf schütteln. Für die Sarden war so eine Verordnung nicht einmal ein unverbindlicher Leitfaden.

Schon aus größerer Entfernung erkannte Michael die rote Boje, die den Standort der heiligen Maria an der Wasseroberfläche markierte.

»So, Herr Schuhmacher«, sprach Michael feierlich, »jetzt rein in meinen Taucheranzug und runter zur rettenden Maria. Du musst sie unbedingt berühren, denn nur dann wirkt es. Bitte die Frau, dass sie dir hilft, dein Zeug zu verkaufen. Dann besuchen wir das Bergeschiff!«

Der allwissende Herr Schuhmacher vergaß in seiner Einfalt nicht anzumerken, dass der Taucheranzug nicht dem gültigen Standard entspräche.

Michael sagte dazu nur lapidar: »Mir und meinen Schülern hat die Ausrüstung immer gereicht … schau du besser, dass wir dein neuwertiges Zeug an den Mann bringen!«

Horst hatte inzwischen begriffen, was er da verzapft hatte und schwieg nun beschämt. Dann warfen sich die beiden Helden rücklings in die Fluten. Bedächtig, man könnte es fast ehrfürchtig nennen, schwebten die beiden der gebenedeiten Frau unter Wasser entgegen. Bald verharrten sie ehrfürchtig vor der Statue, der ein Verehrer sogar einen Blumenstrauß gebracht hatte.

Wieder im Trockenen nahm Michael Funkkontakt mit der Bergestation auf und bat um Erlaubnis, das Sperrgebiert zu befahren. Nachdem er dem erstaunten Mann erklärt hatte, warum er unbedingt mit ihm sprechen wollte, gab der aufs höchste verwundert seine Erlaubnis. Das Bergeschiff ankerte keine zwei Meilen von ihrer jetzigen Position entfernt.

Es war keine schwere Aufgabe, das Motorboot zum Bergeschiff zu manövrieren. Ein Bootsmann signalisierte Michael längsseits an Steuerbord zu gehen. Das Motorboot wirkte neben dem imposanten Bergeschiff wie eine Nussschale.

»Erbitten die Erlaubnis an Bord kommen zu dürfen!« Michaels Italienisch war inzwischen perfekt. Der Commandante hatte in diesem Zusammenhang bemerkt: »Il Capitano Faber parla itaniano come un professore!« Somit war die Bitte nicht nur seemännisch, sondern auch sprachlich absolut korrekt vorgetragen worden.

Selbstverständlich wurde diese Erlaubnis erteilt.

Umringt von den Experten des Bergetrupps präsentierten Michael und Horst ihre »Schätze«, die Fotos samt den dazugehörigen Rechnungen und behördlichen Begutachtungsexpertisen. Horst trug seine Beschreibungen in etwas holprigem Englisch vor – doch er wurde gut verstanden, das war schlussendlich das Wichtigste. Etwas später gesellte sich auch der archäologische Leiter des Bergeteams, ein Professor Pavoni – er war sizilianischer Provenienz und konnte ohne den geringsten Zweifel direkt einem Modejournal entstiegen sein –, zu ihnen. Besonders er war ausnehmend interessiert, besonderes an einer modernen Unterwasserkamera, die Horst so quasi als Dreingabe bei einem erfolgreichen Verkaufsabschluss überreichen wollte. Es versteht sich von selbst, dass die Verhandlungen ein wenig zäh verliefen, denn einige Flaschen Cantina Di Santanti Terre Brune, einem typisch sardischen Wein, mussten »nebenher« zur Ader gelassen werden. Dann begannen Horsts Augen zu leuchten, als der elegante Expeditionsleiter verkündete: »Wir kommen in einigen Tagen mit dem Schiff zu euch, da wir ohnehin Treibstoff bunkern müssen. Dann besichtigen wir alles, und wenn das, was ihr uns gesagt habt, den Tatsachen entspricht, werden wir alles kaufen.« Mit Handschlag wurde der »Vorvertrag« besiegelt. Michael und Horst verabschiedeten sich mit dem sicheren Gefühl, dass die Sache klappen würde.

»Ich gebe dir gerne 20 % Prozent ab, wenn die Sache gelaufen ist«, versprach Horst. Doch Michael winkte ab: »Sieh zu, dass du zurechtkommst … und dann schau, dass du wieder zu deiner Elsa kommst!

Falls sie dich noch will …«, fügte er grinsend hinzu.

Sie kamen, der exquisite Professor samt seinem Anhang. So exquisit der Professor war, seinen sizilianischen Hintergrund vermochte er nicht ganz zu vergessen. Er feilschte wie ein armenischer Händler. Damit hatte Horst natürlich gerechnet und war am Ende zufrieden. Eigentlich mehr als das, denn es war sogar ein wenig mehr geworden, als er sich erhofft hatte.

Der Professor zog ein Scheckheft aus der Innentasche seines weißen Bläsers und füllte schwungvoll einen Scheck der Banco di Napoli aus.

»Hier mein Lieber«, er überreichte Horst das schmale Papier, »und seien Sie versichert, er ist gedeckt … bei meiner Ehre und ich bin aus Trapani in Sizilien!«, lachte der Sohn der Mafiahauptstadt.

Am Abend dieses erfreulichen Tages ließ es sich Horst nicht nehmen, in einem Restaurant zum »Cena« zu laden. Günther vertilgte wieder Käse, Salami und Prosciutto in ausreichender Menge. Michael labte sich am Wein und Horst strahlte zufrieden. Die Stimmung war gehoben.

Nur in dem Moment als Horst meinte, vielleicht sei es doch besser die Bergekosten zu bezahlen oder wenigstens einen Teil davon, da wurde Günthers Blick kalt und er umfasste das imponierende Messer mit dem er bisher andächtig Salami und Schinken gesäbelt hatte in eindeutiger Absicht. Horst lenkte sofort ein: »War ja nur so ein Gedanke«, entschuldigte er sich.

Noch nach Jahren legte ein bis auf das Skelett abgenagter ehemaliger Schlepper, auch Einheimische konnten ein paar Utensilien gebrauchen, die Horst nicht verhökert hatte, Zeugnis von dem versponnen Deutschen ab, der an der türkischen Rivera mit dem Kahn eine Tauchschule hatte eröffnen wollen. Was die nächtlichen Besucher nicht mehr brauchen konnten, das vernichtete die Korrosion jetzt langsam, aber gründlich. Dichtern, Komponisten und Malern wird ein Denkmal aus kaltem Stein gewidmet – Horst Schuhmachers Monument bestand hingegen aus rostendem Stahl und unverwüstlichen Kunststoffteilen.

Kapitel 30

Ein Günther Meier, der geduldig auf seinem dreirädrigen Fahrzeug wartet? Als Soldat der Fremdenlegion hatte man ihn so einiges gelehrt, Geduld war aber sicherlich nicht seine Domäne. Doch bald wurde klar, was ihn so beharrlich warten ließ – und seine Ausdauer wurde belohnt; sie kam, umarmte und herzte ihn leidenschaftlich. Graziella hatte den Frisiersalon endlich verlassen und traf ihren schmachtenden Geliebten. Die spöttischen Blicke der Männer, die in dicken Karossen an der APE vorbeifuhren, konnten sie nicht treffen. Nur zu gerne zwängte sich die rassige Schwarzhaarige auf das doch etwas abenteuerliche Gefährt. Sie hatte so manch gute Partie verschmäht, und so manchen Spieler des FC Cagliari zurückgewiesen. Stattdessen hielt sie den mittellosen Ex-Fremdenlegionär, der als Halbillegaler sein Dasein fristete, fest wie einen kostbaren Edelstein – er gehörte ihr. Nur eine Sorge quälte Graziella: sein Bein. Zwischenzeitlich war Günther schon herumgehüpft wie ein übermütiges Reh, doch jetzt verschlechterte sich sein Zustand beinahe wöchentlich, er hinkte richtiggehend. Besonders gegen Abend, wenn er das Bein den ganzen Tag belastet hatte, sah man ihm an, welche Schmerzen er ertrug. Doch so sehr er auch manchmal humpelte, das tat ihrer Zuneigung zu ihm keinen Abbruch.

Inständig hatte sie ihn schon des Öfteren gebeten, einen Spezialisten zu konsultieren. Günther allerdings lehnte das mit der Begründung, dass er keine Versicherung habe, ab. Den Arzt zu konsultieren, daran war nicht zu denken, darauf war seine finanzielle Situation nicht ausgerichtet. Doch Graziella blieb beharrlich. Da kam ihr ein Gedanke und sie wandte sich an Angelina: »Deine Schwester ist doch Ärztin ... könntest du so lieb sein und sie bitten, ob sie sich nicht das Bein vom Günther nur einmal ansehen könnte? Es kann doch nicht sein, dass er ewig hinkt und Schmerzen ertragen muss. Es wäre schon eine große Hilfe, wenn wir wenigstens wüssten, ob und was medizinisch möglich wäre.«

Die Schwester von Angelina war Gynäkologin und meinte: »Das wird kaum etwas bringen, da könnte er auch zu einem Veterinär gehen ...«

Doch etwas anderes passierte. Ein stadtbekannter Chirurg rief Graziella im Salon an und erklärte sich bereit, Günthers Bein zu untersuchen. Angelinas Schwester hatte ihren Bekannten, er hatte mit ihr die Uni besucht, um diesen Gefallen gebeten.

Nachdem Michael die zögernde Haltung seines »Stiefsohnes« bemerkte, packte er ihn in den Cinquecento und schleppte ihn zur Praxis des Chirurgen. Der war sehr nett und ließ Günther mit nichts spüren, dass er ein armer Schlucker war, der ein Almosen empfing.

Der Arzt legte sein unrasiertes Kinn in die Rechte und hörte sich einmal die Krankengeschichte aufmerksam an. Anschließend studierte er die mitgebrachten Röntgenbilder und ließ von seiner Assistentin zwei neue Aufnahmen »schießen«.

Schließlich gab er das Resultat seiner Untersuchung bekannt: »Also ich kann Sie beruhigen, das ist keine große Sache ... ein kleiner Eingriff und bei der nächsten Olympiade sind Sie wieder beim Marathon dabei ... ob Sie gewinnen, weiß ich allerdings nicht«, lachte der Überbringer der guten Nachricht.

»Das ist ja wirklich toll; aber was wird das kosten?«

Michael unterbrach Günther mit einer eindeutigen Handbewegung. »Danke Professore ... herzlichen Dank, können Sie uns einen
Termin für die OP nennen?«

Eine Woche später schickte eine Anästhesistin den Fremdenlegionär außer Dienst, Günther Meier befand sich eine Weile im Land der Träume und ein paar Stunden später konnte ihn seine Graziella, wenn auch nur im liegenden Zustand, wieder umarmen.

Die pekuniäre Seite wurde durch eine Kollekte innerhalb der Familie geregelt. Günther war fassungslos – das hatte er nicht einmal zu träumen gewagt. Michael klärte ihn auf: »Da sind die Italiener ganz anders, als wir kühlen Nordländer. Familie heißt nicht nur Geburt,

Hochzeit und Begräbnis. Nein, die halten wirklich in guten wie in schlechten Zeiten zusammen. Auch wenn zwischendurch einmal die Fetzen fliegen, wenn Not am Mann ist, dann ist aller Zank und Hader vergessen. Da wird zusammengerückt und gemeinsam geholfen! Später kann man ja ruhig weiterstreiten.«

Ganz so wie der Arzt es prophezeit hatte, rannte Günther schon ein paar Wochen nach seiner OP herum, als habe er nie eine Kugel im Bein gehabt. Er war schmerzfrei, seine Graziella glücklich und Michael ausgesprochen zufrieden. Seine Menschenkenntnis hatte ihn nicht getäuscht. Günther Meier war kein schlechter Kerl. Natürlich hatte er Fehler begangen, aber auch bitter dafür bezahlt und nun war er auf die Füße gefallen.

Kapitel 31

Advent bedeutete in Schleswig-Holstein meist Nebel, Nieselregen oder im besten Fall Schnee, aber auch Geruch von gebratenen Äpfeln und verbranntem Tannenreisig in den Reet gedeckten Häusern, in denen es kuschelig warm war … und nicht zu vergessen der Glühwein und die Christstollen auf den Märkten.

Nicht so im Süden Sardiniens, wo es niemals schneit, wo sich der Winter nie weiß, sondern immer grau und braun kleidet. Auch mit der kuscheligen Wärme sieht es schlecht aus. Kaum ein Haus oder eine Wohnung besitzt das, was man unter einer Heizung versteht. Allerdings findet man beinahe überall eine offene Feuerstelle, die selbstverständlich auch als Grill Verwendung findet. Soweit es möglich ist, werden diese offenen Kamine mit Olivenholz, ersatzweise auch mit dem Holz ausgedienter Weinstöcke, befeuert. Natürlich ist der Geruch nicht mit jenen zu vergleichen, den brennendes Tannenreisig verbreitet. Insbesondere Olivenholz verströmt einen würzigen Duft, der sich hervorragend zum Räuchern von Fisch oder Fleisch eignet. So hat eben diese Zeit vor Weihnachten in jedem Land seinen unvergleichbaren Reiz. Nur Weihnachten bleibt Weihnachten, besonders natürlich im katholischen Kernland Italien. Besinnlichkeit, Geborgenheit und Nächstenliebe sind in den Wintermonaten bei allen Menschen ausgeprägter. Das Fest ist nicht nur an den geschmückten Straßen und Geschäften erkennbar, nein, es schwirrt ebenso durch die Luft.

In jenen Tagen nahm Michael seine Orgel gerne in Betrieb. Die Familie Morgani – natürlich auch Günther – waren bei den Fabers zu Gast. Günther hatte unauffällig – wie er fälschlicherweise dachte – auf dieses Zusammentreffen gedrängt. Michael gab seinem Wunsch nach und veranstaltete dieses kleine Familienfest. Natürlich wusste er, welche Absicht hinter Günthers Ansinnen steckte. Graziella, die den

»Braten roch«, zeigte Nerven und schwänzelte aufgeregt umher. Ein Umstand, der keinem der Anwesenden verborgen blieb.

Vater Morgani inspizierte mit kennendem Blick Michaels Garten und lobte: »Wirklich außergewöhnlich, was ihr da aus dem verkommenen Stück Land geschaffen habt. Die Bäume, ob Orangen oder der Zitronenbaum, und erst die Tiere, ich beneide euch um dieses kleine Paradies.«

»Den Zustand des Gartens .... Das habe ich hauptsächlich dem Günther zu verdanken, er verbringt jede freie Minute hier. Für ihn ist das nicht lästige Pflicht, sondern die Landschaftspflege, wie ich es nenne, ist seine Berufung. Ich denke, wenn ich ihn aus dem Garten verbannen würde, das bräche ihm glatt das Herz.«

»Na ja, wenn man sich so einen Privatgärtner leisten kann ... dann ist ja alles klar«, lachte Morgani. »Was treibt denn dein Findelkind sonst noch?«, Michael spürte sehr wohl, dass hinter dieser Frage mehr als nur Small Talk steckte. »Wie du ja weißt, ist er nicht nur mein geschätzter Gärtner ... er hat sich auch sonst ganz schön gemausert. Ich muss sagen, dass er wirklich ein begabter Bursche ist. Ich habe mir immer einen Helfer wie ihn gewünscht. Er jedoch übertrifft alle meine Vorstellungen. Alles was er angreift hat Hand und Fuß. Deswegen betreibe ich jetzt auch mit ihm gemeinsam den Jachtzubringerdienst. Wir haben die Firma registriert, es ist also ganz offiziell. Damit hat er jetzt auch die obligatorische Sozialversicherung, Renten- und Krankenversicherung. Man kann ohne Ironie sagen, dass er nun wieder ein vollwertiger Mensch ist! Ich mache mir um seine Zukunft keine Sorgen.«

Vater Morgani nickte scheinbar zufrieden. Michael grinste und meinte ein bisschen hämisch: »War das nicht genau das, was du wissen wolltest, Herr Brautvater?«

Morgani wechselte schnell das Thema, indem er auf die Gänse und Enten zeigte, die schnatternd um das Biotop herumkrebsten und kein Sandkorn auf dem anderen ließen. »Sei vorsichtig, du solltest besonders jetzt vor Weihnachten dein Federvieh nicht so frei und unbewacht lassen. Wir leben in einer Gegend, in der ein fetter Gratisweihnachtsbraten so manchem willkommen ist! Gänsebraten ist nicht nur in deutschen Landen eine Delikatesse. Sperr die besser zu den Schildkröten im Innenhof, glaub mir. Hier neben der Straße ist ein Viehdiebstahl schnell passiert … und wir sind ja nicht im Wilden Westen, wo man Viehdiebe noch nach gutem altem Brauch am nächsten Baum aufgehängt hat! Nebenbei, verkaufst du mir so eine Gans für Weihnachten?«

»Ich denke, als so quasi Vater des Bräutigams geziemt es sich, dem Brautvater so eine Gans als Präsent zu überlassen«, jetzt war es Michael, der Grund zum Grinsen hatte.

»Ich bin mir schon bewusst, dass es in Deutschland nicht üblich ist, um den Brautpreis zu handeln … nur bei aller Freundschaft, eine Gans finde ich schon ein bisschen mickrig … selbst bei den Beduinen ist ein Kamel das Mindeste. Aber …«, jetzt lag der Ball einwandfrei in Morganis Händen, »dein Geiz ist ja bis Rom bekannt!«

»Noch ein Wort und du kannst dir die Gans aufzeichnen und zu Weihnachten Sardinen aus der Dose essen!«, drohte Michael scherzhaft.

Angelina unterbrach die »Stegreifkomiker« und rief zu Tisch: »Heute gibt es Kohlrouladen! Und ich habe gekocht … also nicht alles, aber ich habe die Kartoffeln geschält«, räumte sie ein, als sie Michaels Gesicht sah. »Michael ist für Kohlrouladen der Großmeister, also habe ich ihm den Vortritt beim Herd überlassen … großzügiger Weise!«, vergaß sie nicht hinzuzufügen. Michael schüttelte nur den Kopf über so viel Dampfplauderei. Angelina schränkte aber gleich ein: »Es ist doch grandios (sie verwendete das Wort »meraviglioso«) einen Mann zu haben, der einen bekocht. Zurecht, wie ich anmerken muss, schließlich stehe ich die ganze Woche über im Geschäft und rackere mich ab, während mein Göttergatte seinem Hobby, der Segelschule, nachgeht, und selbst da lässt er sich wegen der paar Handgriffe bedienen!«

»So das REICHT!«, beendete Michael die spöttische Ballade seiner lieb sorgenden Gattin, »alles rein zum Essen, aber dalli!« Nachdem alle Mägen gefüllt, die Kehlen befeuchtet und die Flammen heimelig wärmend im Kamin prasselten, intonierte Michael Weihnachtslieder auf der Orgel. Graziella, Teresa und Anna steuerten den Gesang bei. Deutsche Adventslieder inmitten des Mittelmeers, auch das kam vor. Die Stimmung durfte man getrost als weihnachtlich bezeichnen. Günther war es, der eine schöpferische Pause des Organisten zu einem Intermezzo nutzte.

All seinen Mut zusammenkratzend, es war wirklich belustigend zu sehen, wie der sonst so gar nicht auf den Mund Gefallene, sanft errötete und das Wort an Signore Morgani richtete. Wochenlang hatte er sich sorgfältig vorbereitet, jedes Wort abgewogen, verworfen und dann doch wieder ins »Drehbuch« aufgenommen. Und nun bei der Premiere dieses Desaster. Im Reinhardt-Seminar wäre er zweifelsohne durchgefallen. Von sprechen konnte keine Rede sein, zumindest nicht zu Beginn seiner Ansprache, da spuckte er eher Buchstaben aus – fast einzeln. Doch irgendwann hatte das Schicksal Erbarmen mit ihm, und er sprach einigermaßen verständlich. Doch das war im Prinzip egal – schließlich wussten alle, was er sagen wollte.

»Meine Karriere ist nicht gerade das, was man als gelungen bezeichnen kann ... trotzdem, ich bin ganz sicher kein böser Mann. Ja, ich habe Fehler begangen und auch bezahlt, aber seit längerem führe ich ein geregeltes Leben, habe ein bescheidenes Einkommen und eine bürgerliche Existenz ...« Günther hielt inne mit seinem Vortrag, holte Luft und nahm einen zweiten Anlauf, nachdem ihm keiner der Anwesenden unterbrochen hatte.

»Ich liebe Graziella ... und ...«, wieder eine Zäsur, »ja, ich liebe sie so sehr, dass ich sie heiraten möchte. Eigentlich nicht möchte, ich MUSS! Bitte das nicht missverstehen; ich muss sie deswegen heiraten, weil ich ohne sie nicht weiterexistieren KANN! Ich sterbe ohne Graziella ... und sie fühlt wie ich!«

Stille. Niemand im Raum hätte dem Ex-Legionär so eine »Brandrede« zugetraut. Auch der Vater von Graziella, der schon zuvor wusste, dass er seine Zustimmung geben würde, war ebenso beeindruckt und auch überrascht, vielleicht sogar in irgendeiner Form überrumpelt. Wie auch immer, Günther war der Star des Abends.

Mit einladend weit ausgebreiteten Armen schritt Morgani auf Günther zu, umarmte den Schwiegersohn in spe vorerst wortlos. Seine Frau meinte anerkennend: »Diese Rede, die hast du wirklich »eccellente« einstudiert – mir fehlen die Worte. Lieber Günther, sei willkommen in unserer Familie! Wir denken nicht an deine Vergangenheit, sondern bauen auf deine und Graziellas Zukunft.«

Nun stürzte sich Graziella auf den Festredner und umarmte ihn innig. Bald lagen sich alle in den Armen, bis ein Knall, scharf wie ein Schuss, erklang. Michael hatte eine Flasche »ciampagna« geköpft. Die Feierlichkeiten endeten erst im Morgengrauen. Anna und Teresa, die artig geschwiegen hatten und das Spektakel aufmerksam verfolgten, wurden nicht ganz schlau daraus. Daher stellten sie die Frage: »Ist Günther jetzt unser großer Bruder und Graziella unsere Schwester?«

Damit hatten die Kinder die Aufmerksamkeit der Erwachsenen auf sich gezogen. Und weil sie gerade einmal im Zenit des allgemeinen Interesses standen, äußerten sie gleich ihre Wünsche: »Papa, wann hast du eigentlich einmal Zeit für UNS. Du hast uns außerdem versprochen, für Weihnachten mit uns hier in der Küche Plätzchen zu backen! Also WANN?«, das klang bereits ziemlich energisch und die Kinder hatten die Lacher auf ihrer Seite – nur der angesprochene Vater schwieg betreten. Er verfluchte jetzt seinen Leichtsinn, dass er so im Vorbeigehen einmal dieses Versprechen abgegeben hatte – nun war der Zahltag nahe.

»Es stimmt Kinder – und ich habe noch NIEMALS ein Versprechen gebrochen!« An dieser Stelle hüstelte Angelina verräterisch auf, schwieg aber sonst, während Michael gleich einen konkreten Zeitplan erstellte. Die Kinder sahen ihn erwartungsvoll an.

»Also, auf diesem Herd … der hat seine besten Zeiten hinter sich gelassen, können wir das Vorhaben nicht ausführen. Wie auch immer, ich kaufe einen neuen samt Backofen. Dieses Monstrum nebst Abzug werden Günther und ich aus der Wand reißen!«

»Wann?«, kam es lautstark wie aus einem Munde von den Kindern.

»Wann? Ganz einfach, nächstes Wochenende backen wir!«

Die Kleinen hüpften vor Freude und Michael graute vor der Umsetzung seines Versprechens.

»Graziella hilfst du uns?«

»Wobei … bei den Abbrucharbeiten? … ganz sicher nicht! Zum Backen komm ich gerne! Papa kann übrigens nicht nur ein tolles Eis fabrizieren, er stand auch einmal in einer Backstube … da könnt ihr euch dann messen.«

Der angesprochene Papa stieß einen Seufzer aus und schlug sich die Hände vors Gesicht. Angelina konnte es nicht lassen und verpasste Michael noch einen winzig kleinen Seitenhieb, grinsend sagte sie: »Zwei so begabte Handwerker wie ihr, ihr schafft es sicher innerhalb einer Woche, einen neuen Herd einzubauen – da habe ich keine Zweifel«, die Ironie in ihren Worten triefte fast »sichtbar«.

Kapitel 32

Die Champagnerlaune war verflogen, und das Wort Morgengrauen bewahrheitete sich ausgiebig. Am Montag war das Firmament bis zum Horizont mit schweren Wolken verhangen. Man konnte getrost sagen, das Wetter hatte sich Michaels Stimmung angepasst. Ihm graute vor dem Kommenden.

Günther, bereits mit Krampen, Hammer Meisel und Schubkarre bewaffnet, rückte dem Herd zu Leibe, während Michael diesmal mit der APE in die Stadt fuhr, um einen Herd zu erstehen. Das war fürs Erste eine konfliktfreie Aufgabe – doch er wusste, der Kelch des Abbruchs würde nicht an ihm vorüberziehen. Auch wenn er die Einkaufsfahrt etwas ausdehnte, zwei Espressi und ein Glas Portwein zu sich nahm – irgendwann musste er wieder nach Hause.

Günther, mit nacktem Oberkörper, sah aus wie ein Kaminfeger am Ende seines Tagwerks. Der Schweiß bescherte ihm weiße Streifen am Körper, sodass er an ein Zebra erinnerte.

»Der Herd leistete nicht lange Widerstand, aber der Kamin hatte es in sich. Der Verdacht lag nahe, dass hier vor ein paar hundert Jahren der erste Stahlbeton verbaut wurde! Zu allem Überfluss ragte da auch noch ein dickes Eisenrohr heraus … fällt dir da etwas ein?«, wandte er sich an Michael. Der besah sich die »offene Wunde« in seiner Küche. Doch auch sein Befund war vernichtend, das Rohr wich um keinen Millimeter und beim Beton hätte es sich auch um Granit handeln können – nur der wäre wenigstens zersplittert wie Glas, doch dies tat der Kamin nicht einmal andeutungsweise. Er stand wie ein Bock.

»Das Rohr … ich kapier das nicht, wozu soll das gut sein?«, stöhnte Michael am Boden zerstört.

Günther orakelte sofort: »Vielleicht ein Schatz?«

Michael schüttelte entschieden den Kopf: »So ein Unsinn … das Ding muss irgendeine Funktion gehabt haben – aber welche?«

Es half alles nichts, nur Brachialgewalt konnte da wirken. Michael setzte sich ins Auto und fuhr noch einmal in die Stadt. In einem »Negozio di Ferramenta« klagte er einem geduldigen Verkäufer sein Leid.

»Da kann nur eine Diamantscheibe helfen, wenn das nicht funktioniert, dann müssen Sie sich eine Panzerfaust besorgen!«

Die Diamantscheibe, aufgezogen auf eine 2000-Watt-Flex mit hoher Tourenzahl, bewirkte erst einmal, dass man bereits von Weitem erkennen konnte: Hier wird gearbeitet! Der feine Staub, den der Vorgang verursachte, drang nicht nur im Haus durch alle Türen und würde den Einsatz einer Putzkolonne erfordern, nein, nicht genug, es stieg auch vor dem Haus eine Staubwolke auf, die sich sehen lassen konnte. Doch das Rohr kapitulierte … Günther zerlegte es in handliche Teile. Sogar zu Goethe und seinem Erlkönig griff Günther in seiner Begeisterung: »Bist du nicht willig, so brauch ich Gewalt!«, keuchte er und schluckte nebenbei eine Handvoll Dreck. Plötzlich hielt er inne mit seinem Treiben und griff in ein Stück des Rohrs. Er zog eine Art Beutel hervor, vermutlich aus Leder, ziemlich schwer und nicht gerade zierlich. »Da ich habe es ja gesagt: ein Schatz!«, triumphierte er lautstark. Achtlos warf er die Flex von sich … er war aufgeregter wie ein Jüngling bei seinem ersten Koitus.

Jetzt war sich auch Michael seiner Sache nicht mehr ganz sicher. Jubelnd wie ein Olympionike, dem man eine Goldmedaille umhängt, hielt er seinen Fund in die Höhe, dann übergab er seinen Fund an Michael. Der beäugte den ohne Zweifel uralten Sack mit Argwohn und Neugierde. Erwartungsvoll schaute Günther ihm in die Augen:

»Jetzt mach schon, mach auf!«, forderte er ungeduldig. Während Michael mit seinen rußgeschwärzten Händen versuchte, den Knopf der Kordel mit dem das obere Ende des Beutels verschlossen war zu lösen, dachte er sich nun auch: »Das könnte tatsächlich so etwas wie ein Versteck für etwas Wertvolles sein – eben ein Schatz, wie Günther vermutet hat. Murmeln würde sicher niemand so aufwendig verstecken.«

Ursprünglich wollte Michael die Kordel nicht beschädigen, aber jetzt plagte auch ihn die Neugier. Mit einem scharfen Küchenmesser – frei nach Goethes Erlkönig oder Alexander dem Großen – schnitt er die dicke Schnur durch, nicht ohne sich, wie es seine Mutter stets in solchen Situationen getan hatte, vorher zu bekreuzigen. Doch das Band war nicht aus Stoff oder Zwirn, auch nicht aus Leder, sondern aus geflochtenen Metallfäden. Das erste »Stahlseil« der Menschheitsgeschichte? Das Messer überlebte die OP nicht.

Gespannt starrten die beiden auf den Tisch, als Michael den Beutel umdrehte. Münzen, eine Unmenge an Münzen, allerdings keine Lire … die Münzen waren alt, sehr alt. »Schau einmal, das sind griechische, das sieht man an den Buchstaben … mein Gott, die sind ja uralt … und ganz sicher wertvoll. Andere sind offensichtlich römischen Ursprungs.« Während sie den Fund sortierten, entfernten sie auch den gröbsten Schmutz. »Ich werde wahnsinnig, Mensch Günther, ich denke, dass die Münzen ein kleines Vermögen wert sind!«

Nun wurde geordnet, gesichtet und gezählt. Sie waren so in ihrem Tun versunken, dass sie den ganzen Dreck rundherum und den neuen Herd vergaßen. Günther stellte Fragen über Fragen … nur die wenigsten konnte Michael beantworten – er war ja selbst völlig aus dem Häuschen. Wem die Münzen wohl gehört haben mochten? Sicher war, dass der rechtmäßige Eigentümer nicht mehr eruiert werden konnte und keinesfalls mehr unter den Lebenden weilte. Auch der Vorbesitzer des Hauses konnte es nicht wissen, denn dann hätte der den »Schatz« sicher gehoben, bevor er das Haus verlassen hatte.

Am wahrscheinlichsten war, dass die Münzen nicht redlich erworben wurden und daher verborgen werden mussten. Fragen … aber keine Antworten. Möglich wäre auch, dass der Unbekannte Eigentümer zum Beispiel vor Napoleon und seinen Soldaten Angst gehabt hatte. Doch das Anwesen konnte zum Schluss keinem vermögenden Mann gehört haben – es war eher armselig gewesen.

»Wie alt ist das Haus eigentlich?«, fragte Günther.

»Keine Ahnung, ein paar hundert Jahre auf jeden Fall. Schau dir nur einmal die Mauern an ...« Michael sah auf und schaute Günther in die Augen. »Auf keinen Fall sagen wir irgendjemanden etwas davon. Also halt die Schnauze ... das bleibt unter uns! Dieser Fund bleibt unser Geheimnis. Verstanden? So und jetzt machen wir da weiter. Erst einmal muss der Schutt raus, dann verputz bitte die Wand. Ich besorge Morgen Fliesen ... und wegen unseres neuen Reichtums ...«, Günther hatte das Wort »UNS« mit Freude vernommen, »ich warte erst einmal ab, bis ich den Professor Pavoni treffe. Ich glaube, wir können es riskieren, ihm ein paar Münzen zu zeigen und um seine Meinung zu bitten ... der kennt sich da sicher besser aus als wir!«

Allen Aufregungen zum Trotz, am Freitag erstrahlte die Küche im neuen Outfit. Nichts war zu sehen von Ruß und Staub – und von dem außergewöhnlichen Fund konnte kein Betrachter etwas ahnen. Alle »Spuren« waren gründlich beseitigt worden. Michael hielt seinem Assistenten einen professionellen Vortrag über das Backen, insbesondere jenes von Plätzchen. Und um seine Kompetenz gleich zu beweisen, stürzte er sich wie vor einigen Dekaden in Mehl, Butter Eier und was da sonst noch alles gut und schmackhaft war. Ein gefettetes Blech mit Spekulatius weihte den neuen Backofen ein.

Das Ergebnis war allerdings ambivalent. Günther sagte nur ein Wort: »Prozesswürdig!«

Der »Haubenkoch« schwieg betreten – er hatte dem nichts hinzuzufügen. Sogar die Tiere, die sonst nicht wählerisch waren, wandten sich von dem Produkt ab – es schien, als würden sie die Plätzchen »nicht einmal ignorieren«.

Um das Maß vollzumachen, reichte Günther seinem Herrn und Meister eine Broschüre, die ihm bei der Räumungsaktion in die Hände gefallen war, Titel: »Backen für Anfänger« aus der Perlenreihe, sprich Dummies.

Bei den Brettern, die angeblich die Welt bedeuten, lautet ein gängiger Sager: »Generalprobe misslungen – Premiere gelungen«. So war es auch im Hause Faber. Die Produktion von Vanillekipferln, Linzer Radln und nicht zu vergessen, die bereits erwähnten Spekulatius, lief auf höchsten Touren. Die Küche war erneut verdreckt, jedoch diesmal mit Teigresten, Mehl und Butterresten und es roch einwandfrei weihnachtlich. Graziella ließ es sich nicht nehmen, die in Sardinien beheimatete »Torta di mandorle« zu »intonieren«. Dabei fiel die Amarettobeigabe sehr großzügig aus.

Was Wunder, dass der Heilig Abend »fantastico« wurde. Auch Angelina, ansonsten nicht so leicht begeisterungsfähig, konnte ihre Ergriffenheit nicht verbergen. Coram publico küsste sie ihren Göttergatten innig. Um das Maß voll zu machen, schneite auch Tochter Carola mit Ihrem Partner – heiraten ist heutzutage nicht mehr en vogue – zur Tür herein. Der Gänsebraten, il dulce, Wein und Punsch, last not least die live Klänge die Michael seiner Orgel entlockte – alles perfectamente.

Leicht verwundert waren die Anwesenden nur, als Michael das Lied vom »Hans im Glück« sang ... eigentlich kein Weihnachtslied. Nur Günther nickte unmerklich. Es lag eben nicht nur der Duft von Weihrauch und Myrrhe, sondern auch die Aura eines mystischen Geheimnisses in der Luft.

Die Plätzchen waren den Weg des irdischen gegangen, Carola mit ihrem Freund kehrten zurück nach Deutschland und die Kinder besuchten wieder die Schule – mit einem Wort: der Alltag war zurückgekehrt. Da – endlich – wurde Michael des sizilianischen Professors habhaft.

Pavonis Augen leuchteten auf wie ein Blitzlicht, als er einige der Münzen begutachtete. Erstaunen und Verwunderung, gepaart mit leichten Zweifeln befielen den Numismatiker – der er eigentlich nicht war. Nichtsdestotrotz, fremd war ihm die Materie nicht. Abschätzend wiegte er sein ergrautes Haupt hin und her. Letztlich hob er seinen Kopf und fragte, wobei seine Skepsis deutlich zu erkennen war: »Wo haben Sie diese Münzen her?«

»Vermutlich werden Sie glauben, ich flunkere«, das klang besser als lügen, »aber ich fand die Münzen wirklich bei mir im Haus!«

»Das ist unglaublich, Herr Faber ... die Münzen sind allem Anschein nach über 2.000 Jahre alt, wenn also ihr Haus auch schon ein paar Jahrhunderte auf dem Buckel hat ... aber 2.000 Jahre, also mein lieber Freund, da überfordern Sie mich in der Tat ... bei allem gebotenen Respekt.«

Michael setzte das »ahnungslos Gesicht« auf, nahm Haltung an und versicherte: »Bei meinem Ehrenwort als deutscher Offizier ... wir haben einen uralten Ofen aus der Wand gerissen und durch einen modernen ersetzt. Dabei mussten wir auch ein Stück des Kamins abtragen ... der Beutel war in einem massiven Eisenrohr. Es war erforderlich, eine Flex mit Diamanttrennscheibe einzusetzen!«

Der Professor schien eingehend über das Problem nachzudenken – aber der Mann war nicht nur Professor, er war auch ein Mensch mit Schwächen wie alle Menschen. In einem Punkt hatte er seine Meinung allerdings geändert – er glaubte Michael seine Story jetzt. Dass er überdies Provenienz mit Schwerpunkt Trapani war, erleichterte es vermutlich, auch die moralische Hemmschwelle etwas abzusenken ... seine Gedanken hatten den Pfad der Redlichkeit, wenn schon nicht gänzlich verlassen, so doch ein wenig verbreitert. Davon ahnte Michael jedoch zu diesem Zeitpunkt noch nichts.

Mit stets wachsender Begeisterung sortierte und prüfte Pavoni die Fundstücke. Dass er von der Anzahl von neuem überrascht war, ließ er nicht erkennen.

»Diese hier«, er nahm eine Silbermünze zur Hand, »die kann ich genau zuordnen, man nennt sie die »Eule aus Athen«; Marktwert etwa 1.500 Dollar. Was gedenken Sie denn mit dem Fund zu tun?«

»Professor, ich bin Pilot und Segler, von diesen Dingen habe ich wohl gehört, aber keine Ahnung ... Allerdings gedenke ich keinesfalls die Münzen zwangsweise einem Museum oder dem Staat zu geben ... da endet mein »Kunstverständnis« mit Sicherheit. Wieder vergraben, will ich die Dinger auch nicht … am liebsten würde ich sie wechseln, und zwar in Banknoten!«

»Verstehe, aber das wird nicht einfach sein.« Sein Gesicht nahm einen sorgenvollen Ausdruck an, ganz so, als sollte er wie ein Alchimist Eisen in pures Gold verwandeln. Mit einem Wort, man erwartete von ihm ein Wunder, wenn nicht etwas mehr.

»Auf jeden Fall müssen die Münzen sorgfältig gereinigt werden. Zitronensaft und dann Olivenöl – auf keinen Fall chemische Substanzen, Drahtbürsten und dergleichen verwenden!«

»Mein Partner ist in diesen Dingen sehr geschickt – er wird das sorgfältig tun.« Dass Günther ein paar Münzen schon mit einer Geschirrspülmittellösung und einer Drahtbürste »bearbeitet« hatte, dies verschwieg Michael dem Experten vornehm, und hoffte, dass sich der Schaden in Grenzen hielt – rein optisch war keine Beschädigung sichtbar.

»Sie sagen mein Partner … wer weiß denn alles von diesen wertvollen Stücken?«

»Nur Sie, er und ich!«

»Dann sorgen Sie dafür, dass es auch so bleibt, mein Lieber!«

Michael öffnete eine alte Flasche »Taylor Vintage Port 1985«, keine ganz billige Angelegenheit, doch er hatte den Wein einmal von einem dankbaren Schüler bekommen.

Das Glas halbschräg gegen die gebrochenen Sonnenstrahlen wendend, schätzte Pavoni den schweren dunkelroten Wein und sein Gegenüber gleichzeitig ein. Schließlich begann er, ganz so, als hielte er eine Vorlesung im Hörsaal der Uni, seinen wohlüberlegten Vortrag:

»Wenn ich die Lage richtig analysiere, dann haben Sie für die Münzen weder eine Expertise noch ein Dokument, das Sie als Eigentümer ausweist?« Das war ohne Zweifel eine Frage, doch der Referent gab seinem Studenten nicht eine Sekunde Gelegenheit, sich zu äußern, im Gegenteil, er gab die Antwort gleich selbst:

»Da Sie beides nicht vorweisen können, wird es wohl unvermeidlich sein, dass ICH dem Abhilfe schaffe! Nun gut; ich bin bereit und natürlich auch in der Lage, ein derartiges Gutachten auf wissenschaftlicher Grundlage zu erstellen. Das nimmt aber Zeit in Anspruch und das nicht zu knapp. Es ist unvermeidlich, dass ich mich in verschiedenen Bibliotheken vergewissere und entsprechende Quellen anführe.«

Ein unbedarfter Zuhörer hätte meinen können, soeben wird das Rad neu erfunden. Solche Gedanken beschlichen Michael überhaupt nicht, er spürte, dass sein Ziel, Kasse zu machen, in greifbarer Nähe war. Dem ordnete er im Augenblick alles unter. Und überhaupt, an die Notwendigkeit Vorsichtsmaßnahmen zu ergreifen, dachte er bei der honorigen Person namens Pavoni a priori ohnehin nicht. Der setzte seinen ausgefeilten Vortrag fort.

»Sie werden verstehen, dass ich so eine aufwendige Arbeit nicht gänzlich ohne Honorar – Honorar kommt möglicherweise von honorig – bewerkstelligen kann. Ein fundiertes Gutachten von einer Kapazität würde gut und gerne einige Tausend Dollar kosten – dabei lassen wir einmal unberücksichtigt, dass Sie die Herkunft der Münzen, zwar mir, aber keinem Sachverständigen, geschweige denn der Behörde, erklären könnten.«

Er sprach es nicht direkt aus, aber de facto konnte nur er, Professore Giuliano Pavoni, das unbedingt erforderliche Schriftstück verfassen. Nachdem dies klargestellt war, wurde die Geldfrage gelöst. Wieder legte er eine dramaturgische Pause ein, die er dazu verwendete, sich noch etwas vom vorzüglichen Portugiesen zu vergönnen. »Nachdem wir ... man könnte beinahe sagen, befreundet sind, will ich konziliant sein. Ich erstelle nicht nur die erforderlichen Dokumenti, sondern ... ich besorge Ihnen auch einen potenten Käufer! Dafür überlassen Sie mir ... sagen wir ... zehn Münzen, die ich mir aussuchen darf.«

Wortlos reichte Michael seine Rechte, nicht ohne dabei das Glas mit dem Port umzustoßen, doch dem konnte in diesem erhebenden Augenblick keine Bedeutung beigemessen werden. Pavoni hob sein Glas, nachdem Michael es wieder gefüllt hatte und verkündete theatralisch: »Ich muss zugeben, mein lieber Michael, Sie haben nicht nur bei der Auswahl Ihrer lieben Frau Gemahlin, sondern auch beim Wein Ihren exquisiten Geschmack unter Beweis gestellt – meinen herzlichen Glückwunsch!« Die nicht anwesende Frau Gemahlin wäre entzückt gewesen vom sizilianischen Schwadroneur.

Die obligatorische Umarmung, die Ermahnung zu schweigen wegen Behörde, Mafia und missgünstigen Mitmenschen – denn alles stellte eine letale Gefahr dar – und die Bitte, keinesfalls Einzelstücke zu veräußern, umrahmten die herzliche Verabschiedung der neuen Freunde.

Michael und Günther rieben sich die Hände und sangen ein Liedchen, während sie den restlichen Portwein seiner endgültigen Bestimmung zuführten.

Pavoni würde in den nächsten Wochen in Rom weilen und diesen Aufenthalt dafür nutzen, um die Münzen in bare Münze zu verwandeln. Eine wunderbare Aufgabe für einen Sohn der Stadt Trapani auf Sizilien. Und der Professor konnte und wollte seine edle Herkunft keinesfalls in Abrede stellen und war stets bestrebt, den Ruf der Stadt und ihrer historisch gewachsenen Herrschaft gerecht zu werden.

Kapitel 33

Willy Brandt kniete sich vor dem Getto Denkmal in Warschau nieder, in der ganzen Welt wurde diese Geste nicht nur wohlwollend beachtet. Im Schatten dieses Ereignisses verblasste sein Besuch bei Ministerpräsident Willi Stoph in der DDR. Jochen Rindt verunglückte in Monza tödlich und wurde posthum Formel I Weltmeister und Italien verlor im Fußball WM Endspiel 4 : 1. Doch für die Sarden fand das wichtigste Ereignis des Jahres auf ihrer Insel statt:

Papst Johannes XXIII. besuchte Sardinien – dieses Event konnte nicht überboten werden – von Nichts und Niemanden.

Vermutlich war Cagliari noch nie so einladend adrett gewesen wie in jener Zeit. Besonders signifikant war, dass sogar der schon als historisch zu bezeichnende Dreck im Hafen über Nacht verschwunden war. Seine Heiligkeit hatte bereits im Vorfeld gewirkt – zwei Müllbarkassen, eine absolute Novität, kreuzten nun täglich im Hafen und fraßen mit ihren Fangarmen, Plastiktüten, Farbeimer und sonstigen Müll. Jetzt war es tatsächlich eine Freude, einen Spaziergang auf dem Hafengelände zu unternehmen. Dabei konnte man neuerdings auch Anglern, die am Pier saßen, bei ihrem Treiben zusehen. Absolut spektakulär war jedoch ein prächtiger Delfin, der eines Tages, die Umgebung des Hafens gründlich in Augenschein nehmend, seine Runden drehte. Michael hatte es nie so recht geglaubt, allerdings war es nun amtlich:

Der Stellvertreter Christis auf Erden konnte tatsächlich Wunder bewirken.

Einige Monate später ging der ganze Zirkus von vorne los. Jetzt aber wurde es Michael zu bunt. Dass man chemische Toiletten am Parkplatz aufgestellt hatte, ging ja noch an. Aber als man den ganzen Pier sperrte und er nicht mehr zu seiner »Flotte« kam, das war entschieden zu viel. Er suchte umgehend seinen alten Freund den Commandante auf. Der strahlte wie ein Glühstrumpf und wirkte wie immer wie aus dem Ei gepellt in seiner blendend weißen Uniform – selbstverständlich war diese nach Maß geschneidert.

»Che surpressa!«, rief er mit ausgebreiteten Armen, als Michael auf ihn zukam.

»Ja Überraschung … das ist genau das richtige Wort! Was soll das? Ich kann nicht mehr zu meinen Booten! Der Pier ist gesperrt! Soll ich meine Schule schließen, nur weil irgendeinem Bürokraten im Palazzo Cummunale langweilig war?«

»Aber nein, Capitano … niemand will Ihnen Schaden zufügen – es ist nur für ein paar Tage … ein waschechter Sultan, der Herrscher von Oman, kommt in unsere Stadt. Wir hoffen natürlich alle, dass er hier investieren wird! Das brächte auch gewaltige Vorteile für Sie!«

Michael war erst einmal ein wenig beruhigt – ein paar Tage, das konnte er schadlos überstehen.

»Allora Quabus bin Said al Said kommt mit seiner Yacht. Das bescheidene Boot ist fast 160 Meter lang und 8.000 Quadratmeter groß … und heißt, wie könnte es anders sein, ›Al Said‹!«

Da war Michael dann doch beeindruckt und der Commandante legte noch nach: »Die Yacht ist eine der Größten, die die Ozeane befahren! Übrigens bevor ich es vergesse … der Sultan kommt auch noch mit einem Begleitschiff. Ich wollte schon mit dir reden … du musst für diese paar Tage mit deinen Booten wo anders vor Anker gehen. Wir brauchen den gesamten Pier für die beiden Schiffe des Sultans.« Es klang ganz so, als sei dies von Allah oder Gott, oder weiß der Geier wem, so vorbestimmt. Also es gab daran nichts zu rütteln! So viel war klar.

»Ich fürchte, da wird unser Yachtservice – insbesondere Günther mit unserer APE – hoffnungslos überfordert sein. Der Scheich wird verhungern … das schaffen wir keinesfalls!«, lachte Michael, der nun wegen der Zukunft seiner Boote beruhigt war.

»Das Versorgungsschiff ist größer als die Yacht selbst … Hubschrauberlandeplatz, Krankenstation mit OP-Saal, alles, was man sich vorstellen kann. So und nun muss ich dich verabschieden … ich habe jede Menge zu tun!«, galant schob der Commandante den Tedesco sanft aus seinem Büro.

Sogar die Schlepper im Hafen hatten sich weißes Tuch wie ein Kondom über die schwarzen Reifen gezogen, die das Anlegemanöver der wertvollen Yacht begleiten sollten. Ein »Bataillon« an Polizisten, Sicherheitsleuten des Scheichs in Zivil und natürlich eine Ehrengarde säumten den roten Teppich, den man ausgebreitet hatte, als die Yacht des Scheichs majestätisch langsam in den Hafen »schwebte«. Die Bezeichnung Yacht war zweifellos die Untertreibung des Jahres – ein ausgewachsener Kreuzfahrtdampfer näherte sich, einen nicht viel kleineren Dampfer im »Schlepptau« – das vom Commandante erwähnte Versorgungsschiff. Unübersehbar hatten sich zwei Hub- schrauber wie balzende Auerhähne auf einen Landeplatz des Schiffes gesetzt.

Der Rumpf dieser schwimmenden Stadt spie nach dem Anlegen sechs gepanzerte Mercedes 500 (etwas Größeres gab es damals noch nicht) aus seinem Bauch. Eine zweifelsfrei nicht sehr geschmackvolle Demonstration von Macht und Reichtum – in der arabischen Heimat des Scheichs allerdings beinahe eine Pflichtübung.

Am folgenden Tag lag die Hitze wie von einem Deckel auf dem Kochtopf festgehalten über Cagliari. Trotzdem gab der Scheich für das Volk einen Empfang. Zahllose Tische und Bänke waren auf dem Pier aufgestellt worden. Um wenigstens die stechenden Strahlen der Sonne ein wenig abzumildern, hatten die Diener des Scheichs die gesamte Fläche mit weißen Sonnenschirmen bestückt. Ein Rätsel, wo in so kurzer Zeit so eine Unmenge an Sonnenschirmen herbeigezaubert worden waren – möglich allerdings, dass sie an Bord des Versorgungsschiffes gelagert hatten.

In der Mitte der Sitzgelegenheiten schlug ein üppiges Festbankett eine Schneise. Auf der unermesslich langen Tafel fand sich alles, was ein Gaumen begehren konnte. Von Gebäck über Früchte, Käse, Fisch und Meeresgetier, gebratenem Fleisch – müßig zu erwähnen, dass alles »Hamäl« war – sowie Gemüse aller Art. Ein Bürger hatte sich die Mühe angetan und die Käsesorten gezählt … bei fünfzig hatte er entnervt aufgegeben. Einziger Wermutstropfen für die Wein liebenden Sarden – die Kellner servierten keinen Alkohol. Jeder, ob arm oder reich war zu diesem Festmahl eingeladen. So etwas hatte Cagliari noch niemals erlebt und ein da Capo würde es vermutlich auch nicht geben. Für die musikalische Untermalung sorgte die bunt schillernde bordeigene Kapelle.

Eine Gruppe von jungen Sarden, in typisch bunter Landestracht gekleidet, bot heimatliche Tänze für den Scheich und sein Gefolge dar. Anna und Teresa staunten mit offenen Mündern – so etwas hatten die Kinder noch nicht gesehen. Der Abend repräsentierte jedoch den gesellschaftlichen Höhepunkt des Scheichbesuches. Der Herrscher bat zur Audienz; die Hautevolee der Stadt gab sich die Klinke, richtiger die Rehling, in die Hand, die Honoratioren der Stadt, vom Sindaco über den Deutschen Konsul bis hin zum Chefarzt der Klinik und natürlich der Commandante mit Hauptmann Faber samt Gemahlin im Schlepptau, sie alle waren nur allzu gerne gekommen. Dieser Chefarzt war es auch gewesen, der für die Einladung der Fabers in Anerkennung der Verdienste um Michaels Blutspenderbank gesorgt hatte.

Wer den Scheich instruiert hatte, erfuhr Michael nie; Tatsache war, dass der Herrscher persönlich bat, den Ehrengast seinen Ärzten dessen Rolle bei der Blutspenderaktion zu erklären.

Der Hubschrauberlandeplatz auf dem Versorgungsschiff bildete die »Grundlage« für ein opulentes Buffet. Und an diesem Fressaltar wäre Michael beinahe mit einem liebgewonnenen neuen Freund zusammengestoßen. Ihre Gabeln trafen sich auf einem Hummerschwanz.

»Professore, Sie hier?«

»Dasselbe könnte ich Sie fragen?«, konterte Pavoni, der am Rande zu verstehen gab, dass er sehr wohl vom Speisenangebot, nicht aber von jenem der Getränke begeistert sei. Fruchtsäfte Wasser, Tee und Kaffee waren nun einmal nicht seine Favoriten. Mit Wehmut gedachte er in diesem Augenblick Michaels Portwein oder Roederer Cristall oder wenigstens Merlot.

»Gut, dass ich Sie treffe. Es besteht die Möglichkeit, dass ich die gesamte Münzsammlung an den Scheich verkaufen kann. Morgen habe ich eine private Audienz bei ihm, und er ist ein leidenschaftlicher Sammler antiker Stücke!«

»Das wäre ein Geschenk des Himmels, ich meine in diesem Fall natürlich Allahs!« Michael konnte es kaum glauben.

»Es wäre günstig, wenn ich die ganze Sammlung vorzeigen könnte … für den Scheich sind das ja keine Beträge … ich denke, dass er sich sofort entscheidet. Kann ich Sie morgen Vormittag deswegen aufsuchen?«

»Selbstverständlich!« Michael hatte keine Bedenken, dem Professor die kostbaren Münzen anzuvertrauen. Angelina war mit wichtigen Angelegenheiten wie Mode und den Vorgängen an den europäischen Herrscherhäusern beschäftigt. Die Gespräche der Männer weckten ihr Interesse kaum.

Majestätisch rollte anderntags eine gepanzerte Limousine Marke Mercedes an Michaels kleinem Paradies vor. Der Scheich hatte dem Professor einen Wagen ins Hotel geschickt, um ihn abzuholen – der Chauffeur musste nun über Pavonis Anweisung den Umweg über Michaels Hazienda nehmen.

»Hier sind die Münzen … Bitte«, Michael wies Günter an, die Münzen zum Wagen zu bringen. Wenig später war der Professor auf dem Weg zum Hafen, um den Scheich zu treffen.

Kaum zwei Stunden waren vergangen, und Pavoni begehrte Wein. Michael beeilte sich, einer Flasche Cinsaut den Garaus zu bereiten. Er vermutete zurecht, dass sein Gast den Tropfen aus der Nachbarinsel Korsika schätzen würde. Günther war sichtlich nicht davon angetan, dass der Wein umständlich zum Aushauchen in eine Karaffe gegossen wurde – und dann endlich erklangen die Gläser. Dann erst befriedigte der Professor den genervten Michael, der seine Ungeduld kaum verbergen konnte. Was hatte sich beim Scheich zugetragen? Nur diese Frage war für ihn relevant.

Ohne Hast zog Pavoni einen prall gefüllten Umschlag aus seinem Jackett und bemerkte nur: »Lire oder Mark hatte der Scheich nicht vorrätig ... ich musste mit Petrodollars vorlieb nehmen!«

Michael beherrschte sich, Günther nicht, der platzte heraus: »Wieviel?«

Seine Nasenwurzel mit Daumen und Zeigefinger massierend, flüsterte der in dieser delikaten Angelegenheit als Berater, Gutachter und zu guter Letzt auch als Vermittler agierende Historiker: »Zwanzigtausend.«

Schweigen, nach dem Motto, keiner rührt sich. Es war natürlich Günther, der sich nicht länger zügeln konnte. Er griff nach dem Umschlag und öffnete ihn.

»Mein Gott!«, hauchte er ergriffen. Er war von der grünen Pracht überwältigt und reichte das Kuvert an Michael weiter, nicht ohne zuvor daran gerochen zu haben. »Nach Öl stinken sie nicht!«, merkte er an.

Pavoni war nicht nur ein respektabler Historiker mit sizilianischem Hintergrund; nein, in ihm steckte auch etwas von den Gebrüdern Grimm, angereichert mit einem Schuss Münchhausen. Wie auch immer, die blumige Geschichte, die der Scheich hinsichtlich der Herkunft der antiken Taler zu hören bekommen hatte, stellte jedes arabische Märchen, 1001 Nacht eingeschlossen, mühelos in den Schatten. Überrascht rechtfertigte er sich vor Michael: »Wenn ich die tollkühne Behauptung aufgestellt hätte, dass dieser Schatz beim Renovieren einer Küche aufgetaucht sei ... dann, lieber Faber, hätte er mich verjagt, wenn nicht gar nach gutem alten arabischen Brauch gesteinigt! Das wollte ich auf keinen Fall riskieren. Ich gebe Ihnen folgenden Rat mit: Nichts glauben die Menschen schwerer als die Wahrheit, die Lüge hingegen verspeisen sie mit Lust!«

Sie erhoben ihr Glas und prosteten sich zu. Nun war es an Michael, die Sache zu einem würdigen Abschluss zu bringen.

»Professore … ich habe Ihnen neun Stück für Ihre Hilfe versprochen; haben Sie sich diese Münzen genommen?«

»Nein, ich habe mir nur die griechische behalten. Weil die anderen eine Gesamtprägung darstellten, das hätte den Wert der Sammlung unnötig dezimiert.«

Michael überlegte kurz, dann nahm er das Geld aus dem Umschlag und zählte dreitausend Green Bucks ab.

»Ist das akzeptabel?«

»Das ist es auf jeden Fall. Übrigens, wenn Sie sich wundern, es gibt keinen Kaufvertrag oder ähnliches … ich habe zwar so ein Schriftstück vorbereitet, doch der Scheich hat abgewunken und belehrte mich: ›Mit jemanden, dem ich vertraue, brauche ich keinen Vertrag … und mit jemandem, dem ich NICHT vertraue, erst recht nicht!‹ Sogar das Gutachten mit dem ich mir so viel Mühe gegeben habe, schob er verächtlich beiseite …«

Es war der Wille des Allmächtigen, dass noch eine zweite Flasche Wein an diesem Tag dran glauben musste. Die Zeit war schon fortgeschritten, als die Rede darauf kam, was Michael denn nun mit seinem »Vermögenszuwachs« anstellen werde. »Die Flotte vergrößern oder ganz erneuern?«

»Ganz ehrlich gesagt: Die beiden Boot sind alt, um nicht zu sagen uralt. Auf jeden Fall schäme ich mich dafür. Sie sind in der Tat unwürdig anzusehen, wenigstens, wenn man davon ausgeht, dass es Schulungsboote sein sollen – und das macht sich bemerkbar. Nebenbei schläft die Konkurrenz nicht. Kurzum, ich habe kaum noch Schüler. Das verchartern für Angelfahrten, das läuft gerade eben so. Günther, mein treuer Bootsmann, betreibt den Yachtservice, das läuft nicht schlecht. Ich für meine Person, ich denke daran, die Füße jetzt etwas höher zu legen.«

Der Professor stupste Michael in die Seite und sagte: »Mein lieber Freund, ich fürchte, das müssen Sie sich abschminken!« »Warum?« Michael war jetzt bass erstaunt.

»Kennen Sie die Grotten von Sant-Giovanni, drüben im Westen von Cagliari, schon davon gehört?«

Michael war gespannt, was es mit dieser Frage für eine Bewandtnis hatte. Was bitteschön konnte diese Grotte mit seinen Plänen zu tun haben. Er konnte beim besten Willen keinen Bezug herstellen. Andererseits war der Professore, wie inzwischen klar geworden war, jederzeit für eine Überraschung gut. Das alte Schlitzohr schlug nicht nur im Gespräch Haken wie ein Hase auf der Flucht, sondern auch im realen Leben. Michaels Geduld wurde nicht lange strapaziert. Pavoni legte eine Hand freundschaftlich um seine Schulter, bei einem Sizilianer nicht unbedingt ein gutes Zeichen, dabei sprach er ganz behutsam auf Michael ein.

Marsala, der süße Wein, er wächst in unmittelbarer Nähe von Trapani … und so süß, wie Marsala den Gaumen betört, genauso drangen die Worte Pavonis in Michaels Ohr. Verlockend und die Neugier wie eine Flamme auflodernd lassend. Michael war sich dessen zu diesem Zeitpunkt noch nicht bewusst – ganz im Gegenteil, zu seinem sizilianischen Einflüsterer, der ganz gewiss war: Michael war sein.

»Ein unterirdischer See … er wurde erst jüngst nach einem Felssturz entdeckt, vielleicht können Sie sich an den Ausbruch des Stromboli letztes Jahr erinnern? Die Geologen sehen da einen Zusammenhang. Wie auch immer, man hat mir die Erforschung der Höhlen übertragen … eine sehr interessante Aufgabe. Dafür benötige ich einen zuverlässigen und erfahrenen Partner. Wenn ich ein Boot führe, dann setze ich es vermutlich innerhalb von zehn Minuten auf Grund, Sie aber, Sie sind ein versierter Seefahrer … ich denke nicht, dass ich einen besseren kenne … schlagen Sie ein … werden Sie mein Partner!«

Wer hört nicht gerne, dass er eine Koryphäe ist? Michaels Sorge galt nicht den Gefahren, die so ein Unternehmen mit sich bringt, die Gefahr drohte von ganz anderer Seite: Angelina, sie würde ihm vermutlich die Hölle heiß machen. So gab Michael erst einmal nur ein salomonisches »Wir werden sehen, ich melde mich im Herbst« von sich. Sein »Commandante« in spe allerdings verkündete gleich die ersten Befehle, ganz so, als sei Michael schon in seinem »Gewahrsam«.

»Wir können in den Höhlen wegen der Abgase auf keinen Fall mit Benzinmotoren agieren. Wir benötigen starke elektrisch betriebene Außenbordmotoren ... in Deutschland gibt es dafür einen großen Markt, bitte kümmern Sie sich inzwischen darum!«, und das klang nicht zufällig so, als ob Michael bereits ein fixes Team des Höhlenforschungsteams sei.

***

Kapitel 34

Der Sommer begann in diesem Jahr früh, er wurde heiß, wie seit Jahren nicht. Günther bezog mit seiner Graziella eine Wohnung in Cagliari. Allerdings vernachlässigte er seine Aufsichtspflicht bei der »Casa« nicht und versorgte auch die Tiere nach wie vor mit Hingabe. Angelina weigerte sich wie immer, ihren Salon im Sommer auch nur einen Tag zu schließen. »Es kommen immer mehr Touristen, ich arbeite gerne, warum soll ich Geld verschenken?«, argumentierte sie und ließ wie üblich keine andere Meinung gelten.

Michaels Vorschlag, mit den Kindern eine Segeltour zu unternehmen, fand so gar nicht ihren Gefallen. »Frag mich wieder, wenn du so eine Yacht wie der Scheich besitzt und nicht so eine kleine Schaluppe!«, gab sie die Grand Dame von sich. Da hatte sie sich etwas zu weit aus dem Fenster gelehnt.

Einige Tage später legte Michael wortlos vier Schiffspassagen auf einem Luxusdampfer, große Suite, zwei Schlafzimmer – jedes mit eigenem Bad – 20 m² Wohnbereich und natürlich Balkon auf einem neuen, riesigen Ozeandampfer, der jeden nur erdenklichen Luxus bot, auf den Tisch. Es kam selten vor, dass Angelina nichts zu sagen wusste, doch in diesem erhebenden Augenblick schwieg sie – dann umarmte sie Michael und küsste ihn innig.

»Sag, hast du geerbt? Das kostet ja ein Vermögen … mein Gott und ich wusste gar nichts!«, letzteres ging ihr sichtlich gegen den Strich, aber die Freude verdrängte ihren verletzten Stolz. Die Mädchen hüpften ausgelassen aus Vorfreude herum. Auch der Herr Schwiegervater, der den »povero Soldato« gerne auf der Zunge hatte, zog es vor, distinguierte Stille zu verbreiten.

Die Kreuzfahrt begann in Cagliari und das Schiff ging in Sizilien erstmals vor Anker, und die Passagiere gingen in Palermo an Land. Tagsüber lag der Ozeanriese in einem Hafen und nachts setzte das

Schiff dann die Reise fort. Über Malta und Athen ging es nach Rom weiter, um schließlich wieder in Cagliari zu enden.

»So etwas nenne ich eine Seereise. Da kann dein olles Segelboot niemals mithalten«, bemerkte Angelina herablassend. Auch die Mädchen gaben ihren Mitschülern in der Schule ein Lehrspiel in Sachen Arroganz; nicht bösartig, aber so, wie Kinder nun eben einmal sind. Ein kleiner Junge von sechs Jahren holte sich mit seiner naiven Frage auch gleich symbolisch eine »blutige Nase«, als er Teresa zu fragen wagte: »Was sind denn eigentlich Kreuzfahrer?«

»So etwas Ähnliches, wie es die Kreuzritter früher waren, aber da bist du noch zu klein, um das zu wissen!«

Der letzte Weg zum Schiffsfriedhof war für Michals Flotte auf längere Sicht nicht mehr abzuwenden. Alles Irdische beschreitet eben irgendwann den Weg des Vergänglichen.

Kapitel 35

Il Mare Nostrum. In längst vergangene Zeiten waren Michaels Gedanken versunken, während er mit verklärtem Blick auf den Horizont seines geheiligten Mittelmeeres hinausblickte und sein Auge eine imaginäre römische Galeere erhaschte. Ja, das Meer war, neben der Fliegerei, schon immer seine große Liebe gewesen und würde es immer sein. Er hütete sich, dies seiner Gemahlin zu verraten, Das hätte sie ihm sehr verübelt – ohne den Unterschied zwischen Liebe und Liebe zu ergründen. Wehmütig dachte er dabei an jene Zeiten, in denen er sich vor Kunden für seine Segel- und Tauchschule nicht retten konnte. Dabei war es nicht der schnöde Mammon, dem er nachtrauerte; nein, es war die Leidenschaft, die er dabei entwickelte. Er war sich jedoch bewusst, dass dies jemandem, der selbst nicht so empfand, sehr schwer vermittelbar war. Deswegen war die letzte Fahrt seiner Boote mit der Bestattung eines lieben Freundes vergleichbar – nur es war unumgänglich geworden.

Das Beschäftigungsfeld für seinen »Ziehsohn« Günther war immer noch breit gefächert und dessen Einkommen gesichert –soweit in den neuen Zeiten irgendetwas noch gesichert war. Unterdessen näherte sich, wie stets in gestärkter, blütenweißer Uniform, der Hafenkommandant und begrüßte seinen langjährigen Kameraden jovial. »Capitano Faber, welch eine Freude. Darf ich zu einem Café laden?« Auch wenn er Café sagte, konnte er durchaus ein Gläschen Wein meinen. Keine Frage, man suchte eine naheliegende Bar auf und tauschte Neuigkeiten aus.

»Da ist übrigens etwas Seltsames geschehen. Dr. Bernhard, der deutsche Konsul, ihr kennt euch ja von früher, war bei mir und hat berichtet, dass eine Segelyacht mit deutscher Besatzung vermisst wird – bereits seit mehreren Tagen! In diesem Zusammenhang kam auch die Rede auf ihre Person … der Konsul meinte, dass Sie als einer der erfahrensten Seeleute hier in der Gegend vielleicht helfen könnten.«

Beinahe blitzartig trank Michael aus und lief zum Cinquecento, der ihn rasch zum Konsulat brachte, wo sein alter Fliegerkamerad residierte.

»Gut Michael, dass Sie gekommen sind … sonst hätte ich Sie heute Nachmittag aufgesucht!«

»Ich habe den Commandante getroffen, und der hat mich grob ins Bild gesetzt. Gibt es etwas Neues in der Angelegenheit?«

»Ich hatte soeben ein längeres Gespräch mit dem Sohn der Bootseigner, Herrn Brinkmann. Soweit er in der Lage dazu war, hat er mich über die Umstände informiert.

Seine Eltern, Herta und Paul Brinkmann, sind mit einer ‚Amel Shaki`, einer Dartsailer 38, ich glaube ein Zweimaster, aber da kennst du dich besser aus, in St. Tropez ausgelaufen. Vor Nizza hatten sie den letzten Funkkontakt und gaben an, über Korsika und Sardinien nach Tunesien zu segeln. In der Nähe von Monastir wollten sie dann überwintern. Doch sie kamen dort nie an. Der Sohn ist sehr besorgt, was ich nachvollziehen kann – nur ich habe keine Ahnung, wie ich da helfen könnte. Die polizeilichen Ermittlungsergebnisse sind, gelinde gesagt, sehr mager.«

Michael überlegte krampfhaft, wie man in dieser Sache etwas erreichen könnte und ergänzte den Bericht: »Ich höre ja gewohnheitsmäßig noch immer den Wetterdienst … aber in den letzten Tagen, im gesamten Mittelmeerraum, kein schweres Wetter, weder hier noch an der Levante. Die AMEL gehört zu den beliebtesten und wohl auch sichersten Fahrtenseglern.« Nach einer Weile murmelte er halblaut:

»Ja, so könnte es funktionieren.«

»Was könnte funktionieren?«, hakte der Konsul nach.

»Komm, da brauch ich eine Autoritätsperson … so eine wie dich!«

Kopfschüttelnd folgte der Diplomat dem vorläufig nur Orakel verkündenden, ehemaligen Kameraden. Etwas widerwillig zwängte sich der fast einsneunzig große Mann in den winzigen 500er Fiat, doch darauf konnte Michael im Augenblick keine Rücksicht nehmen. Sein

Kopf war mit der Entwicklung eines Schlachtplanes beschäftigt, während er das Wägelchen automatisch nach Decimomannu balancierte.

»Pass auf«, erklärte er endlich, »wir suchen den Stützpunktkommandanten auf und überreden ihn ... nein, eigentlich sollst du ihm befehlen, ein paar Aufklärer loszuschicken!«

»Sehr gut, weißt was der sagt, wenn ich ihm etwas befehle? Wenn er vornehm ist, dann empfiehlt er mir, mich aus seinem Dunstkreis zu entfernen, andernfalls krieg ich das Götzzitat zu hören! Herr Hauptmann a. D., ich kenne meine Pappenheimer, dich inklusive!«

»Komm, jetzt lass den armen Wallenstein in seinem Grab ruhen ... ich werde dich nach Leibeskräften unterstützen. Wird schon klappen! Er braucht ja wirklich nur ein paar Aufklärer loszuschicken.«

»Ein paar Aufklärer ... ich glaube du spinnst wirklich. Sag, bist du besoffen?«, der Diplomat betrachtete Michael jetzt genauer.

»Außerdem ist das sowieso Unsinn. Wie soll der Pilot aus dieser Höhe ein Segelboot vom anderen unterscheiden? Kannst du mir das verraten?«

»Kann ich, Herr Botschafter«, gab Michael ironisch von sich, »heutzutage kann ein Aufklärer Bilder schießen, da kannst du sehen, ob jemand eine 50 oder 60 Pfennig Briefmarke in der Hand hält. Also los, du Frosch ... mehr wie nein kann er nicht sagen! Du musst die menschliche Komponente spielen ... die Luftwaffe setzt sich für deutsche Bürger ein!«

»Menschliche Komponente? ich weiß nicht, was der da riskiert, aber ich fürchte eine Menge und warum soll er so ein Risiko eingehen ... wegen deiner schönen Nase? Da müsste der Mann überdies an Geschmacksverwirrung leiden!«

»Keine Frechheiten ... wir sind da.«

Der Posten am Tor, der Michael kannte, winkte sie mit einer lässigen Handbewegung durch und wenig später saßen sie im Dienstzimmer des Kommandanten, der nichts Böses ahnte.

Hauptmann Faber, wieder einmal eine Blutspendenaktion ... diesmal für das diplomatische Corps?«, er grinste.

Michael nahm den Ball auf und spulte das Programm Luftwaffe hilft in Not geratenen Bürgern, Imagepflege eben. In ein paar militärisch knappen Sätzen schilderte er die Lage.

»Und die Polizei?«

»Ein Fahrraddiebstahl würde größere Aufregung verursachen, aber ganz ehrlich, Herr Oberst, was sollen die auch unternehmen mit ihren Schlauchbooten? Etwa die zweieinhalb Millionen Quadratkilometer Mittelmeer absuchen?«

»Gute Frage und wir? Wie sollen wir die berühmte Stecknadel finden? Lieber Faber, ihre Hilfsbereitschaft wird nur von Ihrem Enthusiasmus übertroffen, sicher aber von Ihrem Optimismus ... was stellen Sie sich vor? Ich sehe da nicht die geringsten Erfolgsaussichten – meine Vorschriften einmal ganz beiseite schiebend.«

Nun schlug Michaels große Stunde. Er warf sich in Positur, nahm ein Blatt Papier: »Herr Oberst, wir haben seinerzeit mit der Fiat G 91 schon einmal eine gestohlene Motorjacht aufgespürt ... den Rest hat dann die Polizei erledigt.« Während er sprach, skizzierte er die Umrisse der gesuchten Yacht aufs Papier. »Hier handelt es sich faktisch um dieselbe Lage. Ältere, nicht mehr ganz so fitte Skipper, nehmen gern einmal junge Leute mit an Bord. Speziell bei längeren Überfahrten. Da bieten sich in den Häfen oftmals welche unter dem Motto ›Hand gegen Koje‹ an. Mein Verdacht ist, dass die vermisste Amel-Yacht – der Typ ist sehr auffällig – irgendwo in einer schwer zugänglichen beziehungsweise wenig besuchten Bucht »parkt«, nachdem das Boot gekapert wurde. Dabei bleibt nur zu hoffen, dass die Eigner nicht ums Leben gekommen sind. Jedenfalls könnte die Luftwaffe mit ein paar Aufklärungsflügen«, jetzt wendete Michael das Blatt Papier und blitzschnell entstand das Mittelmeer in seinen Umrissen und er schlug einen virtuellen Kreis, »ungefähr diesen Bereich könnte man rasch abdecken! Ich bin natürlich gerne bereit, bei der Auswertung der Filme zu helfen.«

Der Oberst war nachdenklich geworden und schien seine Meinung jetzt zu ändern, er sagte auf einmal: »Warten Sie bitte einen Moment, ich muss mit dem Staffelchef sprechen, nur der kann die PHANTOM in die Luft jagen!«, und draußen war er.

Wenig später kam der Oberst zurück und sagte nur knapp: »Bitte kommen Sie um 14:00 Uhr wieder – Einsatzbesprechung!«

»Was sagst du nun …«

»Was ich sage?« Doktor Bernhard war baff. »Ich glaub es nicht, kann es einfach nicht glauben!«

Selbstredend war Michael mit dem Konsul pünktlich wie befohlen zur Stelle – die Piloten waren auch bereits hier.

»Erklären Sie bitte den Männern, welches Gebiet, Häfen, Buchten oder Werften sie filmen sollen. Zweckmäßig wäre es auch, wenn Sie die gesuchte Yacht möglichst genau beschreiben könnten … auch wenn es unwahrscheinlich ist, dass man bei der Geschwindigkeit eines Düsenjets das Boot orten und identifizieren kann!«

Alte Zeiten bauten sich vor Michaels geistigem Auge auf. Er stand vor jungen Piloten und erläuterte ihnen ihre Aufgabe, er, ein Zivilist. Zweifelsohne ein Novum. Die »Befehlsempfänger« schauten erst ungläubig, begriffen dann allerdings schnell den Ernst der Segelbootsuchaktion und hörten aufmerksam zu. Kraftwerke, Staudämme, Hafenanlagen und alles Mögliche hatten sie schon auf Filme gebannt – heute eben ein Segelboot. Es sollte ihnen Recht sein, wenn es der Sache dienlich war. Ausgelegt war der Einsatz als stinknormale Übung.

»Sollen wir auch nach Ölspuren suchen? Kann es sein, dass die Yacht gesunken ist?«, fragte einer der Piloten, ein ziemlich junger Major.

»Das ist sehr unwahrscheinlich, Herr Major. Das Boot wird seit zwei Wochen vermisst. Bei einem Notruf – und dafür ist immer noch Zeit – wären die Rettungshubschrauber rasch vor Ort gewesen. Ich persönlich befürchte, dass ein Verbrechen, eine Entführung oder gar Mord vorliegt. Bitte achten sie auf Zweimaster und abgelegene Buchten. Danke meine Herren. Ich warte nun auf ihr Material.«

Kaum dass die schweren Maschinen von der Rollbahn abgehoben hatten, klopfte ihm einer der Auswerter, ein Feldwebel, leicht auf die Schulter.

»Kommen Sie, Herr Hauptmann, ich möchte Ihnen zeigen, welche Möglichkeiten wir technisch heute haben. Da werden Sie staunen.«

»Gehört habe ich schon vieles … aber ich lasse mich gerne genauer informieren!«

Trotz Klimaanlage, Michael öffnete den Hemdkragen und krempelte die Ärmel hoch – es war verdammt heiß in dem Raum.

»Ich zeige Ihnen jetzt anhand einer Aufnahme, wozu die Technik in der Lage ist«, erklärte der Feldwebel nicht ohne Stolz und legte das Foto eines Staudammes, aufgenommen aus etwa 30.000 Fuß Höhe, auf den Tisch – gleichzeitig holte er es auf den beleuchteten elektronischen Tisch. »So … und jetzt vergrößere ich. Nun erkennt man, da stehen PKWs.« Er drückte wieder an zwei Knöpfen und fuhr fort: »Nun kann man die Automarke erkennen … aber das ist noch nicht alles … jetzt können Sie auch das Kennzeichen ablesen.« Seine Stimme klang ganz so, als ob er persönlich dieses System entwickelt hätte.

»Das Boot hat doch eine Kennung oder?«

»Natürlich, allerdings sollten wir uns darauf nicht verlassen. Wenn es gekapert, gestohlen oder was auch immer wurde, dann ändern die sofort die Kennung. Aber wenn ihr aus der Höhe und bei einer Geschwindigkeit um die 800km/h ein Nummernschild lesbar machen könnt, dann sind die signifikanten Merkmale dieser Yacht auf jeden Fall erkennbar. Sie müssen wissen, dass der Konstrukteur dieses Bootes, ein französischer Ingenieur, befürchtete, zu erblinden. Deswegen hat er, für den Fall des Falles, alles so gebaut, dass auch ein Blinder damit umgehen konnte. So werden zum Beispiel die Segel elektrisch bedient. Jedes Manöver kann vom Mittelcockpit aus durchgeführt werden. Der glasgeschützte Fahrstand, den gibt es meines Wissens nach auch nur bei Amel. Vor allem die E-Motoren am Fuß der Masten, die müssten zu erkennen sein … wo doch ein Autokennzeichen sichtbar gemacht werden kann auf euren Wunderbildern!«

Die Türe wurde aufgerissen und jemand brüllte: »Sie sind zurück … sie landen gerade!«

Bereits nach zehn Minuten beschäftigten sich Michael und der Feldwebel, der noch Verstärkung bekommen hatte, intensiv mit den Bildern, die von den Phantom-Piloten geschossen wurden. Doch je mehr Bilder sie inspiziert hatten, umso länger wurden ihre Gesichter. Kein verdächtiges Objekt – da gab es wenig Zweifel, denn die Qualität der Fotos war ausgezeichnet.

Enttäuscht wandte Michael sich vom Tisch ab: »Das war wohl ein Schlag ins Wasser … na ja, einen Versuch war es jedenfalls wert!« Nun kam der Oberst in den Raum und die Männer nahmen Haltung an – Michael, obzwar Zivilist, schlug auch brav die Hacken zusammen, alte Gewohnheit.

»Nun, wie sieht es aus?«

Michael gab bedauernd zu verstehen, dass die Aktion leider nicht erfolgreich gewesen ist.

»Na ja, dann sind unsere Hoffnungen wohl geplatzt«, meldete sich der Konsul, der mit dem Oberst gekommen war.

Plötzlich ein ziemlich lautes: »Das könnte es sein … schauen Sie doch, Herr Hauptmann!«

Michael war wie ein geölter Blitz beim Feldwebel, der gerufen hatte. Nach kurzer Betrachtung war er sich sicher … Ein Zweimaster, zweifellos eine AMEL, aufgebockt. Die Backbordseite war dunkel gestrichen, steuerbordseitig wurde gerade weißer Lack aufgetragen. Eine Kennung war nicht sichtbar.

»Höchst merkwürdig … da würde ich glatt mein letztes Hemd verwetten … Welcher Hafen ist das?«

Es war eine Sache von Sekunden und die Koordinaten lagen vor.

»Der Ort liegt hier auf Sardinien … im Norden, es handelt sich um die Bucht von Bosa, liegt an der Westküste, vielleicht 20 Kilometer südlich von Alghero«, erklärte ein Unteroffizier sofort. Michael kannte den kleinen Hafen. Früher einmal hatte die Bucht Piraten als Unterschlupf gedient.

»Na also«, der Oberst klang erleichtert, mit einem Erfolg konnte er seine Eigenmächtigkeit bei den »Oberen« besser verkaufen.

»Sofort Abzüge herstellen und der zuständigen Polizei übermitteln. Inzwischen können die Carabinieri dort oben schon einmal auf den Busch klopfen. Ich hoffe nur, dass dem alten Ehepaar nichts zugestoßen ist!«

Der Oberst lud nun ins Offizierskasino ein, wo man lang und breit diskutierte, was sich da wohl abgespielt haben mochte. Niemand auf dem Stützpunkt zweifelte mehr daran, dass zumindest das Boot, leider nicht das Ehepaar, gefunden waren. Schon nach einer Stunde betrat der Commisario der Carbinieri das Kasino und verkündete: »Meine Herren, ich möchte mich ausdrücklich für ihre rasche und unbürokratische Unterstützung in dieser traurigen Angelegenheit bedanken. Ich sage deswegen traurig, weil wir leider kaum Hoffnung haben, dass die Eheleute Brinkmann noch leben. Ein Täter wurde festgenommen und die Kollegen in Alghero zweifeln nicht an seiner Schuld. Ein amts- und gerichtsbekannter Gewalttäter. Mit einem Schlag war die Stimmung, von eben noch enthusiastisch in Niedergeschlagenheit umgeschlagen. Ziemlich rasch leerte sich das Kasino. Der Oberst verabschiedete sich beim Konsul und bei Michael, wobei er sich nochmals bedankte.

***

Alghero – es war die Sensation in dem kleinen Städtchen: eine gekaperte Yacht, eine Verhaftung und in der Luft hing ein Doppelmord – das war noch niemals da gewesen. Commissario Riva überlegte sich bereits ernsthaft, ob er seinen obligatorischen Besuch in der Bar »Il Corallo« – die Bucht vor der Stadt war bekannt für ihre faszinierenden Korallen – den er bis dato, mit Ausnahme des Sonntags, täglich absolvierte, nicht doch aussetzen sollte. Die Einheimischen, die ihm samt und sonders persönlich bekannt waren, die störten ihn mit ihren Fragen nicht. Aber die Journalisten, nicht nur vom Festland, nein, auch aus Deutschland und Frankreich belagerten die Bar rund um die Uhr. Für dieses Publikum konnte sich der Commissario Riva nicht begeistern. Noch dazu, wo ihn dieser Duevall – Riva hatte an dessen Schuld nicht einen Hauch von Zweifel – mit seiner Lügerei auf die Palme brachte. Wenngleich der Commissario sich sagte, dass der Kerl gar nicht anders konnte bei seinem Vorstrafenregister. Nun noch mehrere Kapitalverbrechen – selbst beim eher milden Strafrecht in Italien würde er das Gefängnis nur mehr im Holzpyjama verlassen.

Riva lehnte sich in seinem durchgesessen Stuhl zurück, griff mit der Rechten in die Schreibtischlade und holte eine unförmige Zigarre ans Tageslicht, die er andächtig von ihrer Bauchbinde befreite, dann mit einem jungen Flammenwerfer in Brand setzte – natürlich nicht, ohne sie vorher kunstgerecht zu beschneiden. Sobald er so ein Ding ansteckte, war es besser, sich aus seinem Dunstkreis zu entfernen. Die Zigarren des Commissario waren eine gelungene Kreuzung von einem Nebelwerfer und einer Stinkbombe – woher er diese an sich waffenscheinpflichtigen »Geräte« bezog, blieb sein Geheimnis; fest stand lediglich, dass sie rundum gefürchtet waren.

Als es kurz an der Tür pochte, sah er gar nicht auf, sondern knurrte bloß ein: »Avanti.«

Maurice Duevall betrat in Begleitung zweier Carabinieri und an den Handgelenken geschmückt mit einer »stählernen Acht« das Büro. Riva würdigte den Franzosen, der seine »Ausbildung« im Hafenviertel von Marseille absolviert hatte, keines Blickes, lediglich ein wenig Rauch gönnte er seinem Gefangenen, der ein starker Raucher war.

Aus »Sicherheitsgründen« ordnete Riva an, ihm das Feuerzeug abzunehmen. Die »Gitanes« durfte er behalten – nur anstecken konnte er die Zigaretten nicht.

Der Festgenommene, ein »alter Hase«, verzichtete darauf, um Feuer zu bitten. Er wusste, dass dies sinnlos gewesen wäre und er gönnte dem Bullen den Triumph, ihm das Rauchen noch einmal zu verweigern, nicht – so sehr ihm der Glimmstängel auch abging.

Unrasiert, ungewaschen in dreckigen Klamotten, die schon bessere Zeiten gesehen hatten, stand der Dreißigjährige braun gebrannt vor dem Schreibtisch. Riva musterte ihn schweigend und dachte nicht daran, ihm einen Stuhl anzubieten. Riva war kein Unmensch, manchmal brachte er für seine Klientel Verständnis auf, so mancher behauptete zu viel, doch diesen skrupellosen Gewalttäter brachte er nicht die geringste Sympathie entgegen. Ohne wirklich darin zu lesen, blätterte Riva in einer alten Akte – sein Kunde suchte eine imaginäre Fliege auf der Fensterscheibe ... wenn nicht er, wer dann hätte so eine Menge Zeit. Riva griff zum Telefon und bat um einen Espresso – der »subito« kam. Der Verdächtige stand jetzt schon zwanzig Minuten mit gefesselten Händen da, ohne dass ein Wort gesprochen worden wäre. Duevall brach das Schweigen.

»Ich habe Anspruch darauf, dass mein Konsulat verständigt wird!«

»So, ich wusste gar nicht, dass Sie ein Konsulat besitzen. Wenn Sie allerdings das französische Konsulat in Rom meinen, das weiß von Ihrem Aufenthalt hier ... man ist sehr besorgt um Ihr Wohlergehen. Leider ist man zur Zeit sehr beschäftigt und nicht in der Lage, Sie zu besuchen ... doch zum Prozess kommt sicher jemand. Zumindest hoffe ich das für Sie! Haben Sie mir sonst noch etwas zu sagen?« Der Commissario nahm einen kleinen Schluck vom Espresso und zog genüsslich an seiner Zigarre.

»Ich bekam von den Brinkmanns den Auftrag, das Boot nach Tunesien zu überstellen ... die Frau war erkrankt und so sind die Leute voraus geflogen.«

»Und dort niemals angekommen ... es gab aber keinen Flugzeugabsturz und der Name Brinkmann taucht auf keiner Passagierliste auf. Außerdem, selbst wenn an Ihrer Story etwas dran wäre, was bitte macht dann die Yacht hier auf dem Trockendock?« Duevall kratzte sich umständlich am Kinn.

»Wenn du dir erst jetzt eine Geschichte zurechtlegst, dann bist du nicht nur ein Verbrecher, sondern überdies auch ein Idiot!«, überlegte Riva, der sich im Übrigen nicht wunderte, dass der Kerl so gut italienisch sprach, denn er wusste, dass der einige Jahre in Genua eingesessen hatte.

»Ich hatte auf hoher See Probleme … ein Fischernetz hat sich in der Schiffsschraube verfangen!«

Riva nickte scheinbar verstehend und merkte an:»Und da heben Sie das ganze Boot aus dem Wasser … und weil die Gelegenheit so günstig ist, verpassen sie dem wertvollen Boot auch gleich einen neuen Anstrich. Mein letztes Angebot … Sie legen ab und ich überstelle Sie in ein angenehmeres Untersuchungsgefängnis … oder Sie bleiben hier in diesem Loch bis Sie schwarz werden … kapiert?«

Duevall hatte kapiert, nur er blieb bei seiner Story, er hatte ja keine andere Chance und hoffte, dass man die Brinkmanns niemals fand. Eine Hoffnung, die sich nicht erfüllte. Es vergingen zwei Wochen, dann wurde die Leiche von Herrn Brinkmann an der Nordküste von Korsika angeschwemmt. Er war nicht ertrunken – sein Tod wurde durch einen offenen Schädelbruch herbeigeführt – die Geschworenen brauchten nur eine Viertelstunde, um Duevall bis ans Ende seiner Tage sicher zu verwahren. Frau Brinkmann blieb auf ewige Zeiten verschwunden.

Kapitel 36

Eigentlich hätte Michael zufrieden sein können – doch er war es nicht, wenigstens nicht ganz, aber das war er im Prinzip sowieso nie. Ohne große Erwartungshaltung stand er an der Bar seiner Küche, die nahtlos in die Terrasse überging und schwelgte in Gedanken an längst vergangene Fliegerzeiten – ja ein Pilotenfrühstück, das wäre jetzt was. Aber immerhin erfreute er sich an einem Drei-Minuten-Ei. Wenigstens sonntags bequemte sich Angelina mit ihm zu frühstücken, ein Ei zu servieren, frische Panini zu besorgen und die lieb sorgende Gattin zu geben. Einmal war nicht vom Frisiersalon die Rede, sondern Small Talk wurde abgehalten. Und eines musste er zugeben … ihr Kaffee war ein Traum. Genüsslich nippte er im Stehen an der Tasse. Doch es kann der beste nicht in Frieden leben, wenn Gott oder die Gemahlin es nicht wollen. Ganz und gar nicht graziös hielt Angelina ihm die Sonntagsausgabe der UNIONE SARDO vor die Nase. Headline: der Mordprozess Duevall, Michael ahnte noch nichts Böses – selbst wenn Angelina von der Aktion deutsche Luftwaffe findet verschollene deutsche Yacht gewusst hätte, was ohnehin nicht der Fall war, daraus konnte sie ihm, auch wenn sie sich noch so verbog, keinen Strick drehen. Es irrt der Mensch, solang er lebt. Es war zwar schon Jahre her – doch warum sollte sie es nicht aufwärmen, wenn es gerade nichts anderes zu beanstanden gab?

»Hast du das gelesen? Stell dir einmal vor, was da in Bosa geschehen ist!«

Michael fühlte sich nicht mehr ganz sicher – wusste aber beim besten Willen nicht, was nun kam – und es kam heftig.

»So ein Verbrecher aus Marseille!«, sie spie das so aus, als ob nur aus dieser französischen Hafenstadt die wirklich gefährlichen Mörder kämen, »Der Mann hat einem alten deutschen Ehepaar ihre Yacht geraubt und die bedauernswerten Menschen dann ermordet! Stell dir das einmal vor ...«, und nun kratzte sie die Kurve und fuhr frontal auf Michael zu: »Und du ... ich zittere heute noch, wenn ich nur daran denke ... du bist mit MEINEN«, jetzt waren es nicht unsre, sondern ihre Kinder allein, um ganz Sardinien gesegelt. Du bist und bleibst ein Hasardeur ... mein Gott Allmächtiger, was hätte da passieren können!!! Jetzt wird mir noch schlecht, ich darf gar nicht daran denken! Du musst ja ständig das Schicksal herausfordern ... kannst du nicht wie andere auch hier in deinem Paradies bleiben, die Bäume beschneiden und den Garten pflegen? Musst du dich permanent in Lebensgefahr begeben ... ich habe keine ruhige Minute ... weil ich mich ängstige, dass dir wieder irgendein neuer Unsinn durch den Kopf geht.

Michael«, nun senkte sich ihre Stimme »sottovoce«; »ich liebe dich doch, auch wenn du verrückt bist!« Sie sah ihn an ... er konnte diesem Blick niemals widerstehen, nicht seit er sie kannte, doch da musste er jetzt durch – koste es was es wolle.

Ganz behutsam eröffnete er die Schlacht: »Angelina, ich könnte ohne dich nicht existieren, die Kinder und du ... ihr seid mein Alles. Aber Gefahren, Liebes, die lauern überall, man kann vom Bus überfahren werden, oder ein Dachziegel erschlägt einen. Das ist so im Leben. Aber ich verspreche dir«, er holte tief Luft ich gehe nicht auf das offene Meer und auch nicht in die Luft ...«

»Sag schon! Ich kenne dich! Was kommt jetzt wieder!«
Du kennst doch den Professor Pavoni !
Kann sein, aber was hat der mit dir zu tun?
Beinahe feierlich ergänzte der Ehemann:
Ich gehe unter die Erde!
Nun war es ausgesprochen...
Wieso, willst du sterben? fragte Angelina entsetzt.
Nein du siehst doch, ich bin kerngesund.

Aber der Professor Pavoni braucht mich unbedingt, er will mit mir die neu entdeckten Höhlen von Carbonia erforschen. Ich soll nur sein

Schlauchboot fahren auf einem See, das ist total ungefährlich liebe Frau. und außerdem unter der Erde.

Als Antwort gab sie zu verstehen:

„Na gut dann bist du zumindest weg von der Straße und machst hoffentlich weniger Unsinn."

»Womit habe ich das verdient? Unter die Erde … ja da wirst du bald sein … aber für immer, wenn du so weitermachst! Ich kann mir nicht helfen … aber der Herrgott muss besoffen gewesen sein an dem Tag, als er den Adam erschaffen hat! Lieber Himmelvater, warum? Oh nein, diese Männer!«

Das Ei und der Kaffee in Michaels Magen rebellierten – er suchte das Weite.